로크미디어가
유혹하는
재미있는 세상
ROK
MEDIA
로크미디어

신컨의 원코인 클리어

신컨의 원 코인 클리어 5

2023년 5월 15일 초판 1쇄 인쇄
2023년 5월 18일 초판 1쇄 발행

지은이 아케레스
발행인 강준규

기획 이기헌 왕소현 박경무 강민구 조익현
책임편집 오영란
마케팅지원 이원선

발행처 (주)로크미디어
출판등록 2003년 3월 24일
주소 서울시 마포구 마포대로 45 일진빌딩 6층
Tel (02)3273-5135 **Fax** (02)3273-5134
홈페이지 rokmedia.com **E-mail** rokmedia@empas.com

값 9,000원

ISBN 979-11-408-0741-3 (5권)
ISBN 979-11-408-0729-1 04810 (세트)

신전의 원코인 클리어

5

아케레스 퓨전 판타지 장편소설

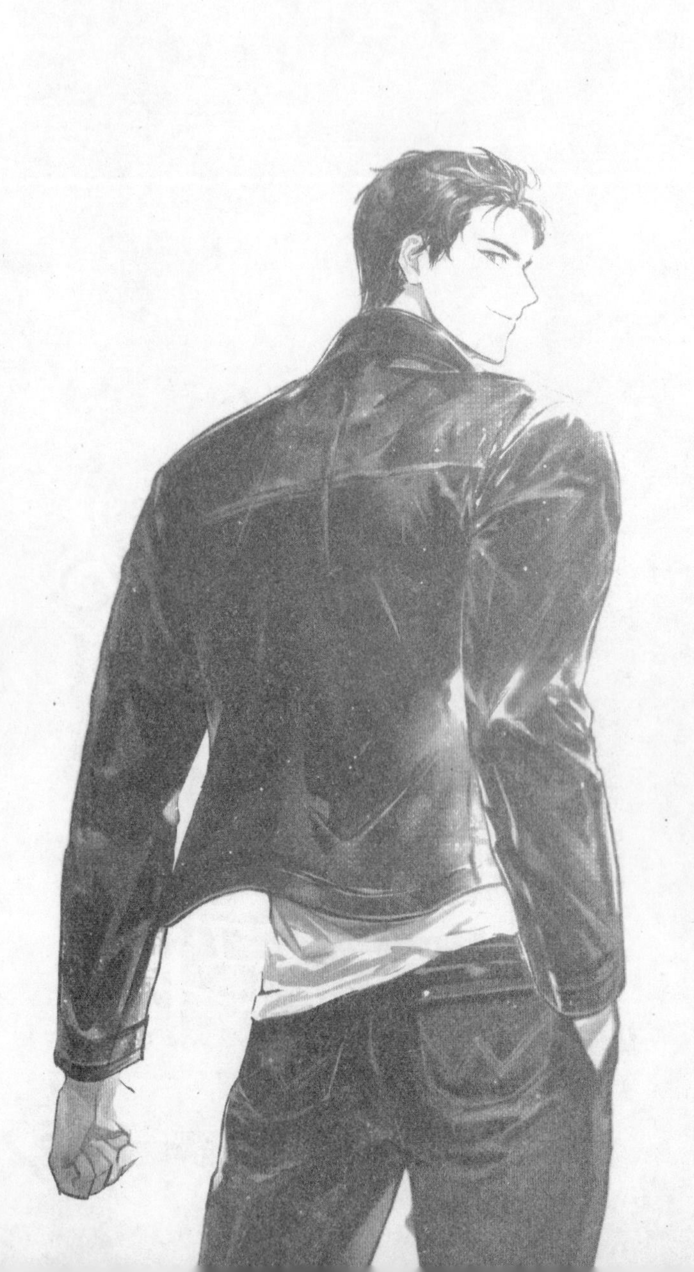

Contents

만찬장 (2)

거대한 빙산이 태양의 머리에 떨어져 내렸다.

만년설산(萬年雪山).

콰드드득!

초월 진각 - 염라각(閻羅脚).

콰아앙!

빙산이 얼음 가루가 되어 사방으로 비산했다.

만찬장 스테이지의 주인공은 마룡이다.

애초에 발락은 플레이어를 감상하기 위해 스테이지를 구성하지 않았다.

그렇기에 지금의 상황은 이질적이었다.

용들의 영역에서 두 인간이 맞부딪쳤다.

설화만개(雪花滿開).

눈꽃이 칼날이 되어 휘날리고.

천뢰굉보(天牢轟步): 윤태양식(式) 어레인지.

꽈릉!

굉음과 함께 번개에 휘감긴 태양이 공격을 회피해 낸다.

크롸라라라라라라!

소란을 눈치챈 마룡들이 덤벼들지만, 오히려 태양은 마룡의 머리를 밟고 허공에 떠 있는 로시를 향해 짓쳐 들었다.

스테이지의 주인공이여야 할 마룡들은 이 짧은 순간 병풍처럼 주변을 날아다닐 뿐이었다.

말콤 블래스터(Malcom Blaster).

콰앙!

쏘아낸 충격파가 태양의 동체를 밀어냈다.

—NPC들은 진짜 밸런스 붕괴임.

—ㄹㅇ. 윤태양 업적이 몇 갠데.

—S+등급 플레이어랑 비빈데요. ㄹㅈㄷ.

—이렇게 강한 애가 클랜전도 안 나오고 있었다고?

하지만 채팅의 반응과는 다르게, 로시의 얼굴은 사색이 되어 있었다.

'최악이다.'

얼핏 보면 백중세처럼 보이지만, 전투의 정황은 보이는 것과 달랐다.

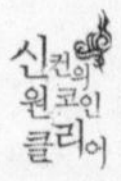

로시는 전력을 다해 몰아붙이고 있었으나 그녀의 공격은 전혀 닿지 않았다.

그나마도 윤태양에게 영양제가 깃든 탓에 마룡이 견제해 주어서 그렇지, 그렇지 않았다면 진작 끝났으리라.

'어디부터 잘못된 거지?'

로시 본인은 윤태양에게 모습을 발각당했고, 이유는 모르지만 도허티, 아쥬르와의 연결고리도 끊겼다.

이해할 수 없었다.

풍술의 기척에 노출이 되긴 했지만, 아주 잠깐이었고 뒤처리도 완벽했다.

관찰하는 과정에서 살로몬과 란의 탐색 능력은 몇 번이고 확인했었다.

란은 탐색 범위가 넓은 대신 정보 수집에 한계가 있고, 살로몬은 범위가 좁았다.

로시가 수집한 데이터에 따르면 현재 상황은 있을 수 없는 일이었다.

'애초부터 능력을 감추고 있었다고?'

고민하는 사이 태양의 스킬이 날아들었다.

스타버스트 하이킥(Starburst High Kick) – 캐논 폼(Canon Form).

콰드득.

"크읏!"

눈 깜짝할 사이 짓쳐 든 광선에 로시의 등에 달려 있던 거대한 얼음 날개 절반이 깨져 나갔다.

휘청이는 동시에 마룡들이 태양에게 달려들었다.

태양에게만 영양제가 깃들었기 때문에 어쩔 수 없는 일이었다.

"귀찮게!"

크롸라라라!

태양이 마룡을 밟고 뛰어올라 로시에게 달라붙었다.

로시가 날개를 꺾으며 묘기에 가까운 비행으로 태양을 피해 갔다.

"이익!"

태양을 캐릭터 유형으로 따지자면, 전형적인 근거리 딜러였다.

유일하게 원거리에 대응 기술이 캐논 폼 하나뿐.

그런 태양에게 하늘을 날아다니며 마법을 쏘아 대는 로시는 꽤 까다로운 상대였다.

'차라리 죽이자면 죽일 수 있을 것 같은데.'

제압만 하려니 이런저런 방법으로 빠져나간다.

그렇다고 이대로 시간을 끄는 것도 좋은 선택지는 아니었다.

이 순간에도 마룡들은 몰려들고 있었고, 더 큰 문제는 4마리의 성룡.

그들이 몰려드는 순간 협공 상공은 다시 마룡들의 것이 되리라.

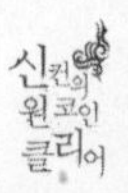

"이러면 안 되는데."

란과 살로몬이 본대를 '봉인'시켰다.

그 행동으로 이득을 보기 위해선 로시를 반드시 잡아야 했다.

그때 반대편에서 마룡이 로시를 덮쳤다.

피하는 게 이상적인 대응이었을 테지만, 이제까지 태양에게만 덤벼들던 마룡의 습격을 예측하지 못한 것일까.

로시의 반쪽만 남아 있던 얼음 날개가 그대로 칼날로 분(粉)하여 마룡에게 쏟아졌다.

콰드드득!

날개가 사라진 로시가 지상에 내려앉는다.

기회를 잡은 태양이 그녀를 향해 달렸다.

만년설산(萬年雪山).

거대한 빙산이 태양의 동선을 가로막으며 떨어져 내렸다.

피하는 선택도 나쁘지는 않지만, 시간의 압박이 만만찮다.

약간 무리하기로 결정한 태양이 허리에 손을 가져갔다.

라이트 세이버가 순백의 검날을 자랑하며 그대로 빙산을 베어냈다.

"잡는다!"

"안 돼!"

"조장님!"

태양의 등장과 동시에 은신해 있던 3조 조원들이 결국 참지 못하고 모습을 드러냈다.

안티 매직 쉘(Anti Magic shell).

나이트 배리어(Night barrier).

로시 앞에 거대한 2개의 장벽이 생겨난다.

대(對) 마법의 장벽과 대(對) 물리의 장벽.

두 벽 사이에서 태양과 로시의 시선이 맞부딪친다.

이내, 로시가 탄식했다.

"아."

태양은 장벽을 넘지 않았다.

대신 등을 돌렸다.

태양이 라이트 세이버를 휘두르려는 순간.

"잠깐!"

로시가 소리쳤다.

태양은 애초부터 강철 늑대의 플레이어를 죽일 생각이 없었다.

"하지만 '죽이는 척'은 이야기가 다르지."

태양의 협박은 잘 맞아 들어갔고, 그 결과는 로시의 항복으로 나타났다.

안전한 거점으로 들어온 후, 로시가 태양에게 다가갔다.

"내가 대신 잡혀 있을 테니, 녀석들은 풀어 줘."

"조, 조장님!"

"아닙니다! 저희가 있겠습니다! 조장님이 그러실 필요 없습니다!"

"내 불찰이야."

로시가 태양에게 고개를 숙였다.

"부하를 많이 아끼는구나?"

"……."

"바람직해. 바람직한 태도야."

같은 인질이라도 영양가 없는 일반 클랜원 여럿보다는 로시 같은 요인 한 명이 훨씬 효과적인 법.

태양은 로시의 제안을 순순히 받아들였다.

—ㅎㅎ. 이거 어디서 많이 본 그림인데.

—어라라?

—그거 꺼라.

—그, 그, 그 뭐냐. 히… 그…

—뇌가 썩었네. 썩었어.

—일상생활 가능하냐?

—이상 알아들은 ㅅㄲ들 싸다…

—어허! 팩트 벤입니다.

태양이 물었다.

"목적이 뭐지?"

현혜의 말에 따르자면, 강철 늑대의 함정은 명백한 견제였다.

그렇다면, 무엇을 위한 견제인가?

로시는 순순히 털어놓았다.

"탐색. 상부에서 지침이 내려왔어. 네 능력이 어느 정도 되는지 알아 오라고 말이야."

"내 능력?"

"그래. 너뿐만 아니라 네 일행도."

"탐색이 목적이었다면 마룡을 유인해서 습격한 이유는 뭐지?"

"그쪽 능력이 생각보다 뛰어났으니까. 고점……을 확인하기 위해서 벌인 일이었어."

S^{+}등급 플레이어 윤태양, A등급 플레이어 살로몬, B등급 플레이어 란.

최근 쉼터에 나타난 가장 높은 등급의 플레이어들이 파티를 이루고 스테이지에 오르는 데 탐색을 지시하지 않을 클랜은 없으리라.

태양이 고개를 꺾었다.

"그다음은?"

"뭐?"

"너희 목적이 탐색이라는 건 알겠어. 그런데 말이야, 너희 때문에 나는 원치 않는 전투를 치러야 했잖아."

"그, 그렇지?"

"대가는?"

예상하지 못한 질문인지 로시의 말문이 닫힌다.

"어라라? 이거들 봐라? 설마 그냥 넘어가려고 했냐? 아~ 죄송한데 그쪽을 막 죽이려거나 그런 건 아니었어요. 이러면 내가 아~ 그렇구나. 그럼 이대로 놓아드리겠습니다~ 할 줄 알았어? 피해를 줬으면 피해 보상을 해야 할 거 아니야!"

태양의 윽박지름에 로시가 당황했다.

"해, 해야지. 해야지요!"

"어떻게? 뭘 줄 건데? 당연히 보상은 클랜 차원에서 주겠지?"

"저, 그건……."

대답하지 못한다.

당연한 일이다.

조장이라고 해 봐야, 로시 역시 이제 막 16층을 오르는 플레이어다.

클랜에서 높은 지위를 차지하고 있을 리 없었다.

태양이 그녀를 보며 고개를 흔들었다.

"안 되겠네."

"네?"

"너, 몸으로 때워라."

태양의 말에 공기가 얼어붙었다.

—!!!!!

—야, 끄지 마! 끄지 마!

—이게 진짜로?

태양이 로시의 어깨를 짚자 반대편, 강철 늑대 클랜원들의 표정이 사색이 되었다.

"너, 조장님을 건드리면!"

"이이익!"

"죽인다! 내가 죽여 버릴 거야!"

태양이 한심하다는 표정으로 쏘아붙였다.

"무슨 쓰레기 같은 상상들을 하는 거야?"

"어?"

"너도 알고 있지? 4단계, 성룡급 마룡. 원래 만찬장 스테이지에 나오는 수준이 아니잖아."

로시가 고개를 번쩍 들었다.

태양이 그녀를 보며 히죽 웃었다.

"그 녀석들을 잡는다."

"……."

"너희가 마리아나—아발론 커넥션이랑 접촉, 설득해. 미르바 클랜은 초반부터 우리랑 같이 행동했으니, 그렇게만 된다면 이번 스테이지에 들어온 플레이어들이 사실상 모두 모인다."

"유저들을 모두 모으자고?"

"어차피 마지막 두 시간에는 마룡들이 광폭화한다. 너도 알지? 피할 수 없는 전투야. 그렇다면 차라리 화끈하게 한 번 해 보는 것도 나쁘지 않잖아?"

고민하는 로시를 보며 태양이 어깨를 으쓱였다.

"뭐, 싫으면 죽든가."

강철 늑대의 플레이어들이 웅성거렸다.

"맞아. 3단계는 있다고 했지만, 4단계, 성룡은 원래 보인 적 없는 존재라고 했지."

"업적 쏠쏠하겠는데?"

"1개만 나오지는 않겠지?"

"1개만 나와도 어디야! 당장 클랜에 붙어 있으려면 1개라도 더 모아야 한다고!"

"잡을 수만 있다면 부산물도……."

"잡기는 확실히 잡을 것 같은데? 저 말 대로면 스테이지에 들어온 강력한 클랜들이 죄다 참전할 텐데!"

로시가 고개를 숙인 채 생각했다.

태양의 제안은 구미가 당기지만, 본래라면 받아들이지 않았을 것이었다.

영양제를 선택하지 않은 이상 전투는 피할 수 있다.

하더라도 태양이 말하는 총력전이 아니라 격렬한 전투 정도로 그치겠지.

특히 태양 정도의 플레이어가 영양제를 먹고 전투에 나서서 임해 준다면 더 하다.

'그러니까, 이런 상황을 만든 거네.'

바깥에서 관찰할 때 본 태양 일행의 움직임은 업적에만 집중되어 있었다.

전투와 전술은 흠잡을 곳 없이 완벽했지만, 다른 플레이어들을 신경 쓰는 모습은 상대적으로 적었다.

그나마 미르바 클랜과 접촉하긴 했지만, 그마저도 미르바 클랜 쪽에서 먼저 해 온 제안을 받았을 뿐, 주도적인 움직임은 아니었다.

로시는 태양 일행을 능력은 있지만, 경험 없고 학습이 덜 된 가능성 있는 파티라고 평가했다.

하지만 틀렸다.

까놓고 보니 실상은 달랐다.

움직임은 하나하나 설계되어 있고, 드러낸 정보 역시 철저히 통제되어 있었다.

즉, 로시와 도허티, 아쥬르는 태양이 짠 판 위에서 완벽하게 놀아났다.

"이건 솔직히 조금 놀랍네."

"그래서, 받아?"

"악취미야. 안 받으면 다 죽인다면서."

"그럼."

툭.

태양이 로시의 포박을 풀었다.

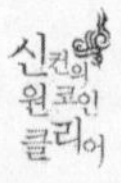

애초부터 구색을 갖추는 정도의 용도였다.

태양의 진짜 인질은 도허티와 아쥬르였으니까.

곧 로시 일행도 그것을 깨닫겠지만, 그때 이들이 할 수 있는 일은 없다.

"좋은 소식 기대하고 있을게. 찾아오는 건 알아서 할 수 있지?"

피식 웃은 태양이 거점을 나섰다.

로시가 헛웃음을 지었다.

[6-1 만찬장: 24시간 동안 생존하라.]

[제한 시간: 02:11]

가장 처음 미르바 클랜원들이 모였던, 일명 쓰레기 분지.

크롸라라라라라라!

크라라라라라락!

"남서 방향 성룡급 개체 출현!"

"북동에 화력 지원 필요하다! 도와줄 사람 있나!"

만찬장 스테이지에 모인 가장 강력한 플레이어들의 집단이 방진을 이루고 있었다.

남은 시간은 약 2시간.

인간의 살점을 조금이라도 더 배 속에 처넣고 싶은 마룡들이 위협적으로 달려들었다.

–그래도 잘 모였네. 난 광폭화가 진행되고 나서야 모일 줄 알았는데.

"그러게. 생각 이상으로 빠릿빠릿해."

–고위 등급 플레이어들 강점이지. 높을수록 군기가 바짝 들어 있다니까?

본래 이 시점에는 정신없이 용들에게 쫓기고 있어야 했다.

실제로 지금도 굉장한 어그로로 몰아치고 있었고.

그런데 전선이 유지된다.

가장 강력한 플레이어 태양 일행, 미르바 클랜, 강철 늑대에 마리아나–아발론 연합까지 모조리 힘을 합치고, 개인으로 움직이던 플레이어도 전선에 참가했기 때문이다.

크롸라라라라라라!

크롸라라라라라라!

"북동 방향에서 성룡급 마룡 2마리입니다!"

"자, 시작해 볼까."

태양이 눈짓하고, 란이 부채를 펴들었다.

살로몬은 '기차'의 세계에서 살았던 시절을 회상했다.

얼어붙은 세계에는 온갖 괴수가 있었다.

북방의 거인 아스라다, 서남 지역의 정복자 아크 트롤 부족, 그리고 동부의 백룡 운타라.

번창하던 시기에 인간은 그들을 괴수라 이름 붙이고 사냥했다.

하지만 살로몬을 비롯한 기차에 탄 유민들에게 그들은 괴수가 아니었다.

항거할 수 없는 자연재해.

재앙이었다.

운타라를 사냥한 그 날의 일은 살로몬에게 충격적인 것이었다.

다가오는 시기마다 몸을 움츠리고 견뎌 내야만 했던 재앙의 일각을 처음으로 정복한 날이었으니.

살로몬은 운타라의 죽음을 확인한 순간, 얼어붙은 세계가 재생할 수 있다는 희망을 얻었다.

"헛된 것이었지."

후우욱.

살로몬의 입가에서 짙은 연기가 뿜어져 나왔다.

연기는 순간 그의 시야를 가릴 정도로 짙었으나, 한 치 위에서 온데간데없이 사라졌다.

살로몬의 희망 역시 그랬다.

그들이 발을 딛고 살아가는 세계는 사실 그들이 '쥐새끼'라는 멸칭으로 부르던 이들이 거쳐 가는 '스테이지'에 불과했다.

크롸라라라라라라라!

살로몬의 앞에서 마룡이 울부짖었다.

얼어붙은 세계에서 재앙으로 군림하던 운타라와 같은 급의 용. 하지만 이 순간 마룡은 태양과 란, 살로몬의 사냥감에 불과했다.

"하."

웃기는 일이다.

인류의 존망을 들었다 놨다 하던 존재가 이렇게도 가볍다.

몇십 년을 전전긍긍하여 대책을 궁리하게 만들었던 그런 존재가, 단 2시간 만에 비늘이 벗겨지고 피를 흘리며 고통스럽게 울부짖는다.

태양이 얼어붙은 세계의 유산, '라이트 세이버: 타입 - B'를 치켜들었다.

위대한 기계장치의 내장 스킬, 빨리 감기를 사용한 태양이 잔상을 남겨가며 튀어 나갔다.

"마무리하자!"

란이 부채를 휘둘렀다.

풍아(風牙).

콰드드득!

날카로운 바람이 너덜너덜해진 마룡의 날개 피막을 다시 한 번 찢었다.

살로몬 역시 수인을 맺었다.

콜 : 라이트닝(Call : Lightning).

꽈릉!

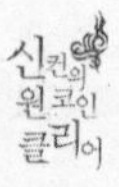

크롸라라라라라라라라라!

강력한 번개가 마룡의 신경계를 잠시간 마비시켜 움직임을 강제로 멈춘다.

아버지 벤자민 아크랩터의 마법을 확연히 뛰어넘은 출력이었다.

우우웅.

어느새 놈의 턱밑까지 파고든 라이트 세이버가 유백색으로 빛을 발한다.

권각이 메인인 주제에, 태양의 검 역시 군단장 구휼을 뛰어넘었다.

란의 풍술도.

당시에는 미흡하기 그지없었던 바람이 이제 전황을 뒤바꾸고, 용의 피륙을 찢는다.

차원 미궁이 플레이어에게 부여하는 업적이란 그런 것이었다.

크롸라라라라라라라라!

육중한 거체가 바닥에 쓰러진다.

이렇게 허망하게 쓰러지는 존재에게 전전긍긍하였던가.

살로몬의 뇌리에 기차의 사람들이 오버랩됐다.

오랫동안 발전 없이 반복의 반복만 거듭하던 이들.

살로몬이 입에 문 시가를 짓씹었다.

두꺼운 시가가 반으로 잘려 땅으로 떨어진다.

"……의미가 없다면 만들면 된다."

살로몬은 그의 세계가 누군가의 설계, 누군가의 발판으로 존재한다는 사실을 인정할 수 없었고, 인정하기 싫었다.

노동자의 땀과 억울함.

부유층의 제한적으로 향락적인 삶.

가디언들의 피와 명예와 긍지.

엔지니어의 명석함과 오만.

군단장 구휼의 영웅적인 희생.

아버지의 비뚤어진 야망.

이 모든 것은 온전하고, 완전하고, 오롯한 것이어야만 했다.

그래서 그는 탑을 오르기로 했다.

탑을 오르고, 그 꼭대기에 도달해서 해답을 알아낼 작정이었다.

"그곳에는 모든 답이 존재한다고 하였으니."

그리고 얼어붙은 세계를 온전한 차원으로 독립시켰다.

퉤.

살로몬이 쓰러진 마룡 앞에 시가 반절을 뱉었다.

콰드득.

라이트 세이버로 마룡의 가슴을 가르던 태양이 심각한 살로몬의 얼굴을 보고 의아한 표정을 지었다.

"무슨 일 있어? 뭐가 그렇게 심각해?"

"아니, 아무것도 아니다."

고개를 갸웃거린 태양이 이내 마룡의 해체 작업을 시작했다.

당연히, 드래곤 하트를 꺼내기 위함이다.

란이 조심스럽게 물어왔다.

"저기, 다른 쪽은 도와주지 않아도 되는 거야?"

"그럼. 판 깔아 줬잖아. 자기 몫은 자기가 챙겨야지."

미르바 클랜, 마리아나-아발론 연합, 강철 늑대 용병단, 태양 일행.

그리고 4마리의 성룡급 마룡.

단체 네 곳. 그리고 마룡도 4마리.

자연스럽게 단체 한 곳당 1마리가 배정됐다.

처음에 태양이 구상한 모습은 단체들을 섞어 이상적인 배합의 정예 부대를 만들어 내는 것이었으나 당연하게도 처참히 실패했다.

지휘 계통의 문제부터 전리품 분배까지 머리 아픈 문제들이 곳곳에서 튀어나왔기 때문이다.

"그리고 시간 없어. 우리도 이거 빨리 해체해서 가져갈 거 가져가야지. 비늘이랑 발톱이랑 뼈랑 심장이랑. 어휴. 챙길 게 얼마야. 이거 쉼터로 가져가면 다 돈이야. 돈."

-맞지, 맞지. 야, 5분도 안 남았다. 빨리 빨리 움직여라.

들리지는 않겠지만, 현혜가 열심히 태양의 말을 거들었다.

란이 미르바 클랜원들을 보며 중얼거렸다.

"나머지는 다 괜찮은데, 저쪽이 조금 신경 쓰여서 그렇지."

미르바 클랜은 대형 클랜답지 않게 초반부터 클랜원 손실이 많았다.

태양의 일에 관련해서 조장이었던 한철권 유석을 처형하는 일까지 있었으니, 나머지 세 클랜에 비해 양적, 질적으로 떨어지는 건 어쩔 수 없는 일이었다.

당장 형세만 보아도 강철 늑대와 마리아나-아발론 연합은 마룡의 사냥을 시도하고 있는 반면, 미르바 클랜원들은 시간을 끌며 버티기에 주력하고 있었다.

"참나, 저쪽 신경 쓰고 있을 시간에 저나 좀 도와주시죠?"

퍼억.

태양이 심술을 부리며 마룡의 심장에 팔을 박아 넣었다.

한 번 해본 일이라고 집어넣는 품새가 퍽 능숙했다.

"으, 감촉 진짜."

-그나저나, 드래곤 하트는 어떡할 거야? 네가 먹을 거야?

"다른 방법 있나?"

-음. 솔직히 말하자면, 너만 성장하는 게 마음에 걸려.

"엥?"

태양이 놀라서 저도 모르게 반문했다.

현혜 역시 본인 말에 확신이 없는지, 주눅 든 기색으로 말을 이었다.

-솔직히 나도 100퍼센트 확신은 못 하겠는데, 너랑 동료들이랑 성장이 너무 벌어져 버리면 그건 그거대로 또 문제가 되지 않을까

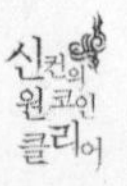

싫어서.

기존의 유저들은 겪은 적이 없는 문제였다.

일반적으로 상위 등급의 NPC는 유저보다 우월했다.

특히 B등급 이상의 경우 기량 차이가 벌어지는 경우가 심했다.

NPC는 온전히 자신의 기량으로 평가를 받지만, 유저는 이미 알고 있는 정보를 통해 이득을 챙겨 실적이 기량에 부풀기 때문이었다.

당연히 성장 속도는 NPC가 우월하고, 유저는 쫓아가기 바빠진다.

이 현상은 층이 올라갈수록 심해졌다.

종국에는 파티를 맺더라도, 기량 차이가 너무 심해서 아예 도움이 되지 않는 경우까지 생긴다.

태양이 처음에 메시아를 파티로 받지 않겠다고 한, 그런 상황이 연출되는 것이다.

하지만 태양 일행의 경우는 오히려 NPC들이 그의 성장 속도를 따라오지 못하고 있었다.

-실제로 그렇잖아. 네가 업적 100개를 얻을 동안 란은 몇 개 얻었는데. 60개? 70개? 산술적으로 계산해 보자고. 층이 올라갈수록 업적 개수도 기하급수적으로 벌어질 거 아니야.

차원 미궁의 스테이지를 헤쳐 나가는 데에는 태양이 혼자 100만큼 성장하는 것보다 태양과 란이 70, 70 혹은 90, 50씩 성장하는 게 낫다.

100의 능력치가 있어야만 해결할 수 있는 일도 있겠지만, 총합 140의 능력치가 있어야 해결할 수 있는 일도 있기 때문이다.

오히려 후자의 경우가 상황에 유연하게 대처할 수 있는 경우가 더 많았다.

유리 막시모프를 제외한 모든 걸출한 플레이어들이 클랜을 만들거나, 클랜에 소속되어서 활동하는 이유가 따로 있는 것이 아니었다.

—게다가 란은 제약 덕분에 너랑 강력하게 링크되어 있잖아. 솔직히 이 정도 되면 믿을 만하다고 봐.

"음."

—게다가 그렇지 않아도 드래곤 하트 때문에 과부하가 걸리는 상황이잖아? 내가 정확히 아는 건 아니지만.

"그건 맞지."

태양이 고개를 끄덕였다.

—이번 드래곤 하트, 란한테 넘기는 것도 나쁘지 않은 것 같다는 이야기야. 물론, 이건 그냥 저스트 내 의견이야. 판단은 네가.

태양이 진지한 눈빛으로 란을 바라봤다.

현혜의 말대로 확실히 그녀는 믿을 만한 것 같았다.

"현혜야, 그런데 문제가 생겼다."

—응?

"이번에는 안 될 거 같아."

태양이 거대한 살덩이에 팔을 박은 채 어정쩡한 표정으로 서 있었다.

–왜?

태양은 대답하지 못했다.

대신 살덩이에 박아 넣지 않은 왼쪽 손으로 심장을 부여잡았다.

[6–1 만찬장: 24시간 동안 생존하라. – Pass]

[획득 업적: 헤쳐모여!, 두더지, 변(便)장, 독침을 든 먹잇감, 게이트 메이트(Gate Mate), 민폐성 어그로, 협곡 위의 나그네, 용살자(일반), 용살자(최초), 성룡 대면, 꿈틀거리는 먹이, 두 배 이벤트, 고슴도치 연합, 용살자(성룡), 만찬장 클리어]

15개의 업적이 태양의 몸에 깃들었다.

처음에는 실시간으로 강화되는 신체의 성능에 황홀감까지 들었는데, 어느 순간부터는 그런 감각이 덜했다.

업적이 쌓이다 보니 10개 정도로는 극적인 성장이 이루어지지 않았기 때문이다.

"그래도, 한결 낫다."

태양이 휘파람을 불며 어깨를 휘돌렸다.

억지로 사용한 무공과 드래곤 하트의 마나 때문에 잔뜩 혹사한 마나 회로가 업적 덕분에 어느 정도 회복되는 느낌이었다.

으드드득.

발락이 태양을 노려보았다.

이마에 선연한 힘줄이 그가 얼마나 분노했는지를 짐작케 했다.

"놈, 잘도 살아서 움직이는구나."

발락의 기세에 태양이 움찔거렸다.

스테이지 시작에 당했던 일이 뇌리에 남아 있었다.

하지만 태양은 이내 능글맞은 표정으로 어깨를 으쓱였다.

"뭐, 아주 다 죽으라고 만든 스테이지는 아닌 것 같더라고."

쿠우웅.

태양의 말과 동시에 발락의 등 뒤로 압도적인 출력의 마나가 뿜어져 나왔다.

'안드라스만 아니었어도.'

저편에서 지켜보고 있을 까마귀의 머리가 발락의 뇌리에 맴돌았다.

"운 좋은 줄 알아라, 버러지."

"운 아니었는데. 실력이었는데."

태양이 식은땀을 흘리면서도 이를 악물고 이죽거렸다.

발락이 팔을 뻗어 태양의 목을 붙잡고 들어 올렸다.

"커헉."

한참이나 태양을 바라보던 발락이 이내 그를 내팽개쳤다.

"다음 스테이지에서도 그렇게 살아남을 수 있나 보지. 버러지."

쿵.

발락이 자취를 감췄다.

살로몬이 고개를 절레절레 저었다.

"뭐야, 성질을 부리러 온 건가?"

"생각보다 마왕도 인간적인 면이 있네."

란이 고개를 주억거렸다.

이내 그녀가 한심하다는 표정으로 태양을 나무랐다.

"아니, 왜 그렇게 대드는 거야. 상대는 마왕이라고."

"짜증나잖아."

-어휴, 그 성질은 단탈리안에서도 어디 안 가는구나.

현혜가 질린다는 목소리로 중얼거렸다.

원래 그런 성격이다.

태양은 누군가가 위에서 힘으로 누를수록 강하게 튀어 오르곤 했다.

-그래도 다 잘되어서 다행이야. 영양제 특전도 얻고.

태양의 눈앞에 증강 현실이 좌르륵 나타났다.

[특전: 드래곤 하트(Dragon Heart)를 얻으셨습니다.]

[중복된 특전이 있습니다. 해당 특전을 강화합니다.]

[특전: 드래곤 하트(Dragon Heart)(강화)를 얻으셨습니다.]

[특전: 반인반룡(半人半龍)을 얻으셨습니다.]

—태양아.

"응?"

—특전 이름이 이상한데.

"어? 그러고 보니."

본래 영양제를 섭취한 채 클리어해서 얻는 특전의 이름은 '영양제 개화'였다.

하지만 태양의 시스템 창에 뜬 특전의 이름은 '반인반룡(半人半龍)'.

"드래곤 하트 때문인가? 뭐가 다른 거지?"

그때, 살로몬이 태양에게 손가락질했다.

"너, 너!"

드래고닉 랩(Dragonic Lap)

어렸을 때, TV 속 영웅이 되어 보고 싶다고 생각한 적이 있었다. TV가 있는 가정에서 자랐다면 누구나 살면서 한 번쯤은 그랬겠지.

가장 처음에 되어 보고 싶었던 건 거미 인간이었다.

우리들의 친절한 이웃. 워낙 멋있었어야지.

거미줄을 타고 뉴욕의 빌딩 숲을 날아다니는 모습이 얼마나 인상 깊었는지, 퍽 징그럽게 느껴졌던 거미 역시 조금은 멋있다고 생각했을 정도였다.

조금 더 머리가 굵어지고 나서는 표범 인간을 좋아했다.

흠, 솔직히 표범이 되고 싶었는지는 모르겠다.

솔직히 표범 인간이어서 좋아했다기보다는 어깨에 비둘기를 달고 다녀서 좋아했다고 보는 게 더 옳은 것 같기도 하다.

여하간.

그렇게 정립된 취향은 꽤나 일관적으로 이어졌다.

호랑이 인간, 사자 인간.

한때는 박쥐 인간에 빠졌던 적도 있고, 심지어는 두더지 인간이 멋있다고 생각했던 시절도 있다.

하지만 단언할 수 있다.

"파충류가 되고 싶었던 적은 단 한 번도 없었어. 아, 진짜로."

[특전: 반인반룡(半人半龍)을 얻으셨습니다.]

회색질의 피부가 돋아나고, 동공이 파충류처럼 세로로 쭈욱 찢어졌다.

심지어 눈썹 부위에서는 뿔까지 자라나는 것 같았다.

살로몬이 눈을 치떴다.

학구열이 불타오르는지 어지간히도 반짝거렸다.

"이 피부, 용의 비늘과 같은 성분인가? 경도는?"

"도마뱀이라니……."

"이 정도면 피부가 아니라 비늘이라고 부르는 게 맞을 것 같은데? 으. 이 눈 좀 봐. 징그러워."

란이 오만상을 찌푸렸다.

……징그럽다는 건 알겠는데, 눈을 마주치면서 그런 표정을

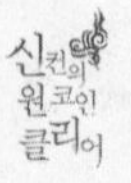

짓는 건 솔직히 조금 상처다.

—ㅋㅋㅋㅋㅋㅋ.

—아니, 솔직히 좀 간지 아님?

—취향 ㄷㄷ.

—그럴 수 있지. 존중해! 근데 난 극혐. ㅋㅋㅋㅋ.

—도마뱀 인간 ㄷㄷ.

—아잇! 용인이라고 불러 달라고요! 왜 멋있는 단어 냅두고!

—ㅋㅋㅋㅋㅋㅋㅋㅋㅋ 본인도 도마뱀이라면서 멘탈 나간 게 킬링 포인트네. ㅋㅋㅋ.

—본인 24년 차 서브 컬처 권위자로서 한마디 하자면 도마뱀은 로봇이랑 붙이지 않는 이상 징그러울 뿐임.

—근데 로봇으로 만들면 지렁이도 멋있음.

—그거 ㄹㅇ.

축 처져 있는 태양을 보며 현혜가 한마디 던졌다.

—어깨 펴, 바보야. 외모가 뭐 그리 중요하다고. 그게 뭐 본판도 아니고 말이야. 성능만 좋으면 됐지.

반인반룡(半人半龍) 특전은 직관적이었다.

말 그대로 절반이지만 용의 신체를 얻게 된 것이다.

더 정확히 표현하자면 심장에 잠든 드래곤 하트의 마나를 꺼내 쓸 때 태양의 몸이 일시적으로 용화(龍化)했다.

'영양제 개화' 특전의 보상이 신체 하나를 용의 것으로 강화시켜 주는 것이니, '영양제 개화' 특전의 여섯 가지 보상을 동시에 받았다고 표현할 수도 있겠다.

"란, 너는 뭐 받았어?"

"나는 피부."

"살로몬 너는?"

"용혈(龍血)을 얻었다는군."

영양제 개화의 보상은 여섯 종류다.

피부(비늘), 눈, 심장, 피, 뼈, 근육.

피부는 방어력과 연관되어 있고, 눈과 심장, 피는 마력, 뼈와 근육은 근력을 강화하는 식이다.

"란, 활성화해 볼래?"

"알았어."

란의 팔에 태양의 것과 같은 비늘이 돋아났다.

태양이 란의 팔을 내리쳤다.

빼억!

"까악! 이게 뭐 하는 짓이야!"

태양의 비늘과 부딪친 란의 비늘이 그대로 부서졌다.

반면, 태양의 비늘은 스크래치가 조금 나긴 했지만 란의 비늘에 비하면 건재했다.

"흠, 성능은 확실하네."

확인해 본 건 비늘뿐이지만, 나머지 부위도 마찬가지일 가능성이 컸다.

-이렇게 되면 마나 회로 문제도 당장 급한 불을 껐다고 봐도

되려나?

마나 회로는 마력에 관련된 기관이지만, 역설적으로 신체의 내구도에 그 기능성이 비례했다.

"아마도 그렇겠지. 지금 확인해 볼까?"

용화(龍化)한 태양이 라이트 세이버를 집어 들었다.

두근.

막대한 마나가 태양의 팔을 타고 라이트 세이버에 흘러든다.

곧 검날에서 특유의 유백색 검기가 솟아났다.

마나 회로에 아무런 통증이 느껴지지 않았다.

저릿저릿한 감각이 곧바로 올라오던 평소와는 확연히 다른 느낌.

오히려 팔을 타고 흐르는 마나의 흐름이 더 세세히 느껴졌다.

―이제 짧은 시간 정도는 버틸 수 있는 건가?

"생각보다 길게 버틸 수도 있을 것 같은데? 해 봐야 알겠지만."

라이트 세이버 시동에 드는 부담은 줄었지만 근본적인 문제가 해결된 것은 아니었다.

태양의 근본적인 문제라 함은 신체의 완성도에 비해 마나 출력이 비대하게 높은 것.

물론 이번에 특성을 얻으면서 신체가 튼튼해지긴 했다.

하지만 성룡급 드래곤 하트를 하나 더 먹어 버린 탓이 신체와 마나의 균형은 바뀌지 않았다.

—시간을 벌었다는 점에서 의미가 있는 거니까. 업적을 쌓다 보면 자연스럽게 나아질 문제이기도 하고.

“그래. 좋게 생각하자고. 어쨌든 간에 없는 것보다는 나은 거니까.”

태양이 몸에 휘돌리던 마나를 심장에 갈무리했다.

태양의 신체를 관찰하던 살로몬이 다시 한번 감탄사를 내뱉었다.

“몸이 돌아왔다?”

“뭘 놀라. 란도 껐다 켰다 하는데. 그나저나 넌 어때? 혈액으로 보상을 받았다고 했잖아.”

“지금 알아보는 중이다.”

살로몬이 팔을 들어 손바닥을 보여 줬다.

살로몬은 특성을 얻은 시점부터 단검으로 손가락을 베어 혈액을 관찰하고 있었다.

비릿하게 풍겨오는 혈향에 태양이 얼굴을 찌푸렸다.

“이렇게까지 해야 돼?”

“체감이 안 되니 어쩔 수 없다. 비늘처럼 가시적으로 보이는 것도 아니고 말이지.”

“하긴.”

용혈(龍血)은 비늘과 같이 활성화/비활성화 방식이 아니라 상시 활성화되어 있는 특성이었다.

눈으로 직접 확인할 수도 없고, 특성상 직접 전투에 도움이

되는 것도 아니어서 이점을 체감하기 어려웠다.

"알아낸 건 있고?"

"한 가지 정도. 더 알아보려면 실험을 해 봐야 할 것 같다."

"실험?"

"마법적인 실험이지. 시설도 없으니 간단하게 하자면 대략 10시간 정도 걸릴 거다."

"흠."

어차피 스톰브링어와 위대한 기계장치의 재사용 대기 시간을 기다리는 참이라 시간은 많았다.

"한 가지 알아냈다는 건 뭐야?"

"항마력이다. 혈액이 마법적인 작용에 저항하더군. 단순한 거부반응 정도인 것 같은데, 어떻게 적용되는지는 더 지켜봐야 알 것 같다."

"오."

태양이 모른 척 놀라는 시늉을 했다.

이미 영양제 개화 특전을 따낸 랭커급 유저들이 알아낸 정보였지만, 마법사 NPC인 살로몬이 또 새로운 정보를 알아낼 수도 있었기 때문이다.

아직 살로몬이 알아내지 못한 용혈의 다른 효능으로는 기형적으로 높은 마나 집적률, 마나로 가열해 기화(氣化)시킬 시 포션 대용으로 사용할 수 있다는 것, 용종(龍種) 괴수의 분노 혹은 두려움을 불러일으키는 촉매 등이 있었다.

살로몬이 시가를 빼끔대며 물었다.

"몸 전반이 아예 용인으로 변화한 거라면, 네 피도 용혈의 성질을 띠는 건가?"

"아마도 그렇겠지. 영양제 개화에서 얻을 수 있는 여섯 가지 보상을 동시에 얻은 거니까. 왜, 뽑아 줄까?"

살로몬이 고개를 끄덕였다.

"같은 성질을 가지고 있다면 비교 분석하기 편하다."

"나야 좋지."

태양이 아닌 척 팔을 내줬다.

사실은 그가 부탁하고 싶은 입장이었다.

"근데 아까 봤지? 란의 비늘이랑 부딪쳐 봤는데."

"란의 비늘이 일방적으로 부서지더군. 봤다."

"응. 내가 이야기하고 싶은 건, 네 피랑도 어느 정도 차이가 나지 않을까? 싶다는 거지."

"참고하겠다. 기능의 효율성 차이만 있는지, 아니면 네 혈액에만 특별한 성질이 또 있는지도 알아봐야겠군."

"응. 그래 주면 고맙고."

살로몬이 아쉽다는 듯 입맛을 다셨다.

"마음 같아선 연구소에 들어가서 알아보고 싶은데 말이야."

옆에 앉아서 비늘을 뗐다 붙였다 하며 제 팔을 관찰하고 있는 란 역시 살로몬과 비슷한 안색이었다.

—이게 마법사계 NPC들의 현실입니다.

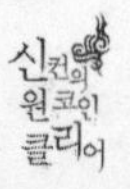

–약간 이과 감성.

–이해는 안 되는데 주변에 한 명쯤 있으면 확실히 도움되는 친구. 뭐 이런 느낌 ㅋㅋ.

–공돌이 ㅋㅋㅋㅋㅋㅋ

크롸라라라라라라라라!

지름 500m의 거대한 유리통 안에서 선홍빛의 용이 울부짖었다.

가운을 입은 수십 명의 용인이 반대편 연구소에서 바쁘게 움직이며 용의 움직임을 관찰했다.

"전일 대비 성장률 130%. 앞발과 몸통 비율 1 : 3.7로 변함없음. 아룡 개체에서 보이는 힘줄 도드라짐 현상 아직 없어지지 않음. 비늘 89개 추가 생성."

"교체한 왼쪽 앞발 상태 브리핑 요망."

"고관절 움직임 이상 없음, 중간 관절 움직임 이상 없음. 좌측 2개의 발톱 관절 구동 불가, 신경 연결 불량 추정. 발톱 3개 손상."

가장 큰 키의 용인이 브리핑을 듣다 말고 탁자를 내리쳤다.

콰앙!

거대한 철제 탁자가 한순간에 우그러졌다.

"발톱 손상? 언제!"

보고하던 용인이 아무렇지 않은 표정으로 철제 탁자를 다시 펴며 대답했다.

"스스로 벽을 긁은 것으로 추정. 약 일주일 간 더 신경을 자극할 가능성 큼. 추가로 환상통을 겪고 있는 것으로 추정. 정신 안정제 투입 고려."

"확인. 여섯 시간 전 서남 방향 유리 벽면 강타. 강타 직전 의족 접합부 세 차례 경련 발견. 알타리움 거부반응으로 인한 통증으로 추정. 환자 퇴원 이후 벽면 보강 확인 요망."

"날개 피막 손상 확인. HE-200 생체 단백질 투입 필요."

"승인 거부. 체중 증가로 인한 의족 접합부 균열 발생 가능성 증가."

그때, 거대한 연구소 벽면이 통째로 열렸다.

바쁘게 움직이던 수십의 용인이 행동을 정지하고 무릎 꿇었다.

"잘들 하고 있나."

용왕 발락이 거대한 덩치를 과시하며 연구소 중앙으로 들어왔다.

연구실장을 맡은 키 큰 용인이 발락 앞에 다가와 무릎을 꿇었다.

용인 역시 다른 용인보다 머리 2개는 큰 덩치를 자랑했는데, 발락의 앞에 서니 어른과 아이 같아 보였다.

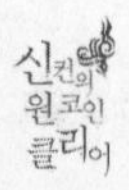

연구실장이 특유의 빠르고 정확한 딕션으로 보고했다.

"이번 테스트는 HE-200. 200년 이상 생존한 하트이터의 신체로 이루어진 생체 의족입니다. 대상자는 성룡급 크림슨 드래곤으로 현재 알타리움 반응으로 조금 고생하고 있기는 한데, 처방으로 통증을 잡으면 테스트에 무리 없이 참여할 수 있을 것으로 보입니다."

"성룡급 크림슨 드래곤? 알드레하인가? 저번 보고에 따르면 이번 테스트 참여는 파트리스로 알고 있었다만. 용공(龍工)적 드래곤 하트 개조. 아니었나?"

쿠웅.

연구실장이 땅바닥에 머리를 처박았다.

"죄송합니다. 드래곤 하트 개조가 생각보다 너무 일찍 끝난 탓에 임의로 먼저 퇴원시켰습니다."

"시술한 지 얼마나 됐지?"

"3주 전입니다. 일주일 전까지는 붙잡아 두고 있었습니다만……."

"됐다. 그 녀석 성격 급한 건 나도 알고 있어."

발락이 손을 내저었다.

발락은 다른 이들에게는 사나운 폭군으로 군림했지만 정작 자신의 수하들에게는 성군이라고 칭송받을 정도로 어진 정치를 베푸는 마왕이었다.

"알드레하로는 안 돼. 생체 의족 테스트는 다음으로 미룬다."

크림슨 드래곤 알드레하는 이제 막 4단계가 된 성룡.

운타라 혹은 만찬장 스테이지에서 날뛰던 마룡과 차이가 없었다. 윤태양을 비롯한 플레이어들이 올라와서 여유 있게 제압하리라.

최악의 경우엔 플레이어들이 용인들의 통제를 벗어나 알드레하의 살해를 시도할 수도 있었다.

"으음, 파트리스가 있는 줄 알았는데 말이지."

반면 파트리스는 4단계에서 5단계로 넘어가기 단계. 즉, 고룡이 되는 과정을 밟고 있는 마룡이었다.

한참 고민하던 발락이 물었다.

"키메라 프로젝트. 아직 남아 있나?"

"키, 키메라 프로젝트 말씀이십니까? 확인을 좀 해 봐야 할 것 같습니다."

"해 봐. 아직 미실험 개체가 하나 남아 있을 거다. 코드명은 아마, PX-4889."

연구실장의 등줄기로 굵은 땀방울이 흘러내렸다.

키메라 프로젝트.

전임 연구실장이 주도했던 프로젝트로 무려 고룡(古龍) 다섯이 연관 되어 있던 건수였다.

"다, 당장 움직여! PX-4889! 관련 연구 기록 가져와!"

발락이 부산스럽게 움직이는 용인들을 보며 속으로 다짐했다.

'윤태양, 이번에는 확실히 죽여 주마.'

창백한 백열등이 따가운 빛을 쏟아 내는 사무실.

[6-2 드래고닉 랩(Dragonic Lab): [키메라-메카 드래곤 PX-4889의 성능 테스트를 완료하라.]

시스템 창을 확인한 현혜가 침음을 내었다.

-드래고닉 랩이라니. 흔한 스테이지는 아닌데.

"흔하지 않다. 좋지 않은 언어 선택이야. 중요한 건 이거지. 좋아? 아니면 나빠?"

-음. 좋다고 볼 수도 있고. 아니라고 볼 수도 있고.

태양이 콧등을 찡그렸다.

"마음에 안 드는 대답이네."

하지만 현혜로서는 그렇게 대답할 수밖에 없었다.

드래고닉 랩 스테이지는 10명 내외로 이루어진 소수의 플레이어가 용인들의 실험에 도움을 주는 형식으로 진행되는 스테이지였기 때문이다.

심지어 실험의 종류가 너무 많아서 예측은 사실상 의미가 없는 수준이었다.

-메이저한 테스트 종류는 재활 훈련. 대공 무기 화력 테스트, 용족의 신무기. 이 정도인데, 안 걸렸어.

"흠."

-그나저나 키메라-메카 드래곤. 전혀 들어 본 적이 없는데.

듣도 보도 못한 실험은 두 가지 종류로 나뉘었다.

평균보다 쉽거나, 혹은 어렵거나.

일반적으로 어려운 경우가 더 많고, 쉬운 경우라도 공략법이 정립되어 있지 않으니 변수에 당할 확률이 꽤 있었다.

"태양, 궁금한 게 있어."

"어."

"테스트를 완료하라니. 이번 스테이지에서는 우리가 마족들의 실험을 돕는 거야?"

"비슷해. 돕는다기보다는 몸으로 때운다는 표현이 더 어울릴 것 같긴 하지만."

"실험이라. 흥미롭군."

태양과 란, 살로몬이 스테이지에 관해 이야기를 나누는 사이 반대편에서 플레이어들이 문을 열고 나타났다.

강철 늑대 용병단 3조. 로시와 네 명의 플레이였다.

"오."

"플레이어 윤태양, 또 보는군요."

"그러게."

태양의 반응은 미적지근했다.

100% 확정할 수는 없지만, 전 스테이지에서 만난 플레이어를 다음 스테이지에서 또 만나는 건 흔한 일이었다.

로시가 물었다.

"다른 플레이어는 없었습니까?"

"내가 본 건 너희 팀이 처음이야. 그쪽은?"

"마찬가지입니다."

태양이 문 뒤를 바라보며 물었다.

"다른 방은 확인해 봤고?"

"모두 비었습니다."

"추가 플레이어는 더 없다는 얘기네. 숫자도 얼추 맞고."

태양, 란, 살로몬. 그리고 로시와 강철 늑대 3조 조원 넷.

8명이면 스테이지가 시작되기에 충분했다.

로시가 미간을 좁히며 물어왔다.

"그사이에 확인해 보셨습니까?"

원체 표정 변화가 적은 사람이라서 그런지 미간 사이에 잡힌 주름도 옅었다.

태양이 피식 웃었다.

"뭐, 그 정도는 알지."

직접 확인해 보지는 않았지만, 현혜의 귀띔 덕분에 스테이지의 대략적인 구조는 알았다.

그리고 굳이 확인할 필요가 없다는 사실도 알았다.

—곧 연구원 용인이 나타나서 해야 할 일을 브리핑하고 실험장

으로 인솔할 거야. 장소가 바뀌니 사전 준비고 뭐고 의미가 없다는 거지.

태양에게 한 번 제압당했던 일례가 있는 강철 늑대의 플레이어들이 경계가 완연한 기색으로 태양을 바라봤다.

태양이 어깨를 으쓱였다.

"너무 걱정하지 마. 여긴 대립보다는 협동에 중점이 있는 스테이지라고. 너희랑 싸울 일은 거의 없을 거야. 아마도."

물론, 태양의 건들거리는 말은 플레이어들의 경계를 내려놓게 하는 데 전혀 도움이 되지 않았다.

'음. 아마도는 덧붙이지 말 걸 그랬나.'

피식 웃으며 고개를 돌린 태양이 란을 발견했다.

"넌 또 왜 그러고 있어?"

"뭐가?"

"뭐긴 뭐야."

란이 아닌 듯 경계하는 눈길로 로시를 바라보고 있었다.

모르는 사람이 보기에는 티가 나지 않았지만, 여러 층을 같이 오르며 란을 알아온 태양은 알아볼 수 있었다.

란이 로시를 경계하는 이유는 간단했다.

같은 층을 오르는 플레이어 중에서 태양과 직접 전투해서 로시만큼 시간을 끌 수 있는 플레이어가 또 있을까?

그녀의 생각에는 없었다.

'나는 할 수 있나?'

란은 자기 객관화가 명확히 되는 사람이었다.

그녀 스스로 판단하기에, 제약이 없더라도 태양과 대거리를 할 자신은 없었다. 물론 태양의 말만 전해 듣고 이렇게 경계를 하는 건 아니었다.

4대 클랜이 모여 성룡을 사냥했을 때 강철 늑대 클랜은 유리 막시모프 클랜, 즉. 태양 일행과 더불어 유이(唯二)하게 성룡 사냥에 성공했다.

그리고 강철 늑대의 성룡 사냥에서 일등 공신은 말할 필요도 없이 로시였다.

허공에 떨어져 내리는 위협적인 빙산(氷山)과 칼날과 같이 날카로운 얼음 다발. 그리고 란만큼이나 공중을 자유롭게 유영하는 기동성은 만찬장 스테이지에 모인 플레이어들의 시선을 사로잡았었다.

심지어 몇몇의 비 클랜 플레이어들은 로시를 보며 이명까지 붙여 줬다.

"얼음공주라고 했나."

"풉!"

"쿨럭!"

저도 모르게 헛기침한 로시의 얼굴이 새빨개졌다.

"응?"

"아, 아닙니다. 큼. 갑자기 사레가 들려서."

태양이 입가를 가리며 킥킥거렸다.

“오, 별명이 마음에 드셨나 봐요. 얼음…….”

“쿨럭! 쿨럭!”

덜컥.

그때 다시 한번 사무실의 문이 열리며 부끄러운 처지에 빠진 로시를 구원했다.

구원자는 길쭉한 키에 새하얀 가운을 입은 용인이었다.

“여덟 명입니까? 모두 모였군요.”

안경을 추켜 올린 용인은 자신을 연구실장이라 소개했다.

눈알을 쓰윽 굴리며 플레이어들의 상태를 확인한 용인은 곧 아주 빠른 속도로 키메라-메카 드래곤 PX-4889 테스트에 관해 설명하기 시작했다.

“먼저 우리가 테스트할 병기, PX-4889에 관해 설명해 드려야겠군요. PX-4889는 고룡 펠릭스 시아칸의 사체로 제작된 키메라 드래곤입니다. 다만, 일반적인 키메라와는 다릅니다. 기존의 키메라 기법은 마법으로 다른 괴수의 사체를 이어 붙이고 호환성을 높이는 작업에 중점을 두었는데, PX-4889는 달리 위대한 군주께서 새로운 차원을 복속하여 얻어 내신 마법 금속 아크늄을 기반으로 시도된 메카 키메라입니다.”

태양이 푸근한 미소를 지었다.

—음, 하나도 모르겠고.

—빠른 말 속도와 놀라운 딕션이 아주 인상 깊네요. 목걸이는…… 못 드리겠습니다. 플로우가 너무 단조롭네요.

—아무래도 요즘은 개성의 시대죠. 속도로만 밀어붙이는 건 이미 10년 전에 지난 유행이에요.

—엥. 요즘 또 좀 뜨지 않음?

—시기 다른 래퍼들의…….

—누가 힙찔이들 좀 쳐 내라!

연구실장의 설명을 듣던 란이 인상을 찌푸렸다.

"용족은 제 동족도 키메라로 만들어?"

연구실장이 말을 멈추고 란을 바라봤다.

"죽음 뒤에도 종족의 번영을 생각하신 고인의 의지를 모독하지 말아 주시기 바랍니다."

"아, 예."

연구실장이 홱 소리가 나도록 몸을 돌렸다.

태양이 란 쪽으로 슬쩍 기댔다.

"상당히 기분 나빴나 본데?"

"그, 그러게. 이럴 의도는 없었는데."

"나중에 한 번 더 사과해 봐."

"그럴까? 근데 그렇게까지 할 필요 있나?"

"어허. 말로 입힌 상처가 칼로 입힌 상처보다 깊은 거 몰라?"

"그게 무슨 소리야?"

살로몬이 속닥이는 둘을 한심하게 쳐다봤다.

"입 다물고 브리핑이나 듣지."

태양 일행이 떠들거나 말거나, 연구실장은 특유의 빠른 리듬으로 설명을 이어 갔다.

"플레이어분들이 맡아 주셔야 할 과정은 총 세 가지 섹션으로 이루어져 있습니다. 지금 제가 말씀드릴 부분은 그 중 첫 번째로 플레이어분들이 확인해 주셔야 할 섹션. 완력 측정에 관한 부분입니다."

퉁.

연구실장이 가볍게 벽면을 때리자 벽면이 그대로 뒤집히며 커다란 모니터가 나타났다.

ㅡㄷㄷ 오버 테크놀러지.

ㅡ와, 용 생긴 거 봐라. 쌉간지.

ㅡ지렁이도 로봇으로 만들면 멋있다고 한 거 누구냐? ㄹㅇ이네.

ㅡ근데 용은 원래 멋있음.

연구실장은 모니터에 나타난 고룡의 해부도와 설계도가 합쳐진 그림 곳곳을 가리키며 설명을 이어 갔다.

그리고.

'위기다.'

자료 화면.

자료 화면 곳곳을 가리키며 열변을 토해 내는 용인.

그리고 책상 앞에 앉아 있는 나.

마치 학창 시절로 되돌아온 것 같다.

태양은 급속도로 흐려지는 정신을 붙들기 위해 안간힘을 썼다.

슬쩍 눈을 돌려 확인해 보니 로시를 제외한 강철 늑대의 클랜원들도 죄다 기절 직전이었다.

태양이 간신히 이해한 바에 따르면, 저 입 빠른 용인은 본래 고룡의 근력과 개조 과정에서 손실된 추정 근력, 더해진 추정 근력 등을 산술적으로 계산하고 있었다.

그렇다.

연구실장은 자신의 실험에 심취한 나머지 플레이어들에게 쓸데없는 정보를 과다하게 전달하고 있었다!

–마법사는 진짜 공돌이랑 치환되는 거냐?

–현직 공돌이입니다. 뭔 개소린지 모르겠습니다.

–이걸 다 이해한다고?

–와. NPC들 저거저거 눈 빤짝빤짝한 거 봐라.

–나 란이랑 내적 친밀감 많이 쌓아 놨다고 생각했는데 오늘은 좀 멀게 느껴지네…….

결국 태양이 고개를 떨궜다.

첫 번째 전사자의 유언은 이러했다.

"현혜야, 세 줄 요약 좀."

"……이상입니다. 두 번째와 세 번째 측정에 관해서는 완력 측정 이후 다시 한번 설명하는 시간을 갖겠습니다."

"쓰읍, 끝났어?"

연구실장의 종강 선언(?)에 태양이 귀신같이 일어났다.

"현혜야."

—테스트할 대상이 엄청 세다. 네가 생체 샌드백이다. 유사시엔 키메라한테 마나를 미친 듯이 집어넣어서 작동 정지시키면 된다.

"크, 성능 좋고."

—……죽을래?

"아니, 고맙다고."

연구실장이 가장 먼저 방을 나서고, 플레이어들이 그의 뒤를 따라나섰다.

여러 용인이 달라붙어 플레이어들에게 테스트에 필요한 장비를 넘겨줬다.

피격 시 충격량을 계산하는 조끼, 충격을 흡수해 주는 마나 실드. 키메라의 행동 패턴을 일러 주는 무전기, 마나 유동량을 파악하기 위한 탐지기 등.

십여 가지의 장비를 몸에 부착하고 나니 몸이 두 배는 무거워진 것 같았다.

"플레이어 윤태양, 오른쪽 앞발 전담입니다. 최소한 두 대는 직접 피격하셔야 하고, 앞발 가동은 최소 120회 이상 유도하셔야 합니다. 가동 유도는 아까 말씀드린 메커니즘대로 행동하시면 됩니다. 과하게 위험하다 싶을 땐 피하시되, 회피 시 발톱과

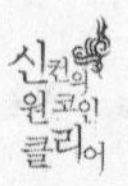

의 간격이 3cm 이내여야지만 가동 횟수 인정됩니다."
"가동 유도가 무슨……."
"아까 전부 설명 드렸습니다."
쿵.
연구실장이 거대한 파충류의 앞발이 꿈틀거리는 밀실에 태양을 집어넣고는 문을 닫았다.
태양이 쳇 하고 고개를 팩 돌렸다.
아무래도 강의 중에 자는 바람에 미운털이 박힌 것 같았다.
—굳이 따지자면 우리 편은 아니지만, 저것도 NPC야. 왜 굳이 미움을 사냐? 눈만 똑바로 뜨고 있었어도 반은 갔겠다.
"너였으면 다를 것 같냐? 난 솔직히 코 안 곤 걸 다행이라고 생각해."
—안 골았다고 생각해?
"헉, 골았어?"
현혜가 혀를 끌끌 찼다.
—아무튼, 가동 유도는 스킬 시전만 하면 된데. 정확히는 마나만 소모하면 되는 거지. 마나 소모가 클수록 반응이 격하다고 했어.
"오케이. 하, 백이십 번이나 이 짓을 해야 한다고?"
—응. 심지어 두 대는 직접 맞아야 해. 알지?
"흠."
태양이 클리어 조건을 되새기며 주변을 둘러봤다.
물론 업적이 될 만한 건수를 찾기 위해서다.

—다른 오브젝트로 변수를 찾기보다는 일단은 테스트에 충실히 임하는 게 나아.

"그래?"

이런 식으로 목표가 뚜렷하고 변수를 만들기 어려운 스테이지가 종종 나타나고는 했다.

"최소한의 업적을 보장하는 대신 추가로 많이 얻기는 어렵다는 건가."

—응. 테스트 결과 잘 뽑아내면 아마 몇 개 더 줄 거야. 여덟 명이서 경쟁하는 거라 나름 경쟁률도 나쁘지 않고.

"쩝. 파이를 나눠 먹어야 하는구나."

태양이 아쉽다는 듯 혀를 차며 거대한 앞발 앞으로 다가갔다.

거대한 생체 조직에 군데군데 강철이 뒤덮여 있는 외관이 정말 메카 키메라라는 이름에 어울렸다.

"그럼 시작해 볼까."

후웅.

태양이 마나를 끌어 올렸다.

그리고.

빠어어어어어어억!

거대한 앞발에 맞은 태양이 그대로 밀실 벽면에 처박혔다.

후두둑.

밀실 벽의 돌가루가 뜯어져 내렸다.

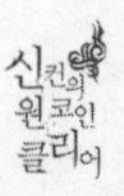

흩날리는 흙먼지가 가라앉고 나서, 한 남자가 일어섰다.

"쿨럭."

태양이었다.

–야! 윤태양! 괜찮아?

"어, 어. 괜찮아. 괜찮아."

비틀거리며 일어난 태양이 얼굴을 찡그리며 뒷목을 부여잡았다.

짧은 순간이지만, 의식이 흔들렸다.

–괜찮은 거 맞아?

현혜가 의심 어린 목소리로 되물었다.

아닌 게 아니라, 잠깐이지만 태양이 누워 있는 캡슐에 건강 이상 신호가 나타났기 때문이다.

"아이, 괜찮다니까. 나 현역 시절에도 기절한 적 없어. 알잖아?"

태양이 고개를 흔들었다.

–근데 윤태양 기절한 적이 없다고?

–킹피 유저들 랭커 정도 되면 다 한 번씩은 있다던데.

–그거 다 윤태양한테 처맞고 기절한 거자너 ㅋㅋㅋㅋㅋㅋ

–레전드네 ㅋㅋㅋㅋㅋㅋㅋㅋㅋ.

–아니, 근데 기절 ㄹㅇ?

–ㅇㅇ 몰입 너무 많이 하면 정신적으로 데미지 엄청 크다 했음.

—초반에 그거로도 말 엄청 많았었지. ㅋㅋ.

—그때 딱 잘랐으면 단탈리안 사태 같은 대참사는 안 일어났을 텐데.

—존중의 시대다 어쩐다하면서 정부가 규제 못 하게 막았잖음. ㅋㅋ.

—근데 단탈리안 해 본 건 솔직히 이득임. 이거 안 해 봤으면 인생의 절반 손해 본 거임. ㅋㅋ.

—ㄹㅇㅋㅋ.

단탈리안은 정신 건강에 관련된 문제를 100% 잡아낸 게임으로도 명성이 드높았다.

"뭐, 이런 사태가 일어나고 나서 전부 의미 없는 일이 되었지만."

태양이 몸 상태를 점검했다.

지끈거리는 뒷목.

잠깐이지만 상실한 의식.

"이명도 약간 있는 것 같고."

흥분 때문인지 두근거림까지.

명백한 뇌진탕 초기 증상이다.

—마나 실드는 왜 발동이 안 됐지? 불량품을 준 건가?

"어, 아직 활성화를 안 했네. 생각난 김에 해야겠다."

딸칵.

왼쪽 가슴에 달린 마나 실드 생성 장치의 버튼을 누른 태양

이 본능적으로 손에 마나를 담아 뒷목을 주물렀다.

그와 동시에.

콰아아아아아아앙!

강철로 장식된 마룡의 앞발이 다시 한번 태양을 후려쳤다.

—윤태양!

"와, 씨. 깜짝이야!"

놀란 태양이 돌무더기를 헤치며 벌떡 일어났다.

본능의 영역에서 움직인 극소량의 마나였다.

"이걸 느꼈다고?"

콰드드득.

힘줄이 잔뜩 불거진 PX—4889의 앞발이 바닥을 헤집었다.

그 모양새가 마치 불만을 표현하는 것 같았다.

"키메라라고 했지?"

—응.

키메라.

마법으로 재창조해 낸 생명체.

"PX, 뭐라 그랬지? 군용 슈퍼마켓 같은 이름인 주제에 성격은 어지간히 더러운 녀석인가 보네."

이번에는 마나 실드가 정상적으로 작동해서 별 다른 타격은 없었다. 다만 마나 실드 생성 장치가 발동하는 과정에서 마나가 뭉텅이로 빠져나갔다.

드래곤 하트 2개를 섭취한 태양이 느끼기에 뭉텅이.

마나 소비량이 거의 '라이트 세이버 - 타입: B'에 버금가는 듯했다.

다른 말로 하자면, 기회가 몇 번 없다는 뜻.

도전 의식이 자극된 태양이 눈을 빛냈다.

"다른 감각은 차단된 채 앞발만 밀실에 묶여 있는 상황인 거네. 마나를 움직이면 즉시 위치를 특정해서 움직이는 거고."

—그럼, 용인이 했던 말은 뭐지? 움직이는 마나가 클수록 반응이 격하다고 했는데.

"말장난이야."

태양이 단호하게 대답했다.

진각을 밟으며 움직인 마나와 방금 뒷목을 주무를 때 사용한 마나의 양은 천양지차였다.

"반응이 격하다. 하, 위치를 특정 당하기 더 쉬운 거겠지."

설명이 부실했다고 따지기도 뭐 했다.

차원 미궁은 애초에 플레이어에게 편의를 제공하지 않는 공간이니까.

태양이 삐딱하게 고개를 꺾었다.

"다시 한번."

미약한 마나의 움직임과 동시에 마룡의 앞발이 가동했다.

후웅.

성인 몸통만 한 앞발이 공간을 격하며 단숨에 태양의 코앞까지 치달았다.

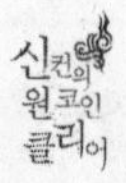

태양이 그대로 뛰어올랐다.

콰아아아앙!

태양의 발 밑창을 스쳐 지나간 앞발이 태양의 몸 대신 밀실 벽만 폭격했다.

—성공이다!

“아니!”

발을 구르는 과정에서 마나를 사용했다.

신경질적으로 벽면을 헤집은 앞발이 그대로 튀어 올랐다.

“이익!”

태양이 허공에서 필사적으로 몸을 꺾었다.

쿠우웅!

거대한 앞발이 콩 한 쪽 차이로 태양의 어깨를 비껴갔다.

회피는 성공했지만, 또 다시 마나를 사용해 버렸다.

마나 인지 감각이 생겨난 이후 행동에 마나를 싣는 게 버릇이 되어 버린 탓이다.

굳이 따지자면 어쩔 수 없는 일이긴 했다.

마나로 신체를 강화하지 않았다면 피할 수도 없었다.

“젠장.”

태양이 작게 욕지거리를 내뱉었다.

태양의 신체는 여전히 허공에 떠 있었다.

짚을 곳도, 잡을 것도 없는 상황.

태양의 몸이 바닥에 채 닿기 직전, 앞발이 태양의 상체 전면

부를 후려쳤다.

콰아아아아앙!

—와. 난이도 미쳤는데?

—피할 거면 120회 연속으로 다 피해야 되는 거임?

—이럴 거면 두 번은 꼭 맞아야 한다는 말은 왜 한 거냐? ㅅㅂ.

—기만이지, 기만.

—ㄷㄷ.

태양이 자리에서 벌떡 일어났다.

이번에도 마나 실드 생성 장치가 제 역할을 한 탓에 별다른 상처는 없었다.

—괜찮아?

"잠깐만. 말 걸지 말아 봐."

태양이 빠르게 상황을 복기했다.

움직일 수 있었던 경우의 수.

마나를 사용하지 않고 피할 수는 없었나?

허공으로 뛰는 게 아니라, 옆으로 몸을 날렸다면?

아니, 애초에 돌조각을 들고 뛰었다면 허공에서 그것을 발판 삼아 한 번 더 움직일 수 있었다.

물론 마나 사용으로 위치가 식별되기에 추격은 계속되었겠지만, 땅을 밟을 수 있는 이상 최소 다섯, 여섯 번의 공격을 더 피할 수 있었다.

사실 더 근본적인 문제는 다른 곳에 있었다.
이 키메라 드래곤의 속도가 너무 빨랐다.
단순히 빠른 걸 넘어서 엄청날 정도로.
"운타라를 처음 대면했을 때도 이 정도로 피지컬 차이가 심하지는 않았는데."
고룡을 베이스로 했다는 이 키메라-메카 드래곤 PX-4889는 같은 층에서 괴물이나 다름없는 태양도 아무 반응을 할 수 없을 정도로 성능이 압도적이었다.
'반응으로 해결되지 않는다면 예측으로.'
그리고 예측을 위해서는 필요한 요소.
데이터.
태양이 부서진 벽면 잔해를 집어 들었다.
-던지게?
"마력이 아닌 것에도 반응하는지 보려고."
툭.
힘줄이 꿈틀거리는 마룡의 앞발에 잔해가 닿는 순간.
콰아아아앙!
애꿎은 밀실 벽면이 다시 한번 폭격당했다.
촉각은 확실하게 살아 있는 모양이었다.
"후, 다시 간다."
태양이 다시 한번 마나를 일으켰다.
후웅!

즉시 뻗어 오는 앞발.

태양이 그대로 뛰어올랐다.

콰아아앙!

한 번.

천장에 붙은 태양이 이번에는 실수를 반복하지 않고 충분한 힘으로 바닥을 밀어냈다.

콰아아아아아아앙!

두 번.

자리에 도착한 태양이 이번에는 오른 벽면으로 튀어 나갔다.

이후 다시 천장으로 뛰어오르고, 관성을 이용해 왼쪽 벽면에 착지.

쾅, 쾅, 콰아아아아앙!

3cm라는 아슬아슬한 간격을 지켜 가며, 순식간에 다섯 번의 공격을 비껴 냈다.

동그랗게 원을 그리며 지면을 향하는 동선을 그리던 태양의 몸이 일순간 정지했다.

다음이 문제였다.

앞발, 드리곤의 감각을 속여 넘겨야 했다.

천뢰굉보(天牢轟步): 윤태양식(式) 어레인지.

콰드드득.

정련되지 않은 마나가 태양의 마나 회로를 난폭하게 타고 흐른다.

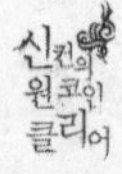

동시에 태양이 라이트 세이버를 뽑았다.

아주 잠시간의 시동.

강렬한 마나 파동이 일순간 밀실을 가득 채운다.

꽈릉.

태양의 몸은 번개를 타고 밀실 구석으로 옮겨 갔지만, 라이트 세이버의 검에 흐르던 단분자―마나 블레이드가 짧은 순간 잔상으로 남아 번뜩였다.

콰아아아아앙!

앞발이 유백색 잔상을 헛치고 나서, 곧 속았음을 깨닫고 난폭하게 주변을 헤집었다.

밀실 반대편에 선 태양이 그 광경을 바라보며 후욱, 참았던 숨을 내쉬었다.

"이렇게 여섯 번."

―와, 미쳤다.

잘 알려지지 않은 테스트는 두 가지로 나뉜다고 했었다.

평균보다 많이 쉽거나, 많이 어렵거나.

키메라―메카 드래곤 PX―4889의 성능 테스트는 명백히 많이 어려운 타입이었다.

―역시. 쉽게 가는 법이 없죠?

―말도 안 되게 어려워 보이는데 이걸 또 하네.

―진짜 ㅋㅋㅋ.

―이게 윤태양이지.

현혜가 애써 밝은 목소리로 태양을 격려했다.

―그래도 깰 만할 것 같은데? 세 번 만에 성공했잖아. 이대로 반복만 할 수 있다면…….

"아니, 안 좋아."

―어?

태양이 머리를 쓸어 올렸다.

"내가 겨우 깨면, 다른 플레이어들은 어떻겠어?"

17층 플레이어 중에서 태양의 신체 스펙을 따라올 플레이어는 없다.

그런 태양이 하드웨어뿐만 아니라 소프트웨어까지 극한으로 굴려서 겨우 여섯 번을 피해 냈다.

다른 플레이어들의 상황은 불 보듯 뻔했다.

"마나 실드 생성 장치로 어떻게든 버텨야 한다는 건데 마나 소모량이 말이 안 돼."

이름은 테스트라고 붙어 있지만, 결국 스테이지다.

플레이어의 목숨은 보장되어 있지 않았다.

최대한 빨리 끝내고, 구하러 가야 한다.

태양의 두 눈에 불이 켜졌다.

용인 연구원들이 놀라서 웅성댔다.

"120회 가동. 실 피격 3회. 테스트 성공."

"오른 앞발 평균 가동 속도 생전 85%. 관절 가동 재현율 65%, 타격 시 가하는 피해 250%. 오른 앞발 한정 비(非) 마법 결투 전제 키메라 병기 효율성 상위 21%. 합격."

"PX-4889에게서 유의미하게 데이터를 뽑아내다니, 경악."

"17층 플레이어 평균 데이터 기준 재정립 요망."

"신형 마나 실드 발생 장치 신 정보 적립. 드래곤 마나 탐지. 오류 확인 요망."

"플레이어 윤태양 개별 피드백. 장치 마나 소모량 극심. 용족에겐 해당하지 않을 것으로 보이나 기록해 두겠음."

사실 태양과 같은 플레이어가 PX-4889의 신체적 반응에 대응하기 어려운 건 어쩌면 당연한 일이었다.

시체라 약화됐다고는 하지만, 고룡이다.

고룡은 플레이어 기준 36층 이후에서나 볼 수 있는 등급의 괴수였다.

심지어 펠릭스 시아칸은 생전에도 강력한 육체 능력으로 악명을 날렸던 마룡이었다.

16층의 플레이어들을 실험체로 삼아서는 데이터를 얻기 어려웠기 때문에 지금까지 연구실에 묻혀 있었던 케이스였던 것이다.

연구실장이 고개를 끄덕였다.

"과연. 군주께선 언제나 답을 찾으시는군."

연구실장의 입은 발락의 지혜에 탄복하면서도, 눈은 부릅뜬 채 플레이어 살로몬의 실험실로 들어가는 태양을 보고 있었다.

연구실장이 직전 발락과의 대화를 떠올렸다.

—궁금한 것이 있습니다.

—말하라.

—어째서 저희 드래고닉 랩에 이렇게 신경을 쓰시는 겁니까?

연구실장의 의문은 타당했다.

발락의 16, 17, 18층에는 수십 개의 스테이지가 있다.

당연히 발락이 신경을 쏟을 곳도 많다.

발락이 드래고닉 랩에서 이렇게 신경을 쓰는 경우는 이제껏 거의 없었던 일이었다.

그리고, 발락이 대답했다.

—윤태양. 밑의 스테이지에서부터 용을 죽였더군. 저 녀석의 심장에 복속된 성룡급 드래곤 하트만 2개다.

용족은 강력한 종족이었다.

발락은 1천 기의 용기사로 그의 고향 차원을 하나로 통일했다.

발락과 그의 군대가 활발하게 활동할 때, 그들은 수 개의 차

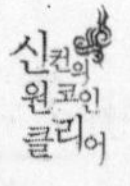

원을 더 정복했다.

마계에 편입한 이후 정복 전쟁은 적어졌지만 용족의 위용은 여전하여, 10개에 달하는 차원을 지배하고 있었다.

심한 곳에서는 완전무결한 신으로 떠받들어질 정도인 용족.

하지만 문제가 아주 없는 것은 아니다.

모든 용족의 일원은 태생적으로 번식에 문제를 겪었다.

한 개를 넘어 십 수 개의 차원을 지배하는 종족의 총원이 5천이 채 되지 않았다.

혹자는 용족이 1, 2, 3단계에 해당하는 아룡(亞龍)을 종족의 일원으로 취급하지 않는 문화 때문에 나타나는 숫자라고 하지만, 아룡을 더해 봐야 총원에는 500.

10% 정도의 편차가 있을 뿐이다.

이는 명백히 충격적인 통계였다.

심지어 이 5천이라는 숫자도 유래 없는 용족의 대 호황기를 이끈 발락이 만들어 낸 숫자다.

전 차원적으로 통계를 내었을 때 용족은 차원 당 평균 열 마리가 채 안 되는 파멸적인 분포를 보였다.

그런 만큼 용족은 동족의 목숨에 민감하게 반응했다.

얼마나 민감했는지, 동족의 생존을 신경 쓰는 용족의 집착은 DNA 깊숙한 곳에 각인되어 마계의 많은 괴수가 노리는 약점이 될 정도였다.

특히 아직 신체가 완성되지 않은 아룡에게 집착하는 성향은 더욱 심각해서, 그들은 때로 군주인 발락의 명령조차 무시하고 명약관화한 함정에 뛰어들기까지 했다.

발락이 용족이 선천적으로 타고나는 이 '집착'을 줄이기 위해 수천 년의 세월을 들여 아룡을 용족으로 취급하지 않는 문화를 만들어 냈다는 사실은 마왕들 사이에서도 회자되는 일이었다.

그런데 플레이어 윤태양은 용을 둘이나 죽였다.

그것도 아룡이 아닌, 성룡을.

윤태양의 테스트 화면을 바라보던 연구실장이 힐긋, 뒤를 바라봤다.

뒤에서 지켜보고 있는 그의 군주 발락이 자리에 앉아 테스트를 관망하고 있었다.

그리고 그 뒤로 들어온 안드라스와 몇몇 마왕.

연구실장은 스스로 생각했다.

'죽이라는 뜻이신가.'

연구실장은 발락의 밑에서 일하는 차원 미궁부 소속의 신무기 계발 연구원으로서, 차원 미궁의 율법을 잘 알고 있었다.

다른 마왕들이 듣고 있는 이상, 발락은 태양의 죽음을 직접적으로 명령할 수 없다.

그렇다면 어찌하여 처음부터 죽이라고 명령하지 않으셨나.

연구실장이 다시 한번 고개를 돌려 발락을 바라봤다.

발락은 여전히 아무 말도 없었다.

연구실장 고민하다가, 이내 자리를 박차고 일어났다.
용인 연구원들이 연구실장을 바라보았다.
'이건 내가 하는 게 아니다.'
뒤의 마왕들 때문에 직접적으로 명령을 하지 못하실 뿐.
군주님의 뜻이다.
만약 군주님의 의도와 다르다면, 언질을 주시겠지.
연구실장이 용인 연구원들을 불러 모았다.
"두 번째, 세 번째 섹션의 측정 방식을 바꾼다."
발락의 입가에 미소가 깃들었다.

요정은 동화 속에나 나오는 종족이다.
판타지 차원, 에덴에서도 그랬다.
에덴의 동화 속에서 요정들은 책임감 있고, 천성적으로 장난꾸러기이며, 인간을 돕는 일에 재미를 느끼는 인물로 묘사되었다.
그야말로 작위적이고 인공적인 존재가 아닐 수 없다.
에덴 차원의 인간들은 자라나면서 요정이 현실에 존재할 수 없는 존재임을 깨달았다.
'요정이 없다는 걸 깨닫는 날, 아이는 어른이 된다.'는 격언이 있을 정도다.

하지만 로시는 요정을 믿었다.

인세(人世)에 절반만 걸쳐져 있는, 아이의 천진과 노인의 현명을 동시에 쥐고 있는 부조리한 존재를 믿었다.

당연하다.

그녀의 아버지가 요정이었으니까.

얼음 호수의 수호신은 피를 반만 이은 제 자녀에게도 얼음의 권능을 물려줬다.

"쿨럭."

강철 늑대 용병단의 C^+등급 플레이어, 로시가 기침하며 자리에서 일어났다.

그녀가 손등으로 입가를 훔쳤다.

피가 흥건하게 묻어나왔다.

오십 번.

그녀가 PX-4889의 강철 꼬리를 피해 낸 횟수였다.

사실 정확히 따지자면 맞은 횟수가 절반, 피한 횟수가 절반이다.

물리 간섭에 반쯤 벗어난 존재 요정의 피를 타고나지 않았다면 그녀는 진작 숨이 끊어졌으리라.

그녀는 마음속으로 한 번도 보지 못한 아버지에게 감사 인사를 올렸다.

감사해요. 여태껏 그랬던 것처럼요.

스르릉.

철갑 꼬리가 스산한 쇳소리를 내며 바닥을 긁었다.

모양새가 마치 뱀 같았다.

로시는 꼬리가 자신을 보며 비웃는다고 생각했다.

로시가 피 묻은 손을 놀려 밀실 벽면에 마법진을 그렸다.

평소였으면 마나를 움직여 얼음으로 된 마법진을 그렸겠으나, 마나를 조금이라도 사용하면 반응하는 꼬리 때문에 그럴 수 없었다.

'빨리, 조금이라도 빨리 끝내야 해.'

로시는 태양과 같은 딜레마에 빠져 있었다.

문제는 로시 쪽이 더 심각했다.

살로몬과 란은 그녀보다 더 높은 등급의 플레이어였다.

백분위로 따지자면 상위 1%에 달하는 우수한 인원이다.

하지만 그녀의 조원들은 아니었다.

그들 역시 상위 10%의 엘리트들이기는 하지만, 드래고닉 랩 스테이지의 테스트를 버텨 내기엔 명백히 열등했다.

떨리는 손이 빠르게 마법진을 완성했다.

쿤달의 자애.

까드드드득.

PX-4889의 철갑 꼬리가 움찔거렸다.

하지만 로시를 특정하고 공격하지는 않았다.

마나의 유동은 있는데, 유동의 시발점이 찾을 수가 없다.

복잡하게 구성된 마법진이 마나의 흐름을 이리저리 흩어 놓았기 때문이다.

키메라라고는 하지만 마나와 가장 친숙한 존재인 드래곤의 감각을 흩트릴 정도로 고차원적인 마법 지식.

이 역시 아버지에게서 물려받은 유산이었다.

자애로운 빛이 로시의 말랑한 피부를 감쌌다.

몸을 회복한 로시는 두 번째 마법진을 그려나갔다.

그녀가 스킬화한 마법 기술, 설화만개(雪花滿開)의 수식이었다.

PX-4889의 철갑 꼬리는 그녀의 반사 신경으로는 인식하기도 어려울 만큼 빨랐다.

하지만 인생에서 맞닥트리는 문제에는 수많은 해답이 있는 법.

로시는 그 방법 중 하나를 찾아냈다.

그녀의 특기, 얼음 마법이 바로 그것이었다.

드래곤의 신체 구조는 생물학적인 관점에서 봤을 때 도마뱀, 파충류와 공통점이 있었다.

파충류의 특징. 변온 동물.

파충류의 신체에는 체온을 일정하게 유지하는 기관이 없다.

그렇기에 주변 온도에 큰 영향을 받게 되는데 이 PX-4889의 신체 역시 그랬다.

물론 괴수 중에서도 먹이사슬의 최상위에 있는 드래곤이라면 일반적으로 해당하지 않았을 사항이다.

막대한 마나를 휘둘러서 추위에 저항하면 되니까.

하지만 키메라인 PX-4889는 달랐다.

용인 연구원들은 이 메카 드래곤에게 추위에 대응하기 위한 프로세스를 구축하지 않았고, 그 결과 PX-4889는 어떤 측면으로는 정말로 '강철을 덧댄 거대한 도마뱀'이 되고 말았다.

설화만개(雪花滿開).

칼날 같은 얼음 조각들이 밀실을 날아다니며 온도를 낮추기 시작했다.

철갑 꼬리가 신경질적으로 꿈틀거렸다.

하지만 여전히, 마나 유동의 근원을 찾지 못했다.

로시가 작게 한숨을 내쉬었다.

"후우."

이렇게 심혈을 들여 각종 마법적인 조치를 해 놓으면 로시로서도 철갑 꼬리를 피할 수 있게 된다.

물론, 여전히 난이도는 절망적이지만.

'몇 번이나 피할 수 있을까?'

남은 횟수는 70.

로시는 태양처럼 꼬리에게 맞지 않고 움직임을 멈추는 방법까지는 터득하지 못했고, 반인반요(半人半妖)의 신체는 한계에 달해 가고 있었다.

"스읍."

심호흡으로 마음의 준비를 한 로시의 등에 얼음 날개가 돋아났다.

동시에 마나의 유동을 감지한 철갑 꼬리가 로시를 향해 쏘아졌다.

말콤 블래스터(Malcom Blaster).

파앙!

충격파가 로시의 몸을 밀어냈다.

하지만.

파칭!

예상했다는 듯, 철갑 꼬리가 로시의 왼쪽 날개를 부수는 동시에 휘어지며 로시의 본체를 노렸다.

로시가 입술을 짓씹었다.

처음에는 이렇게 움직이지 않았다.

PX-4889의 철갑 꼬리 역시 50번의 움직임을 통해 로시의 움직임을 학습했다는 증거였다.

날개를 꺾어 두 번째 공격을 피해 보지만, 꼬리는 착실하게도 로시의 오른쪽 얼음 날개까지 부쉈다.

파칭!

허공에 떠 있는 몸.

날개가 없는 이상 신체는 중력의 지배를 받는다.

그를 역행하기 위해선 마법이 필요하지만, 그녀의 캐스팅 속도는 철갑 꼬리에 비해 너무나도 느렸다.

빼억.

"쿨럭."

철갑 꼬리가 로시의 복부를 강타했다.

"이, 이러면 안 되는데."

운이 좋아 관통상으로 이어지지는 않았지만, 그 충격량은 그녀의 신체가 버티기에 너무 컸다.

로시가 흐려져 가는 의식을 필사적으로 붙잡았다.

그때였다.

철컹.

밀실의 문이 열렸다.

"와, 아프겠다. 괜찮아요?"

"괜찮냐고 묻는 거보다 치료가 먼저인 것 같은데?"

"그건 란 네 역할이잖아. 나는 공감해 주는 거지. 슬픔도 나누면 절반이라잖아?"

"내가 무슨 전문 치료사인 줄 알아? 그냥 맥 좀 보고 응급처치 좀 해 주는 게 다거든?"

"그나저나, 고통은 다른 차원의 이야기 같다만."

"스읍! 살로몬! 또, 또 말대답! 알아서 알아들어!"

어두워지는 시야 속에 나타난 것은 세 플레이어.

태양과 란, 그리고 살로몬이었다.

"가, 감사……."

로시가 말을 잇지 못한 채 눈을 감았다.

"……죽은 거 아니지?"

"아니야. 피를 너무 많이 흘려서 의식이 잠깐 날아간 것뿐이야. 마나도 탈진 상태고."

란이 로시에게 응급처치하며 투덜거렸다.

"생각할수록 진짜 너무한다. 어떻게 살로몬을 먼저 구할 수가 있어?"

"아니, 억울해 죽겠네. 몇 번을 얘기하냐!"

"그래도 그렇지! 나랑 같이 한 시간이 얼마인데 고작 비늘 하나 달렸다고! 뭐, 나는 방패 튼튼한 전사야? 재만 마법사냐고! 나도 풍술사야! 바람을 다루는 마법사!"

태양이 란보다 살로몬에게 먼저 갔던 이유는 근거가 명확했다.

둘 다 육체 계열 플레이어가 아니었지만, 란은 만찬장 스테이지의 특전 보상으로 방어력을 보조하는 비늘이라도 얻었다.

하지만 살로몬이 받았던 특전은 용혈.

용혈 역시 굉장한 마나 집적률을 보이는 물질이라 플레이어의 마나 보유량을 늘려 주긴 하지만 마나 실드 생성 장치를 사용하기에는 턱도 없이 부족했다.

미친 연비를 생각하면 더욱 더 그랬다.

때문에 살로몬을 먼저 구하러 갔던 것이다.

"에에잇! 그건 변명이지!"

"변명이 이유지! 근거가 합당한!"

그 후로도 둘은 한참이나 말다툼을 이어 갔다.

살로몬이 둘을 구경하다가 후욱 담배 연기를 내뱉었다.

"……거, 둘이 사귀나?"
"아니야!"
"아니거든!"
―아닌데요.
태양과 란이 동시에 고개를 돌려 살로몬을 바라보며 반박했다.
―ㅋㅋㅋㅋㅋ 달님까지 발끈하는 게 킬링 포인트.
―아니, 진짜 윤태양이랑 사귀냐?
―누가 대답 좀.
―네~ 알려 드렸습니다~.
―메일로 보내 드렸습니다~.
태양이 신경질적으로 외쳤다.
"아, 거 말 많네. 저거 차고 있는 조끼나 줘 봐. 빨리하고 끝내게."

스륵, 콰아아아앙!
강철 꼬리가 태양의 어깨를 스쳐 지나갔다.
"70."
"됐나?"

[120회 달성. 테스트 완료 최소 조건을 달성하셨습니다.]

란의 응급처치를 받고 의식을 회복한 로시가 조심스럽게 물었다.

"이래도 되는 겁니까?"

그녀 역시 동료들을 구하러 갈 생각이었지만, 조심스러운 건 어쩔 수 없었다.

그들에게 상황을 브리핑했던 용인 연구실장은 동료가 대신 테스트하는 일을 허용한다고 말한 적이 없었기 때문이다.

태양이 태연한 얼굴로 어깨를 으쓱였다.

"해도 된다는 말은 없었지만, 하지 말라는 말도 없었잖아?"

그럼 해야지.

로시의 방을 시작으로 태양은 강철 늑대 클랜원들도 차근차근 들렀다.

다음 테스트가 어떤 식인지는 모르지만, 드래고닉 랩 스테이지의 특성상 플레이어가 많았을 때 유리한 경우가 더 많았기 때문이다.

물론 모두를 구할 순 없었다.

태양처럼 마나 실드 생성 장치를 켜지 않고 당했다가 일격사(一擊死) 당한 건지, 박살 난 잔해로 남아 있던 플레이어 하나.

마나 실드 생성 장치에 모든 마나가 빨려 미라와 같은 형태의 시신이 된 플레이어 하나.

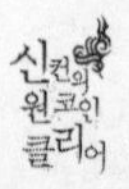

왼쪽 앞발에 압사당한 플레이어까지.

다섯 명의 강철 늑대 소속 플레이어 중, 살아 있는 플레이어는 로시를 제외하면 단 하나뿐이었다.

로시는 아무 말도 하지 않았다.

그녀의 완연히 침울한 기색을 보며 태양이 뺨을 긁적였다.

"유감이야."

"아닙니다."

로시가 정중하게 태양에게 허리를 숙였다.

"덕분에 살았습니다. 태양 님이 아니었으면, 저와 말릭 둘 다 죽었을 겁니다."

"감사합니다."

건강한 갈색 피부에 근육질의 몸을 한 전사가 로시를 따라 허리를 숙였다.

전사, 말릭은 현명하게도 마나가 바닥나자마자 테스트 클리어 시도를 멈춰서 살아남은 케이스였다.

"아니, 뭐. 다 같이 살자고 한 일이니까."

모든 테스트를 완료하는 데에는 긴 시간이 필요하지 않았다.

이미 죽은 플레이어의 테스트까지 할 필요는 없었기 때문이다.

"연구실 구조가 원형인가? 계속 뱅글뱅글 도는 느낌인데."

"원형이라고 볼 수는 없지. 살로몬의 방은 위층이었다면서?"

"그렇지. 날개 피막은 기계로 안 만들어 놨더라."

"대충 사지가 있을 위치로 방을 설정해 놓은 거 아닐까?"

"그거 말 되네."

테스트를 모두 마치자 곧 가운을 입은 길쭉한 용인, 연구실장이 나타났다.

연구실장은 등장과 동시에 강렬한 눈빛으로 태양 바라봤다.

태양이 한쪽 눈썹을 들썩이며 뜨거운 시선에 응수했다.

"할 말이라도?"

한참이나 태양을 바라보던 연구실장을 이내 홱 고개를 돌리더니 브리핑을 시작했다.

"두 번째 특정은 마력 측정입니다. PX-4889는 고(故) 펠릭스 시아칸이 생전에 보유했던 마나의 95% 이상을 보유하고 있는 메카 키메라입니다. 이는 키메라 제조 역사에 길이 남을 만한 성과로……."

완력 측정 강의 때보다 1.5배는 빠른 말 속도.

"아니, 진짜 혓바닥에 기름이라도 발랐나?"

태양이 혼미해지는 정신을 간신히 부여잡으려 애썼다.

젠장.

이번에는 심지어 의자도 없다.

"……한 명의 능력 있는 플레이어가 모든 테스트를 도맡는 것은 비효율적인 일입니다. 데이터는 다양한 표본으로부터 수집해야 신빙성이 올라가기 때문입니다. 하지만 미리 고지하지 않은 제 잘못도 인정하여 이번 한 번만큼은 넘어가겠습니다. 하지만 이번 테스트는 이렇게 쉽게 넘어갈 수 없을 겁니다. 이미 말씀드렸지만, 모두 한 번에 참여해야 하기 때문입니다. 그럼, 마력 측정 섹션으로 넘어가시죠. 질문은 테스트 장에 넘어가서 받겠습니다."

"어이, 끝났다."

살로몬이 선 채로 졸고 있던 태양을 흔들어 깨웠다.

"쓰읍, 현혜야."

—휴, 마력 측정은 브레스로 한대. 피하는 게 테스트라는데?

엥, 잠결에 잘못 들었나?

태양이 눈을 껌뻑이며 되물었다.

"브레스를 정면에서 맞으라고?"

앞서 걷던 연구실장이 대답했다.

"막는 걸 목표로 하시면 됩니다. 피하셔도 좋고."

이거 어이없는 양반일세.

드래곤 브레스가 막거나 피하기가 쉬웠으면, 어? 내가 운타라랑 싸울 때 그 고생을 했겠냐고.

"막다가 죽으면?"

"아쉽게도 측정이 실패하는 거죠. 뭐."

연구실장이 태연하게 중얼거렸다.

심지어는 태양을 돌아보며 히죽 웃기까지.

—나만 얄밉냐?

—저거 아가리를 그냥.

—내 앞에 있으면 정수리 존나 세게 한 대 쳤다 진짜.

—나였으면 바로 조인트. 정수리에 구두 코 박히면 얼마나 아픈지 모르지?

—'열중쉬어' 시킨 다음에 주먹으로 복부 가격할 뻔.

—ㅋㅋㅋㅋㅋㅋㅋ 자기들이 당한 거 순서대로 발표하네.

—아아… 당신들은 그런 삶을 살아오신 겁니까.

—ㅠㅠ 얘들아… 힘내… 우리 같이 이겨 내자!

달칵.

"이곳이 마력 측정 섹션의 테스트 공간입니다."

어지간한 축구장만 한 넓이의 실내 공간.

공간 형태는 직사각형이고, 한쪽 벽면에 커다란 구멍이 뚫려 있다.

"저 구멍으로 PX 뭐시기의 대가리가 들어온다는 거지?"

"PX 뭐시기가 아니라 PX-4889입니다. 그리고 대가리가 아니라 머리. PX-4889는 위대한 고룡 펠릭시 시아칸의 전신입니다. 속된 말로 그를 비하하지 마십시오."

연구실장의 일갈에 태양이 히죽 웃었다.

"어이없네. 시체 가지고 무기나 만들어 내는 게 누구인데? 내가 했냐?"

"……!"

란이 태양의 옆구리를 툭 찔렀다.

"야, 왜 자꾸 긁어. 긁어서 좋을 거 뭐 있다고."

종알거리는 둘을 내버려 두고 테스트 공간을 확인하던 살로몬이 셔츠 가슴에 들어 있는 담뱃갑을 꺼내며 중얼거렸다.

"좁군."

마력 측정 섹션의 테스트 공간은 전문 운동인 22명이 쉼 없이 뛰어도 모자라지 않을 정도의 넓이였지만 드래곤의 머리, 그리고 일부 목 부분까지 들어올 걸 생각하면 터무니없이 좁았다.

남은 공간은 기껏해야 축구장 절반 정도.

성룡이었던 운타라의 브레스도 이 정도 공간은 우습게 얼렸다.

연구실장이 대답했다.

"그 부분은 걱정하지 않으셔도 됩니다. PX-4889의 브레스는 마나 응축 장치를 사용해 브레스의 밀도를 극단적으로 올리는 대신 범위를 줄였습니다. 이 정도 공간에서도 피할 공간은 '충분히' 나올 겁니다."

"압축률이 얼마나 되기에? 본래 브레스 범위의 4분의 1까지 줄이더라도 머리만 조금 흔들면 초토화될 것 같은데."

"아니요. 다섯 명이 5회의 브레스를 피하기에 이 공간은 충분히 넓습니다. 이미 완력 측정 섹션에서의 테스트를 완료하고 나온 사람들이라면요."

살로몬이 인상을 찌푸리며 시가를 씹었다.

확실히 태양이라면 피할 수 있을 것 같기도 했다.

하지만 문제는 그것 하나만이 아니었다.

"브레스 특유의 마나 진공 현상도 고려한 거 맞아?"

브레스 직전의 들숨은 순간적으로 공간에 마나 진공 현상을 일으켰다.

"사방이 탁 트인 산맥에서도 마나 주변 마나를 빨아들여 스킬 사용이 불가할 정도인데 이처럼 닫힌 공간에서 마나 진공 현상이 일어난다면……."

란이 부르르 어깨를 떨었다.

심지어 그런 브레스를 한 번도 아니고 5회씩이나 피해야 한다.

살로몬의 논리적인 반박 질문에도 연구실장은 여전히 태연한 기색이었다.

"모두 고려했습니다. 착각하시는 것 같은데, 당신들은 테스트 방식에 간섭할 권한이 없습니다. 우리의 고려 사항은 당신들의 목숨이 아니라 유의미한 데이터를 뽑아내는 데에 있습니다."

로시가 손을 들고 질문했다.

"피해야만 하는 건가요?"

"어떤 요지의 질문인지 모르겠군요."

"근력 측정 섹션에서의 테스트는 3㎝ 이내로 회피해야만 카운트를 쳐 줬잖아요."

"아."

연구실장이 알아들었다는 듯 고개를 끄덕였다.

"총 다섯 번의 마나 주입을 버텨 내기만 하시면 됩니다.

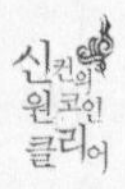

PX-4889가 사출하는 브레스를 피해내는 것도 좋고, 막아 내는 것도 좋습니다. 사출하기 전에 무력적인 방법을 사용해서 막아 내셔도 됩니다. 그것 역시 저희에게는 테스트 데이터로 남을 겁니다."

연구실장은 태양 일행이 PX-4889에게 적극적으로 달려들었으면 좋겠다고 생각했다.

'선 공격'은 키메라가 플레이어에게 반격할 빌미이기 때문이다.

'기계라는 특성이 이런 부분에서는 아쉽단 말이지.'

키메라 생성 공법을 사용해 본능이 살아서 꿈틀거리긴 하지만 PX-4889는 메카 성향이 굉장히 강하게 입혀진 병기였다.

즉, 새로 입력하지 않는 이상 이미 입력해 놓은 코드에 따라서만 행동했다.

특히 '선공', '높은 공격성'과 같은 코드는 테스트 도중 다른 연구원 용인들이 위험에 도출될 수 있기에 가장 깊숙이 박아 놓은 금제 코드라서 건드리기가 어려웠다.

"추가로 말씀드리자면, 목표는 5회라고 명시했지만, 횟수는 유동적입니다. 충분한 데이터가 쌓이면 그 전에 끝날 수도 있고, 아니면 약간 늘어날 수도 있다는 이야기입니다. 이번 테스트에서 우리 연구진들이 주목하는 포인트는 PX-4889의 다양한 마력 반응을 관찰하는 것이니까요."

"거, 다섯 번으로는 안 끝냈다는 의지가 느껴지는 말인데."

"걱정하지 않으셔도 됩니다. 테스트 클리어에 관한 메뉴얼은 정확하게 정립되어 있습니다. 다수의 마왕께서 참관하시는 스테이지인 만큼 불의한 일은 없을 겁니다. 그럼, 건투를."

빠르게 말을 마친 연구실장은 태양을 한 번 흘겨보고는 테스트 장 바깥으로 나섰다.

쾅.

―살발하다, 살발해.

―내 앞에서 눈 저렇게 뜨면 진짜…

―진짜 뭐?

―아무 말도 못 하고 가만히 있을 듯. 화장실 가고 싶어도 간다고 말도 못 하고, 그냥 땅바닥만 쳐다보겠지?

―ㅇㅈ.

연구실장이 나가고, 플레이어들끼리 의견을 나눌 시간 같은 건 없었다.

쿠과과과광!

조금은 휑하다고 느꼈을 법도 한 테스트 공간이 순식간에 들어찼다.

반은 검은 비늘로, 반은 철갑으로 뒤덮인 거대한 드래곤의 머리로. 성인의 머리가 통째로 들어갈 법한 거대한 세로 동공이 플레이어들을 직시한다.

콰드드득.

그 자체만으로 실험실의 마나가 요동치기 시작했다.

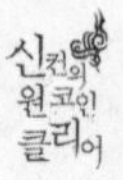

가세만으로 공간을 압도하는 현상.

드래곤 피어(Dragon Fear)였다.

"조, 조장님……."

"말릭, 공포는 전투 중에 필요 없는 감정이야."

로시가 흰 손으로 근육질 등짝을 토닥였다.

"이건……."

"생각이랑 많이 다른데."

"최악이군."

만찬장 스테이지에서 나타난 마룡들의 전력을 예측하는 방법은 단연 백룡 운타라와의 비교였다.

1, 2단계 마룡들.

운타라보다 확연히 작다.

3단계 마룡.

운타라와 덩치가 비슷하지만, 비늘, 이빨, 뿔 등이 약간 미성숙하다.

4단계 마룡. 즉, 성룡.

운타라와 비슷한 전력으로 상정한다.

그리고 PX-4889.

연구실장이 말하길 5단계 마룡. 즉, 고룡.

앞발이나 꼬리로 직접적인 체감은 어려웠다.

그도 그럴 것이, 부품을 조립하여 만든 하나의 무기처럼 느껴졌으니까.

하지만 이렇게 머리를 앞에 두고 대면하니 확연히 느껴졌다.

PX-4889는 운타라보다 컸다.

그것도 많이.

키메라-메카 드래곤 PX-4889가 다섯 명의 플레이어를 앞에 두고 울부짖었다.

크롸라라라라라라라라라라라라라!

17층, 드래곤닉 랩 스테이지의 시청실에 무려 일곱 명이나 되는 마왕이 자리했다.

층주 발락, 안드라스 이후, 벨리알, 단탈리온 외 세 명의 마왕이 더 들어왔기 때문이다.

발락은 본래는 연구실에서 테스트를 관람할 예정이었지만, 너무 많은 마왕이 몰리는 바람에 자신의 공간으로 그들을 불러들였다.

나머지 용족 연구원들이 불편해할 것을 고려했기 때문이다.

“흐응, 이런 물건을 만들고 있었다니, 발락. 놀랍네요.”

헐벗은 여자 천사의 모습을 한 마왕.

벨리알이 의자에 몸을 푸욱 묻고는 화면 속 발락의 신무기를 관찰했다.

“내가 알기로 당신은 누구보다 제 종복을 아끼는 마왕이었는데.”

“시아칸의 유언이었다.”

“어머, 그렇다면야.”

―크라라라라라라라!

―피해!

PX―4889의 브레스가 마계에서 가장 강력한 금속 중 하나인 벨라티움을 단숨에 녹여 냈다.

69계위 마왕, 데카바리아가 발락에게 물었다.

“펠릭스 시아칸이면 마계 중부에서 힘깨나 주고 다녔던 녀석으로 기억하는데, 맞나?”

“녀석의 주 활동 범위는 서남부였다. 말년에 잠깐 중부에 돌아다닌 적은 있을 거다.”

“흠. 내가 봤던 그 녀석이 맞네. 강철을 덮어 놔서 몰라봤어. 그나저나, 사체를 이용해서 이 정도 위력의 브레스라니. 가성비는 충분히 나오고도 남겠는데?”

안드라스가 까마귀머리를 까딱거렸다.

“브레스의 위력 하나만큼은 확실히 고룡의 것 그대로군. 마나 파장 역시 드래곤 브레스의 고유한 색을 재현해 냈어. 들인 수고가 묻어나는군.”

나머지 마왕들이 신나서 떠들어 댔다.

“용이 아닌 다른 괴수로도 이런 종류의 메카 키메라를 만들 수 있나? 재료는 내가 따로 공급할게.”

"전쟁! 전쟁에 동원할 생각인 게지. 정복병이 또 도진 게야. 또 차원 정복을 할 생각이로군! 내 말이 맞지? 어딘가? 나도 끼워 주게!"

"크흠."

그의 작품이 칭찬을 받는 상황임에도 불구하고 발락의 심기는 불편해 보였다.

이유는 간단했다.

그의 병기 PX-4889가 아직 한 명의 사상자도 만들어 내지 못했기 때문이다.

벨리알이 나른한 목소리로 중얼거렸다.

"좋은 무기라고요? 아니, 난 동의 안 해요. 맞출 수만 있다면 고룡의 브레스 이상이지만, 저걸 누가 맞아 줘? 저렇게 직선적이고 주변에 영향도 못 미치는 광선은 성룡의 브레스만도 못하죠. 뭐, 출력을 생각하면 나쁜 무기라고도 할 수 없겠지만."

"벌써 두 번째인가?"

"이봐, 발락! 다른 방식의 브레스는 없나?"

"범위가 너무 좁잖아! 이래서 누가 맞아?"

"대규모 전쟁을 생각하고 만든 병기라지만, 정확도가 너무 부족한 거 아니야?"

"아니, 무기는 충분히 잘 만들었어. 그냥, 저 녀석들이 잘 피하고 있는 것뿐이야!"

PX-4889의 칭찬이 잘 피해 내고 있는 플레이어들 칭찬으로 이어졌다.

특히 발락의 배알을 뒤집은 건 윤태양에 관한 칭찬이었다.

"캬. 실력은 확실하네, S+등급. 발락에겐 미안하지만, 괜히 용을 2마리나 잡은 게 아니야?"

"드래곤 하트를 2개나 처먹은 플레이어가 '검은 머리 부족장' 이후로 또 나올 줄이야! 그것도 인간족에서!"

"인간 중에서는 처음이지?"

"하나는 몇 명 있었지만, 거의 다 죽었지 아마? 크, 뛰어 돌아가는 판단. 동작 하나로 뒤에 버러지 두 명까지 살리는군. 왜 여태 이런 플레이어를 몰라 봤지?"

"그거야 데카바리아 자네가 아래층 플레이어들을 안 보기 때문이잖나!"

"이거, 소문이 확실히 맞았군. 윤태양. 이 녀석이 올라오면 위층 판도가 뒤바뀌겠어!"

결국 듣다 못한 발락이 한마디 내뱉었다.

"다들 닥치고 보기나 하지."

고압적인 발락의 말에 마왕들이 반발했다.

"거! 층주라고 너무 하는 거 아니야?"

"이봐, 발락. 우린 자네 휘하에 있는 용인들이 아닐세. 그런 말투는 자네 수하에게나 해."

"우리가 이렇게 봐주니까 차원 미궁도 성립하는 거라고. 이봐, 발락. 듣자 하니 자네가 차원 미궁에 너희 도마뱀들 양식장,

무기 개발 연구소, 사병 훈련소까지 별의별 것들 다 만들어 뒀다더군. 이게 누구 덕인 줄 알아?"

"투표 들어가? 층주 교체 시위 한번 해?"

발락이 제 의자의 왼쪽 팔걸이를 잡아 뜯었다.

콰드드득.

그의 등 뒤로 뻗어 나온 거대한 용 형상의 마나가 연구실을 유영하기 시작했다.

그의 성정을 대변하듯, 타오를 것처럼 붉은 용이었다.

정신없이 낄낄대던 마왕들이 수그러들었다.

"야, 그만해. 화났다."

"안드라스, 그만 좀 쪼이라니까. 자네는 항상 그래."

"내 탓이라니. 당황스럽구먼? 난 한마디밖에 안 했네만?"

"아무튼 단탈리안. 자네 눈은 정확하군. 볼 때마다 놀라울 따름이야. 어떻게 그렇게 대성할 플레이어만 골라내는 거지?"

한 마왕의 말에 모두의 시선이 단탈리안에게 집중되었다.

모두가 PX-4889의 마력 출력에 감탄하며 칭찬을 아끼지 않았지만, 발락을 제외한 모두가 알고 있었다.

이 자리의 진정한 승자는 입 한 번 뻥긋하지 않고 지켜만 보고 있던 단탈리안이라는 것을.

69계위 마왕, 데카바리아가 탐욕스러운 눈을 빛내며 물어 왔다.

"아직 권속 계약을 하지 않았다는 이야기가 있던데, 내가 해도 되겠나?"

"좋으실 대로. 할 수 있으시다면 말이죠."

단탈리안이 사람 좋은 얼굴로 고개를 끄덕였다.

발락이 고개를 홱 돌려 단탈리안을 바라봤다.

"네가 키우는 놈이냐?"

"키운다기보다는 '먼저 발견했다'에 가깝지요."

그리고 곧 키우게 될 것 같습니다. 당신 덕분에.

단탈리안이 웃으면서 뒷말을 삼켰다.

마력 측정 세션 실험실의 뒤편, PX-4889의 머리와 연결된 제어실.

성인 남성 셋이 간신히 들어갈 만한 좁은 공간에 두 용인이 앉아서 화면을 바라봤다.

연구실장과 PX-4889의 제어 밑 코드 구축을 담당한 용인, 수석 연구원이었다.

"3회차 연료 주입. 에너지 손실률 0.4%. 사출 기관 손상도 2%. 사출 후 3초간 지속 후 45도 각도로 우측면 회전 이후 생명체 반응 추적 프로세스 삽입."

"이번에는 맞춰야 해. 군주께서 지켜보고 있다는 걸 잊은 건 아니겠지? 3번 연속으로 아무 희생자도 내지 못하면 이번 프로젝트가 실패했다고 생각하실 거다."

"상관없음. PX-4889는 선임 연구실장의 유산임. 의문. 연구실장이 이번 프로젝트에 집착하는 이유."

기이이이이잉!

3회째 브레스 사출 징조가 나타나고.

설화만개(雪花滿開).

콜: 아이스 필드(Call: Ice Field).

꽈드드드드드득!

실험실이 얼어붙었다.

PX-4889의 머리는 오로지 브레스만 쏘았다.

다른 말로 하자면, 근력 측정 세션에서처럼 반응하지 않았다.

로시와 란은 이를 이용해 실험실에 얼음을 깔았다.

PX-4889의 아가리가 삐그덕 거리면서 열리고, 태양이 소리쳤다.

"정면이야!"

압축되었다지만 여전히 엄청난 범위의 흑광선(黑光線)이 실험실을 정확히 절반으로 갈라냈다.

화룡(Red Dragon)이 쏘아 내는 브레스는 화염 속성을 띠고, 빙룡(White Dragon)이 뿜어내는 브레스가 얼음 속성을 띤다.

그리고 마룡의 브레스는 공간을 점유하는 속성이 있었다.

광선은 일정 시간 동안 지나간 자리에 잔상처럼 남아서 닿는 모든 것을 파괴했다.

태양 일행이 브레스를 피해 절반으로 갈라졌다.

란과 살로몬. 그리고 로시가 왼쪽.

그리고 갈색 피부의 전사 말릭과 태양이 오른쪽으로.

태양이 본능적으로 계산했다.

'이쪽이 둘, 저쪽이 셋. 좋아, 이번에는 쉽게 넘어가겠…… 젠장!'

우드드드드득.

PX-4889의 목에 붙어있던 막대한 양의 서리가 마치 눈사태처럼 떨어지고, 브레스가 경로를 바꾸었다.

오른쪽.

태양과 말릭이 있는 방향이었다.

란이 의기양양하게 소리쳤다.

"내 말이 맞지? 태양 반대편으로 가면 안 온다니까?"

"놀랍군."

"그러게 연구실장 속을 작작 긁었어야지. 내 이럴 줄 알았다."

45도로 그어지는 브레스가 절반으로 나눠진 실험실을 4분의 1로 쪼갰다.

말릭이 위편, 태양이 아래편으로 다시 한번 갈라졌다.

태양은 남은 공간과 브레스의 움직임을 시뮬레이션했다.

'고작 두 번 학습했다고 이렇게 효율적으로 바뀌다니. 피할 수 있나?'

마룡의 브레스가 공간을 점유한다지만, 그 역시 지속 시간은 있었다. 침착하게 동선을 짜면 차근차근 공간을 갈라서 들어온다는 가정하에 아슬아슬하게 중앙을 그은 브레스가 산화할 것 같았다.

브레스가 태양을 노린다면 피할 수 있다.

하지만 조건이 있었다.

'일회성이야. 이번 한 번은 넘길 수 있겠지만, 다음번에는 안 되겠어.'

키메라, PX-4889가 태양의 움직임을 보고 학습하여 동선을 수정하면 불가능하다. 그리고 발전을 통해 보이는 PX-4889의 학습력을 생각하면 동선은 확실하게 수정될 게 분명했다.

그때였다.

"크읏!"

"말릭!"

항상 침착하던 로시의 목소리가 드물게 높아졌다.

"저, 저는 괜찮습니다. 잠시 당황한 것뿐입니다!"

이미 두 번의 브레스가 실험실을 휩쓸고 지나갔고, 또 한 번의 브레스가 들이닥치는 상황.

즉, 현재 실험실의 바닥 상황은 전술 폭격이 휩쓴 것처럼 끔찍했다.

D등급의 플레이어 말릭은 바닥 상황을 고려하지 못하고 브레스를 피하는 데에만 열중하다가 발목이 돌아가고 말았다.

"젠장!"

절망에 찬 말릭의 목소리가 실험실에 울려 퍼졌다.

말로는 괜찮다고 했지만, 상황이 그렇지 않은 모양이었다.

설상가상(雪上加霜).

이제껏 태양을 따라다니던 브레스가 얄밉게도 목표를 바꿨다.

"말릭! 네 쪽이야!"

"피해!"

다리를 부여잡은 말릭이 필사적으로 도망쳐 봤지만, 속도가 신통치 않다.

희끄무레한 묵빛 벽 너머로 다리를 부여잡은 채 필사적으로 도망치는 말릭이 보였다.

기동성을 잃어버린 말릭의 뜀박질이 당장이라도 브레스에게 따라잡힐 듯 아슬아슬했다.

태양이 진각을 밟았다.

쿠웅.

스타버스트 하이킥(Starburst High Kick) – 캐논 폼(Canon Form).

태양의 발치에 소은하(小銀河)가 형성됐다.

평소라면 주변의 마나가 소은하의 중력에 빨려들어 별 가루처럼 태양의 발치를 맴돌았겠으나, 그런 현상은 보이지 않았다.

이미 두 번의 브레스가 실험실의 마나를 모조리 빨아들여 버린 탓이다.

'부족해.'

두근.

태양이 2개의 드래곤 하트를 깨웠다.

막대한 용량의 마나가 태양의 마나 회로를 타고 흘렀다.

콰득, 콰드득.

태양의 발치에 휘도는 소용돌이의 크기가 커졌다.

평소였다면 자연스럽게 모여든 마나의 제어도 부담스러워서 휘청댔겠지만, 이번에는 상황이 달랐다.

'부족해.'

저 묵빛 브레스를 저지하기에는 부족해도 한참 부족하다.

태양은 '스타버스트 하이킥 - 캐논폼'을 개발한 이후 처음으로 최선을 다해서 마나를 끌어모으기 시작했다.

카드드드득.

카드드드득.

소은하가 사납게 공회전하기 시작했다.

고점을 찍은 태양의 집중력.

두 성룡의 심장에 공급하는 막대한 마나.

스타버스트 하이킥 - 캐논 폼 특유의 마나 흡입력.

그리고 마나 진공 상태에 한없이 가까운 공간.

네 가지 요소가 한데 맞물려 일시적인 '마나 블랙홀'을 형성했다.

꽈드드드득.

블랙홀이 되어 버린 소은하가 주변의 모든 마나를 빨아들였다. 심지어는 공간을 점유하고 있는 마룡의 브레스 잔재까지.

극한으로 몰입한 태양이 그대로 발을 올려쳤다.

타앙.

태양의 발끝에 검은색 파형이 생겨나고,

쮸웅!

검은색 광선이 말릭의 지척까지 짓쳐 든 PX-4889의 브레스를 저지했다.

"말릭! 빠져나와!"

말릭의 동공이 확장됐다.

윤태양의 손가락이 보였다.

그곳에 길이 있었다.

저주스러운 흑색 벽 중간에 정확히 사람 한 명이 드나들 만한 공간이 보였다.

우드득.

돌아간 발목에서 나는 심상치 않은 소리와 함께, 말릭이 길을 따라 몸을 날렸다.

⁂

쾨앙!

연구실장이 좁디좁은 탁상을 내리쳤다.

"또 실패야!"

"플레이어 윤태양의 마나 간섭력에 경악. 스타버스트 하이킥 - 캐논폼. 마룡형(魔龍形) 브레스 잔상에서 마나를 흡수한 것으로 추정. 연구 필요. 3단계 섹션 변경 요청. PX-4889의 테스트가 아니라 윤태양의 스킬 연구 관찰 요망."

"아니, 그딴 짓거리를 할 때가 아니야."

연구실장이 수석 연구원 앞에 놓인 자판을 두들겼다.

"4회 브레스부터는 에너지 주입량을 늘린다."

"마력 측정 섹션의 테스트는 온전히 내 담당. 지금 연구실장의 행위는 명백히 월권. 빠른 사과와 함께 행동 철회를 권고. 그렇지 않으면 운영 위원회에 제소하겠음. 운영 위원회는 3일 이내에 군주님께 연구실장의 월권행위를 인지할 수 있음."

"두 배. 아니, 부족하겠군. 세 배로 간다."

"3회분 에너지. 올릴 수 있는 파괴력은 고작 1.25배. 비효율적. 다시 한번 고지. 현재 연구실장의 행위는 명백히 월권. 빠른 사과……."

연구실장이 발칵 소리를 질렀다.

"닥치고 하라는 대로 해! 그리고 운영 위원회에 제소하라고!"

수석 연구원이 자리에서 벌떡 일어났다.

앉은 자리에서는 티가 나지 않았지만, 일어선 수석 연구원의 키는 연구실장만큼이나 컸다.

수석 연구원의 세로 동공이 연구실장을 직시했다.

"본인은 무기 개발 차원 미궁 지부 수석 연구원. 더 이상의 무시는 상호 관계의 부정적인 영향. 관계에 긍정적인 영향을 끼치는 요소. 진실, 솔직함. 그리고 유한 표현."

"그 빌어먹을 말투 좀 제발 그만둘 수 없나?"

작금의 무기 개발부 용인 연구원들의 말투는 전적으로 수석 연구원의 탓이었다.

연구원들이 수석 연구원의 말투를 하나둘 따라 하기 시작하더니 어느새 연구실 전역으로 역병처럼 퍼져 버렸다.

수석 연구원은 어깨를 으쓱였다.

"편하고 효율적인 말투. 반박 시 멍청이."

"크아악!"

약간은 풀어진 분위기.

수석 연구원이 무게를 잡고 다시 한번 물었다.

"군주님의 명예를 걸고 다른 사람에게 발설하지 않겠음. 왜 이런 월권을 저질러 가면서 플레이어 윤태양을 사살하려고 하는지 궁금함."

"……."

연구실장이 망설였다.

동족의 목숨에 끔찍할 정도로 집착하는 용족의 특성은 완화되었지만, 고쳐지지 않았다.

당장 그 자신 역시 그 집착에 눈이 멀어 군주, 용왕 발락의 귀에 들어갈 줄 알면서 월권행위까지 하지 않았던가.

하지만, 군주의 이름을 걸고 하는 질문이라면.

짧은 고민 끝에 연구실장이 입을 열었다.

"……플레이어 윤태양은 용살자다."

"……!"

"군주께서 우리에게 죽이라고 직접 명령하진 않으셨다. 어쩔 수 없었겠지. 너도 봤다시피……."

"뒤에 단탈리안 외 6명의 마왕. 확인했음."

"그래. 다만 군주께서 나에게 그 정보를 흘리셨다. 윤태양의 심장에는 두 성룡의 심장이 잠들어 있다고. 그래서 난 자의적으로 판단했다."

"……운영 위원회 제소는 없던 일로 하겠음."

"고맙다."

연구실장이 설정을 마쳤다.

스르륵.

두 용인의 다리 밑에 퍼져 있던 연기가 희미해지더니, 이내 스러졌다.

"상태는 어때?"

"……회생 불능입니다."

말릭이 침통한 표정으로 반쯤 뭉그러진 제 신체를 바라봤다.

오른 발목 인대 파손.

이번 스테이지에서 전력 외 인원이 되어 버린 것은 물론이고, 플레이어로서의 삶이 끝났다고 해도 무방할 정도의 부상이었다.

실험실에 잠시간 적막이 흘렀다.

정막을 깬 건 란이었다.

"너는 괜찮아?"

"아, 나는 뭐."

태양이 고개를 까딱거렸다.

사실 마냥 괜찮지는 않았다.

마나를 과도하게 끌어 쓴 탓에 오른 다리 부위의 마나 회로가 저릿했다.

개인적인 판단으로는 라이트 세이버를 과하게 시동했을 때 느껴지는 통증 이상인 것 같았다.

고룡급 마룡의 압축된 브레스를 뚫어 내는 건 상당한 무리가 필요한 일이었다.

하지만 어쩔 수 없었다.

당장 브레스를 피하는 데에도 그렇고, 다음 스테이지도 그렇고.

플레이어 한 명이 아쉽다.

-그래도 이건 좀 아닌 듯.

-반병신으로 만들어서 살려 봐야...

—ㅇㅈ. 뭐 일인분이라도 하겠냐?

—난 좋은 것 같은데. 브레스 두 번 남았잖음. 둘 중 한 번만 고기 방패 해 줘도 개꿀.

—두 번에 절대 안 끝날 듯 ㅋㅋ

—ㄹㅇㅋㅋ 방아깨비 쉑 말하는 꼬라지 보면 10번은 더 한다고 생각하는 게 마음 편함.

—방아깨비 ㅋㅋㅋㅋㅋㅋ 듣고 보니까 개닮았네.

브레스 사출은 최소 5분의 간격을 두고 이루어졌다.

짧은 쉬는 시간을 틈타 태양이 전술의 교체를 제의했다.

"이번 회차부터는 사출하기 전에 막는 방식으로 가자. 란, 사출 기관은 파악해 뒀지?"

란이 고개를 꺾었다.

"하지 말자고 한 거 아니었어? 낌새가 이상하다며?"

이상한 낌새를 눈치채는 건 어려운 일이 아니었다.

플레이어를 죽일 생각으로 가득 찬 것만 같은 연구실장이 아닌 척 권유했다는 사실 그 자체만으로 의심의 사유가 되기에는 충분했으니까.

하지만 어쩔 수 없었다.

태양이 고개를 흔들었다.

"우리의 움직임을 학습하면서 브레스 경로가 정교해지고 있어. 아까 혼자 계산해 봤는데 네 번째 브레스는 나도 못 피해."

"흠."

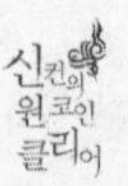

"연구실장이 숨겨 놓은 함정이 뭐든 간에 브레스에 직격당하는 것보다는 낫잖아. 안 그래?"

그때, 한쪽 구석에서 앉아 있던 살로몬이 태양에게 다가왔다.

"태양."

"왜?"

"잭팟이다."

씨익 웃은 살로몬이 입에 문 시가를 깊게 빨고, 이내 내뱉었다.

후우우우욱!

짙은 연기가 3차원 설계 도면을 그리기 시작했다.

마력 측정 섹션의 테스트 공간과 구멍.

그리고 구멍에서 이어진 PX-4889의 제어실까지.

"네가 말한 대로였어. 제어실을 찾았다."

"생각보다 엄청 가깝네."

"그래. 제어실과 PX-4889 사이에 수백 개의 전선이 연결되어 있더군. 유선으로 조정하는 모양이다."

제어실은 PX-4889의 목 뿌리 부분.

즉, 마력 측정 세션 실험실 기준으로 대각선 아래에 위치해 있었다.

"압축률은 대략 45 : 1 정도다."

"정비례인 거지?"

"당연한 소리를."

–담배 기예 ㄷㄷㄷ.

–개 멋있네.

–와. 흡연 마렵다.

–볼 때마다 느끼는 건데 살로몬 담배 진짜 맛깔나게 핀다. ㅋㅋ.

가볍게 기침한 살로몬이 말을 이었다.

3회차 브레스 사출 과정에서 그가 습득한 정보에 관한 이야기였다.

살로몬의 설명에 태양의 입가가 호선을 그렸다.

쿠르르르르르르르릉.

란과 로시가 잔뜩 얼려 놓은 PX–4889의 머리가 다시 가동을 시작했다.

태양이 라이트 세이버를 집어 들었다.

2개의 드래곤 하트가 뿜어내는 막대한 양의 마력이 라이트 세이버의 유백색 검기를 끝도 없이 팽창시켰다.

드드드득.

태양의 귀에 들릴 정도로 마나 회로가 떨렸다.

상관없다.

이 정도는 버틸 수 있다.

크롸라라라라라라라라라라!

위협을 느낀 건지, 울부짖는 키메라–메카 드래곤.

하지만 '선공'을 받지 않는 이상, PX-4889는 태양의 움직임에 관여할 수 없었다.

라이트 세이버가 실험실의 벽면을 헤집고.

우드득.

드래고닉 랩 스테이지의 시청실에 나무 뜯어지는 소리가 울려 퍼졌다.

발락의 오른쪽 의자 팔걸이가 부서지는 소리였다.

태양이 PX-4889의 앞까지 과감하게 달려갈 수 있었던 근거는 두 가지였다.

첫 번째.

연구실장의 유도.

연구실장은 태양 일행에게 PX-4889의 브레스를 사전에 차단해도 된다고 말했다.

심지어 그들의 테스트 병기를 공격하는 것까지 허용했다.

마치 태양 일행이 그렇게 해 주기를 바란다는 듯이.

두 번째.

브레스 사출은 세 번 반복됐고, PX-4889의 머리는 그동안 육체적인 공격을 단 한 번도 하지 않았다.

즉, 다른 변수가 없다면 브레스가 아닌 방법으로 태양의 움직임을 견제할 방법은 없었다.

그리고 번외로 들 만한 한 가지 추가 근거.

살로몬이 캐낸 정보.

연구실장과 수석 연구원의 대화를 통해 연구실장이 윤태양의 사살을 원한다는 사실이 명확하게 드러났다.

"즉, 용인들은 PX-4889를 완벽하게 제어하지 못한다는 뜻이지."

제어하지 못하는 요인이 무엇인지는 모른다.

스테이지의 제한일 수도 있고, 프로그램 코딩 오류일 수도 있겠지.

확실한 건, 만약 할 수 있었다면 연구실장은 지금보다 더 극악한 테스트를 만들어 냈을 거라는 사실이다.

근거 있는 판단, 군더더기 없는 움직임.

콰드드드드드득!

태양의 라이트 세이버가 목 바로 밑의 벽면을 찔러 들어갔다.

일반적인 생명체였으면 응당 피하거나, 움츠리거나, 하다못해 반격이라도 했어야 할 움직임.

하지만 PX-4889는 그러지 않았다.

PX-4889의 방어 시스템은 태양이 휘두른 라이트 세이버의 궤적을 계산한 후 그 궤도가 신체에 닿지 않는다고 판단했다.

당연한 일이었다.

PX-4889의 몸통은 목 밑이 아니라, 창고에 적재되어 있었으니까.

퍼억.

PX-4889의 제어를 맡은 수석 연구원의 몸이 라이트 세이버의 유백색 검날에 두 조각으로 절단됐다.

펠릭스 시아칸의 뇌와 연결되어 있던 수백 개의 전설 다발도 동시에 끊어졌다.

기이이이이이이잉!

전선이 끊어지고 나서야 공격당했음을 알아챈 PX-4889가 뒤늦게 브레스를 사출했다.

하지만 이전보다 세 배나 많이 주입된 마나가 역설적으로 차징 시간을 늘렸고.

콰드득.

그것은 태양이 라이트 세이버를 납검(納劍)하기에 충분한 시간이었다.

스모크 매직: 클라우드 월(Cloud Wall).

설화만개(雪花滿開).

괴력난신(怪力亂神) – 칼바람.

란, 살로몬, 로시의 견제가 날아들었다.

대기 중 마나 농도가 극히 희박해진 탓에 평소의 절반도 채 되지 않는 위력이지만, 이것만으로도 충분하다.

덜컥.

아주 잠깐이지만, PX-4889의 움직임을 붙잡는 데 성공했기 때문이다.

"원래는 빼려고 했는데."

짧은 덜컥거림.

그리고 1.3배 느려진 차징 시간.

티끌 둘이 모여 태양의 한 호흡을 벌어 냈다.

꽈드득.

얼마나 강하게 움켜쥐었는지, 라이트 세이버를 손잡이가 삐걱거린다.

태양이 그대로 검을 올려쳤다.

수라참격(修羅斬格).

파칭!

유백색 검날이 PX-4889의 벌려진 아가리로 짓쳐 들어갔다.

콰아아아아아앙!

***

PX-4889의 마력 측정 세션의 테스트 결과를 관측, 기록하던 용인들의 연구실.

수십 용인들이 마치 정지 화면처럼 미동 없이 화면을 바라봤다.

"경악."

"PX-4889의 구조 파해. 제어실 위치 특정이 비정상적으로 정확."

"다섯 플레이어의 탐색 징후 발견하지 못함. 안전 대책 수립

미비.”

“화면 역재생 요청.”

“발견. 7분 32초 전, 플레이어 살로몬 아크랩터의 연기가 PX-4889의 기도를 통해 스며들어 감. 연기와 탐색 마법 간의 역학 관계 분석.”

수석 연구원은 단문체의 말투를 신봉했다.

감정이 섞이지 않고 오직 효율만을 추구하기에 그 어떤 말투보다 경제적이라는 논지였다. 그리고 그런 말투가 연구원들의 성향 역시 이성적인 방향으로 이끌거라고도 했다.

하지만 동족의 죽음 앞에서는 수석 연구원이 제시한 단문체 말투에도 감정이 실렸다.

감정은 오히려 더 격렬하게. 가감 없이. 노골적으로 드러났다.

“플레이어 윤태양 사살 요청.”

“용족을 살해한 플레이어. 죽여야 할 이유는 충분.”

“용살자 사살과 스테이지 징계로 인한 무기 개발 부서 해체. 명백히 효율적인 계산. 윤태양 사살 요청 동의.”

털썩.

자리에 선 채 테스트를 지켜보던 연구실장이 무릎을 꿇었다.

‘나 때문이다.’

연구실장이 그런 요청을 하지 않았다면.

윤태양을 죽여야 한다고 노골적으로 말하지 않았다면, 윤태양은 PX-4889의 제어실에 라이트 세이버를 휘두르지 않을 수도 있었다.

'내 미숙한 대처가 또 한 명의 동족을 죽였다.'

무릎을 꿇은 채 땅바닥을 쳐다보는 연구실장의 어깨 위로 윤태양을 사살하라는 용족 연구원들의 단문체 요청이 폭설처럼 쌓였다.

물론, 연구실장 역시 연구원들과 같은 마음이었다.

지지직.

연구실장이 마이크를 집어 들었다.

마력 측정 세션 실험실의 스피커가 연결된 마이크였다.

연구실장의 떨리는 목소리가 전파를 타고 실험실로 흘러들어갔다.

"현 시간 부…… 지지직. 마력 측정 세션 테스트 치지직. 브레스 4…… 지직. 다양한 표본 습…… 지지지직. 충분한 신빙성 확보하였습니다. 치이익. 마력 측정 세션 테스트 종료…… 지지직. 다음 섹션으로 이동 전 휴식을 취하십시오."

덜컥.

마이크 전원을 끈 연구실장을 향해 의문의 눈초리가 모여든다.

"세 번째 섹션. 플레이어 윤태양 사살에는 부적합."

"테스트 방식 변경 요망."

콰앙.

연구실장이 테이블을 내려쳤다.

제멋대로 떠들어 대던 용인들의 말이 잦아들었다.

"세 번째 섹션 계획을 재수립한다. 근력, 마력 복합 측정에서 전투력 측정으로."

연구실장이 흰색 가운을 벗어 던지며 말을 이었다.

"PX-4889의 모든 전투 지양 코드를 해제한다. 비 선공 코드부터 시작해서 전투에 방해가 되는 요소는 전부다. 복잡하게 묶여 있으면 통째로 묶어서 삭제한 다음 공격성 관련 코드만 새로 입력한다."

"확인. 본능 확장 프로그램 가동 여부 질문."

"가동하지 않는다. 펠릭스 시아칸은 생전에 이미 포악하기로 이름 높은 마룡이었어. 코드 업무에서 배제된 인원들은 모든 테스트 섹션 공간 열어 놓고, PX-4889의 신체를 조립한다. 근력 측정 세션에 8개. 연구실장 부재 시에는 각 부장 명령을 최우선으로 한다. 질문 있나?"

"확인."

"질문. 파손된 제어실의 수리 여부."

"하지 않는다. 펠릭스 시아칸의 뇌에 저장된 전투 기록을 바탕으로 일시적인 인공지능을 부여한다."

"확인."

"이해 완료."

"그럼 움직여!"

연구실장의 한마디에 수십의 용인이 일사불란하게 움직이기 시작했다.

제68계위 마왕. 벨리알이 흥미로운 눈초리로 그 장면을 지켜보며 중얼거렸다.

"흐응, 용인들이 화가 많이 났네."

다른 마왕들이 말을 덧붙였다.

"발락이 그렇게 노력을 해도 본성은 본성인가?"

"어쩔 수 없는 거지. 인간은 무슨 짓을 해도 화폐와 권력에서 벗어나지 못하고, 마족은 파괴에서만 유흥과 향락을 찾는 것처럼 말이야."

"벗어나려고 하는 게 오히려 어리석은 짓이지."

"말이 나와서 말인데, 난 솔직히 인간이 정말로 이해가 안 돼. 특히 화폐. 어떻게 그럴 수 있지? 아무런 기능도 없는 종이 쪼가리에 자기들끼리 가치를 매기고, 그 가치를 위해서 목숨까지 던지다니. 용들처럼 정말 가치 있는 물건을 알아보는 것도 아니고 말이야."

"맞는 말일세. 그런 멍청한 과정을 반복하면서도 어떻게든 발전을 이뤄 내는 게 정말로 신기한 부분이지."

대화에서 한 발자국 물러나 있던 단탈리안이 문득 입을 열었다.

"발락."

굳은 표정의 발락이 단탈리안을 바라봤다.

단탈리안이 은근한 어조로 물었다.

"말리지 않아도 되겠습니까?"

차원 미궁의 운영 규칙에는 '특정 플레이어를 죽이기 위해서 운영되는 스테이지는 금지한다.'라는 조항이 존재했다.

여러 마왕이 플레이어를 '후원'하기 시작하면서, 해당 마왕의 견제를 위해 재능 있는 플레이어들이 너무 많이 희생되었기 때문이다.

재능 있는 플레이어들이 아래에서 허무하게 쓰러지면 고층에서의 콘텐츠가 탄력을 잃고 재미없어지는 법이다.

단탈리안이 지적한 것이 바로 이 부분이었다.

지금 용인 연구원들의 행동은 명백히 스테이지 운영 규칙을 벗어나고 있었다.

발락이 자리에서 일어났다.

"세 번째 섹션 변경은 오로지 더 효율적인 무기 개발을 위한 행위다. 고룡 펠릭스 시아칸의 전신인 메카 키메라 PX-4889의 종합 전투력을 평가하는 건 17층에서 오직 한 명, S+등급의 플레이어 윤태양만이 할 수 있는 일이다."

여섯 마왕이 발락을 바라봤다.

취지는 그럴듯하게 들린다.

하지만 그들도 17층에 직접 와서 보고, 들은 것들이 있었다.

"이봐 이건……."

콰앙!

발락이 탁자를 내리쳤다.

그리고는 69계위 마왕. 데카바리아를 바라보며 말했다.

"메카 키메라에 관심이 있다고 했나? 마수만 공급하면 적절한 가격에 만들어 주지."

"뭐?"

"벨리알, 에메랄드 드래곤의 역린을 사겠다고 했지."

"흐응. 거절하는 거 아니었어요?"

"팔겠다. 또, 다른 거래를 원하는 마왕 있나?"

데카바리아를 위시로 한 마왕들의 눈을 번뜩였다.

용의 습성은 유명하다.

가장 유명한 습성은 동족에 대한 집착이지만, 그것 말고도 유명한 습성이 있었다.

가치 있는 물건을 본능적으로 알아보는 판별 능력.

그리고 소유욕.

심지어 용은 평균 수 천년의 수명을 가진 존재이기 때문에 이들이 모으는 재화의 양은 가히 천문학적이었다.

용왕 발락의 보물은 당연히 용 중에서도 최고급으로 희귀하고 가치 있는 것이었다.

당연히 많은 이들이 발락과의 거래를 원했다.

강대한 능력만큼이나 그 소유욕도 대단한 발락은 어지간하면 거래를 트지 않았다.

아니, 애초에 발락의 애장품은 이득을 위해 거래한다는 조건이 성립하지도 않았다.

값을 매길 수 없는 물건을 파는 일은 있을 수 없기 때문이다.

발락이 주변 마왕들을 둘러봤다.

단탈리안, 벨리알, 안드라스와 데카바리아. 그리고 다른 두 마왕.

"못 본 척 넘어가라."

많이 올라왔다고는 하지만 17층은 저층이다.

실시간으로 보고 있는 마왕은 거의 없을 터.

다른 이들에게 공급될 영상은 편집하면 된다.

몇몇이 의혹을 제기할 수도 있지만, 자리에 있는 여섯 마왕이 묵과한다면 그것이 곧 결백의 증거가 되어 줄 것이다.

벨리알이 먼저 손을 들었다.

"난 찬성. 그런데 에메랄드 드래곤의 역린 말고. 그건 흥미가 떨어졌어. 다른 거로 보여 줘요."

"나도 찬성이야. 솔직히 윤태양이랑 키메라 드래곤이랑 제대로 붙으면 어떻게 될지 궁금하기도 하고."

"음. 난 너무 뻔해서 재미없을 것 같은데. 발락과의 거래라면 이야. 나도 좋아."

벨리알을 시작으로 다른 마왕들이 발락에게 손을 들어주기 시작했다.

발락이 단탈리안을 바라봤다.

"단탈리안. 너는?"

다른 마왕들이라면 순순히 받아들일 줄 알았다.

스테이지에 일어나는 부정부패를 묵과하는 건 쉬운 일이다.

특히 발락과의 거래와 비교하면 압도적으로 그랬다.

발락이 이런 큰 조건을 내놓은 건 전적으로 단탈리안 때문이었다.

그는 플레이어 윤태양을 후원하는 입장이었으니까.

단탈리안이 손을 들어 제 입가를 가렸다.

발락의 행동 기저에 깔린 분노가 너무도 명확해서 폭소가 튀어나올 것 같았다.

"저도 찬성입니다. 발락."

"크흠, 나도 찬성일세."

안드라스가 헛기침을 하며 고개를 끄덕였다.

연구실장은 다섯 명의 플레이어를 다른 장소로 움직이게 하지 않았다.

이동할 필요가 없었다.

쿠과과과과과과광!

조립을 끝내 완전체로 만들어 낸 PX-4889의 압도적인 출력으로 기존 실험실들의 벽면을 모조리 쓸어버리고 전투할 만한 공간을 만들어 버렸기 때문이다.

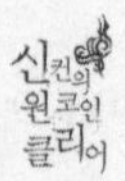

근력 측정 섹션의 밀실.

신무기 실험실.

크림슨 드래곤 알드레하가 머물던 병실.

용인 연구원들의 편의를 위해 구축된 생활공간까지.

발락의 컨펌까지 받아 낸 연구실장은 연구실을 제외한 모든 공간을 밀어 버렸다.

전투력 측정 섹션 테스트의 규칙은 PX-4889의 한계 가동 시간인 5시간 동안 전투 수행.

숨어 있을 만한 공간을 아예 없애 버려야 했다.

가장 마지막으로 마력 측정 섹션 실험실의 세 벽면이 허물어지며 강철 드래곤이 그 모습을 드러냈다.

강철 늑대 플레이어들을 곤죽으로 만든 사지.

로시의 복부를 헤집은 꼬리.

살로몬과 란을 후려치던 날개 둘.

그리고 거대한 강철 몸체까지.

-합체했네.

-오.. 완전체 보니까 뭔가 뽕이 차오른다.

-따로따로 봤을 땐 그냥 그런가보다 했는데. 이렇게 보니까 ㄹㅇ 쌉간지 ㄷㄷ.

['건담... 좋아하세요?' 님이 10,000원을 후원하셨습니다!]

[엄마, 나 저거 사 줘.]

네 명의 플레이어 앞에 선 PX-4889가 포효를 내질렀다.

크롸라라라라라라라라라라!

연구실에서 화면으로 이를 바라보던 연구실장이 이를 악물고 중얼거렸다.

"전투력 측정 세션 테스트. 시작."

태양 일행은 이미 두 가지 세션을 통해 PX-4889의 강력함을 몸소 체험했다.

특히 근력 측정 세션에서 강철 늑대의 클랜원들 다섯 중 셋이 PX-4889의 출력을 감당하지 못하고 사망했다.

태양 일행은 근력 측정 세션에서 보여 준 출력과 마력 측정 세션에서 보여 준 브리스의 위력. 그리고 피부를 덮고 있는 강철의 내구도를 기반으로 PX-4889의 전력을 예상했다.

"사냥은 불가능하겠지만, 전투 정도는 성립할 거야."

무려 5단계, 고룡을 베이스로 한 키메라다.

당연히 태양 일행이 시종일관 승기를 쥔 채 싸울 수는 없었다.

하지만, 대거리 정도는 될 것이다.

태양의 의견에 모두가 동의했다.

실제로 마력 측정 세션에서 브레스를 피했던 것을 생각하면 태양의 의견은 타당해 보였다.

그리고 틀렸다.

다리가 불편한 근육질의 전사가 대처다운 대처도 하지 못하고 PX-4889의 앞발에 짓눌려 압사했다.

콰아아앙!

마력 측정 세션 테스트 당시 브레스가 짓쳐 들 때처럼 태양이 도울 새도 없었다.

"말리이이익!"

연구실장이 제시한 PX-4889의 전투력 측정 테스트의 목표 시간은 5시간이었다.

그리고 말릭이 압사당하는 데 걸린 시간은 30초였다.

크롸라라라라라라라라라!

시작과 동시에 한 생명체를 고깃덩어리로 만들어 버린 강철룡이 크게 포효하고는 다른 타깃을 향해 달려들었다.

천뢰굉보(天牢轟步): 윤태양식(式) 어레인지.

낭풍(浪風).

두 번째 타깃이 된 란과 태양이 PX-4889의 공세로부터 간신히 빠져나왔다.

말릭의 죽음은 헛되었지만, 어떤 의미로 보면 헛되지 않았다. 죽음으로써 나머지 네 플레이어가 PX-4889에 대해 어떻게 대응해야 할 알려 줬기 때문이다.

전투?

꿈도 꿀 수 없다.

태양 일행이 할 수 있는 건 오직 회피뿐이었다.

그래도 한 가지 다행인 점은, 근력 측정 세션에서처럼 제한된 환경이 아니라는 것이었다.

근력 측정 세션에서는 몇 걸음 걸으면 곧 벽이 닿는 답답한 공간에서 짓쳐 드는 PX-4889의 신체를 피해 내야 했지만, 전투력 측정 세션에서는 충분한 거리와 공간이 있었다.

더불어 충분한 마나도.

어느 정도 발버둥 칠 수 있을 만한 환경은 제공되었다는 뜻이다.

"로시! 얼음 마법!"

"공간이 너무 넓습니다!"

테스트 공간이 넓어진 건 마냥 좋게 작용하지는 않았다.

태양 일행이 밝혀낸 PX-4889의 약점, 추위를 공략하기 어려워졌기 때문이다.

로시가 아무리 능력 있는 마법사라고 해도 혼자 힘으로 넓은 공간을 설산과 같은 환경으로 바꿔 낼 수는 없었다.

태양이 빠르게 거리를 벌리며 다섯 시간을 버틸 방법을 골몰했다.

기실, 공략할 가닥은 어느 정도 잡았다.

PX-4889가 메카 즉, 로봇이라는 점을 이용한 방법.

태양은 PX-4889의 소프트웨어 프로그램에 에러를 일으킬 심산이었다.

물론 해킹을 통해 해결할 생각은 아니었다.

우선 태양 본인이 컴퓨터에 대해 무지할뿐더러, 지구의 컴퓨터 언어와 용인들이 사용하는 컴퓨터 언어가 같을 리가 만무했으니까.

–같을 수도 있지. 결국에는 사람들이 만든 게임인데.

"난 그것도 슬슬 의심이 갈 지경이다. 젠장, 제어실을 찾는 게 제일 편한 방법이라고 생각했는데, 역시 어렵겠지?"

–한 번 당했는데, 그걸 또 쉽게 당해 주진 않겠지.

그렇다면 어떻게 에러를 일으키느냐.

'할 수 없는' 일을 시키면 모든 소프트웨어는 에러를 일으키기 마련이다.

인공지능 바둑 프로그램과 바둑 기사의 대결이 그 예다.

바둑 기사가 '이기는' 수를 두자, '경기를 이기게' 설계된 인공지능 바둑 프로그램은 있을 수 없는 경우의 수를 계산하다가 결국 에러를 일으켰다.

명령에 상충하는 상황을 만들면 되는 것이다.

"하나씩 풀어 나가 보자고."

PX–4889에 입력된 명령은 명확했다.

전투력 측정 세션에 들어온 테스터. 즉, 플레이어를 모두 죽여 없애는 것이 바로 그것이다.

태양이 알아내야 할 건 PX–4889에 어떤 금제가 걸려 있느냐는 것이었다.

어떤 행동이 금지되어 있는지 알아내야 억지로 그 행동을 유도해서 에러를 일으킬 수 있으니까.

"생각대로 됐으면 좋겠는데 말이지."

—그러게. 자료가 부족해. 하필 마지막에 그렇게 되어 가지고.

근력 측정 세션과 마력 측정 세션에선 장황하기 그지없는 설명이라도 해 줬었다.

태양은 졸았지만, 실제로 현혜와 나머지 플레이어들은 연구실장의 설명에서 테스트 공략에 관한 힌트도 꽤 얻었었다.

하지만 이번 전투력 측정 세션에서는 달랐다.

태양 일행은 마력 측정 세션의 실험실에서 하염없이 기다리기만 했고, 연구실장은 세션이 시작하기 전까지 얼굴을 거의 비치지 않았다.

음질 나쁜 확성기로 말이나 몇 마디 전했을 뿐.

살로몬이 다시 한번 연기를 통해 정보 수집을 시도했지만, 실패했다.

란의 풍술 역시.

한 번 당했다고 경계가 삼엄해진 탓이다.

"태양, 난 잘 이해가 안 돼. 코드의 충돌? 에러? 지금 움직이는 걸 보면 기계라기보다 생명체에 가깝지 않아? 물론 키메라니까 생명체이기도…… 이크!"

콰아아아앙!

란이 재빠르게 부채를 휘둘러 PX-4889의 앞발을 피해 냈다.

반대편에서 살로몬이 고개를 흔들었다.

"아니. 그 부분은 이야기가 끝난 문제다. 마력 측정 세션에서 확인했지 않나. PX-4889는 확실히 기계였다. 젠장. 제어실이 어

디에 있는지 모르겠군. 찾으면 편해질 텐데.”

“기계가 이렇게 움직일 수 있다고?”

“저도 란의 말에 동의해요. 태양, 당신이 유능한 건 인정하지만, 솔직히 모르겠어요. 우린 가닥을 잘못 잡은 걸지도 몰라요.”

란은 창천. 그리고 로시는 에덴 출신이었다.

지구 기준으로 중세 시대 정도의 문화에서 살아왔던 둘에게 태양의 발상은 막연하고 괴상해 보였다. 하지만 고도로 발전한 세계관(마법을 주로 사용하던 세계관이기는 했지만)의 주민이었던 살로몬은 태양의 의견에 전적으로 동의했다.

태양이 고개를 절레절레 흔들었다.

“겨우 저 정도로 놀라? 난 더한 것도 있을 수 있다고 생각해. 극도로 발전한 과학은 마법과 같거든. 아, 심지어 여기엔 마법도 섞였지?”

“극도로 발전한 과학은 마법과 같다라. 뭘 좀 아는군. 마법사도 아니면서 말이야.”

“우리 세계에서는 유명한 말이야.”

“또 온다. 들어와라!”

후우우우욱.

스모크 매직: 더스트 게이트(Dust Gate).

살로몬이 공간 이동 게이트를 생성해 다시 한번 PX-4889의 공세를 피해 냈다.

다시 한번 뒤늦게 PX-4889의 철제 앞발이 내리꽂혔다.

콰아아앙!

마나의 기척을 확인한 PX-4889가 태양 일행 쪽으로 고개를 돌리고 포효했다.

크롸라라라라라라라라!

정신없는 전투 와중에도 공략법에 관한 토의는 이어졌다.

사실, 별다른 정보 없이 이어진 토의의 결론은 뻔했다.

-무조건 입력되었을 법한 코드?

-아 ㅋㅋ 세상에 무조건이 어디 있냐고.

-아무리 봐도 자기들끼리 죽이지 않기. 뭐 이런 거밖에 생각 안 나는데.

-그니까. 얘들도 로봇이 자기들 죽이고 그러면 좀 그럴 거 아니야.

-근데 그거 뭐라고 하더라? 뭔 소설가가 쓴 법칙 같은 거 있었는데.

['아서' 님이 10,000원을 후원하셨습니다!]

[로봇 3원칙.]

용족 특유의 동족에게 집착하는 특성을 생각하면, 당연히 '용인을 해치지 않는다'는 명령은 금제일 가능성이 컸다.

기동성 좋은 란이 PX-4889의 주의를 끄는 사이 태양과 로시, 살로몬이 연구실을 바라봤다.

살로몬이 자신 없는 목소리로 중얼거렸다.

"……이러나저러나 저쪽도 용족이다. 괜찮을지 모르겠군.

성공하면 상관없지만, 실패하면 부담을 두 배로 지는 악수(惡手)가 될 거다.”

“용족이라고 다 쫄 필요는 없어. 용인이라지만 그래봤자 연구원이잖아. 비전투직. 할 만할 거야.”

–그것도 아쥬르 머프의 분석이 맞았을 때 얘기이긴 한데.

단탈리안 공략가 아쥬르 머프는 발락의 층에 관해 흥미로운 발표를 했다.

발표의 제목은 ‘발락이 16~18층에 자리 잡은 이유에 관한 견해’.

30층, 혹은 40층 대에서도 꿀리지 않는 괴수가 용족이다.

그 용족의 정점인 발락이 왜 상대적으로 저층에 불과한 16~18층에 자리를 잡았을까?

아쥬르 머프는 발락이 아룡과 같이 마계 한복판에 내놓고 방목하기 어려운 존재들을 위해 ‘차원 미궁’이라는 공간을 활용했다고 해석했다.

16~18층에서 나타나는 모든 용족은 다른 용족에 비하면 반푼이라는 것이다.

아룡이거나, 아니면 전투력에 문제가 있거나 하는 식으로.

실제로 16~18층 사이에서 등장하는 용족 괴수는 강하기는 하지만 나름대로 층수에 걸맞은 무력을 보유하고 있었다.

“즉, 저 연구원 용인들도 막상 상대해 보면 생각보다 할 만할 가능성이 크다는 말이지.”

"용인들을 인질로 잡아서 테스트를 끝내면 스테이지가 클리어됐다고 판정될까요?"

"인질로 잡을 필요까지는 없어."

요는 PX-4889가 용인들을 공격하게 유도하는 것이었다.

만약 PX-4889에게도 '로봇 3원칙'과 같은 원칙이 인공지능 기저에 깔려 있다면, 그것만으로도 소프트웨어에 타격을 입힐 수 있을 테니까.

그때 마침, PX-4889가 브레스를 준비하기 시작했다.

"란!"

"알았어!"

태양과 살로몬, 란과 로시가 동시에 용인들이 모여 있는 곳, 연구실로 모여들었다.

다른 시설이 온전했다면 연구실을 구분하는 데도 애를 먹었을지 모르지만, 용인들이 손수 부숴 준 덕분에 그런 걱정은 덜었다.

"될까?"

브레스를 통해 용인들에게 피해를 입히게 유도할 셈이었다.

"흥. 뻔하군."

연구실에서 태양 일행을 지켜보던 연구실장이 콧방귀를 뀌었다.

태양의 발상은 틀리지 않았다.

모든 제약을 풀고 공격성만 고취시키라고 명령하긴 했지만,

용인들이 키메라에 다른 용인을 공격할 가능성을 남겨 두었을 리가 없었다.

“하지만 이런 얕은수에 넘어갈 정도로 한심한 인공지능이었다면 군주께 진상하지도 못했다.”

크롸라라라라라!

브레스를 머금었던 PX-4889가 브레스를 내뱉지 않고 포효를 내질렀다.

태양의 노림수가 실패한 것을 확인한 용인들이 부산스럽게 움직였다.

태양 일행이 연구실에 습격해 들어올 것에 대한 대비였다.

아닌 게 아니라, 드래고닉 랩 스테이지에서 그와 같은 결정을 한 플레이어가 트럭 수십 개를 채우고도 남을 지경이었다.

“근력 측정 섹션에서의 데이터를 기반으로 한 대(對) 윤태양 저항 체제 확립.”

“플레이어 란의 풍술, 플레이어 살로몬의 스모크 매직 무력화 대안. 바람의 정령 윈디 다수 소환 마법진 개설.”

“습격과 동시에 ‘브레스 호흡법’ 실시 요청. 마나 진공 현상으로 플레이어들의 전력 50퍼센트 무력화 예상.”

“승인.”

“승인.”

“플레이어 윤태양 움직임 시작. 플레이어 란 PX-4889로부터 단 1회 피격도 없이 순항.”

크롸라라라라라라라라라!

네 명의 플레이어는 연구실 벽면에 바짝 붙은 채 이동했다.

순식간에 턱 밑까지 쫓아온 PX-4889를 앞에 두고 태양이 외쳤다.

"명심해! 단 한 번만 삐끗해도 그대로 끝장이야!"

태양의 말과 함께 란의 풍술과 로시의 얼음 마법이 합작으로 대기를 휩쓸었다.

이제까지와 다르게 주변 공간이 압도적으로 빨리 얼어붙었다.

스릉.

태양이 라이트 세이버를 빼 들었다.

크롸라라라라라라라!

라이트 세이버를 뽑아 들자 PX-4889가 격하게 반응했다.

'역시.'

제어실과 그 안에 들어 있던 용인을 단숨에 베어 내고, 심지어 브레스 사출 기관까지 자르기까지.

태양은 이미 라이트 세이버의 위험성을 키메라 드래곤 앞에서 한번 보여 줬다.

용인 연구원들이 그 데이터를 집어넣지 않았을 리가 없었다.

-그리고 '용인을 공격하지 않는다'는 명령도 확인됐네.

"좋아. 맞아 들어가고 있어."

로봇 3원칙.

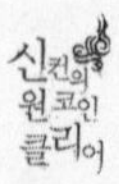

제1원칙: 로봇은 인간에게 해를 입혀서는 안 된다. 그리고 위험에 처한 인간을 모른 척해서도 안 된다.

제2원칙: 제1원칙에 위배되지 않는 한, 로봇은 인간의 명령에 복종해야 한다.

제3원칙: 제1원칙과 제2원칙에 위배되지 않는 한, 로봇은 로봇 자신을 지켜야 한다.

첫 번째 법칙의 첫 번째 문장에 따라 움직이는 건 확인했다.

그렇다면, 첫 번째 법칙의 두 번째 문장. '위험에 처한 인간을 모른 척해서도 안 된다.'는 어떨까?

태양을 제외한 세 플레이어가 산개했다.

PX-4889의 어그로는 여전히 태양에게 집중되어 있었다.

연구실을 등진 채 라이트 세이버를 움켜쥔 태양이 PX-4889와 대치했다.

상황을 지켜보던 연구실장이 중얼거렸다.

"멍청한 선택을 하는군."

말 그대로다.

연구실을 건드리지 않더라도 PX-4889가 윤태양을 제압할 방법은 많았다.

윤태양은 연구실을 인질로 PX-4889의 행동을 저지하고 있는 것이지만, 다르게 보면 스스로 코너에 몰린 꼴이기도 했다.

연구실장이 설정한 PX-4889의 인공지능은 스스로 불리한 환경에 들어선 먹잇감을 아주 효율적으로 잡아낼 수 있었다.

하지만 연구실장이 놓친 부분이 한 가지 있었다.

연구실장은 PX-4889의 인공지능을 과도하게 '공격적'으로 설정해 놓으라고 명령했다. 그리고 그 실책은 태양이 등을 보이는 순간 극명히 드러났다.

등 뒤로 짓쳐 오는 PX-4889의 가공할 앞발을 인지한 태양이 속으로 중얼거렸다.

'빙고.'

메카 드래곤 PX-4889의 강맹한 앞발이 연구실 벽면을 강타했다.

콰아아아아아앙!

치솟은 흙먼지 사이에서 PX-4889가 울부짖었다.

크롸라라라라라라라라라라라!

울부짖은 이유.

'손맛'이 나지 않았기 때문이다.

메카 드래곤이 도망친 목표물을 찾아 고개를 흔드는 순간 거친 바람이 PX-4889의 몸체로 날아들었다.

낭풍(浪風).

어지간한 생명체라면 위협을 느껴 피하거나, 방어했을 공격.

PX-4889는 미동도 하지 않은 채 란의 풍술을 견뎠다.

아니, 견뎠다고 표현하기도 미안할 정도로 바람은 PX-4889의 몸체에 아무런 영향을 끼치지 못했다.

"역시. 단단하네."

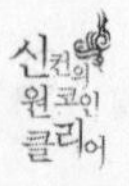

란이 인상을 찌푸렸다.

"뭐, 애초에 타격을 노린 건 아니었으니까."

먹잇감을 발견한 PX-4889의 노란색 세로 동공이 번뜩였다.

거대한 강철 동체가 란을 향해 짓쳐들려는 순간.

덜컥.

PX-4889의 거대한 동체가 급작스럽게 행동을 정지했다.

노란 동공에 받아들일 수 없는 이미지를 발견했기 때문이다.

그것은 널브러져 있는 용인들의 시체였다.

태양이 연구실에 들이닥칠 것을 대비해 반격을 대비하던 용인 몇몇이 벽면에 붙어 대기하다가 PX-4889의 공격에 휩쓸린 것이다.

PX-4889의 인공지능이 장면을 발견한 즉시 사고 경과를 계산했다.

1차 원인.

플레이어 란의 추격 도중, 플레이어들이 연구실을 인질로 잡았다.

PX-4889의 인공지능은 연구실 안에 다수의 용인이 들어가 있음을 인지했고, 브레스를 거둬들였다.

이 과정에서 플레이어 윤태양 외 3인의 플레이어는 용인을 전략적 무기로 사용할 수 있음을 인식했다.

2차 원인.

라이트 세이버를 꺼내 든 플레이어 윤태양에게 과도하게 반응했다.

3차 원인과 결과.

플레이어 윤태양의 '전략적 시위'에 말려든 PX-4889가 플레이어 윤태양을 대상으로 한 '앞발 내려치기'를 시전했다.

그 결과, 2차 피해에 휩쓸린 다섯 명의 용인이 사망, 열두 명의 용인이 중상, 두 명의 용인이 경상을 입었다.

드득. 드드득. 드드드득.

계산을 마친 PX-4889의 눈이 붉은빛으로 점멸하며 신체 부위가 진동을 일으키기 시작했다.

PX-4889가 '에러' 상태에 빠진 것이다.

란, 떨리는 목소리로 중얼거렸다.

"태양의 그 허무맹랑한 작전이…… 성공한 건가?"

적어도 란의 눈에는 성공한 것처럼 보였다.

위협적이기 그지없던 PX-4889의 거대한 강철 몸체가 마치 틱 장애에 걸린 도마뱀처럼 떨어 대고 있었으니까.

—와, 이걸 이렇게 클리어한다고?

—ㅅㅂ 깨려면 코딩 공부도 해야 된다고?

—뭔 코딩 공부야. 이 정도면 그냥 상식이지.

—? 프로그램 어쩌고, 코드, 명령 충돌 어쩌고. 이게 상식이라고?

—(대충 모르겠지만 아는 척하는 사진).

—이건 진짜 센스 플레이로 깬 거네. 윤태양도 성장했다.

-ㄷㄷㄷ '투신'의 성장. 심지어 지능이 올라갔네. '완전체'의 탄생인가?

-ㄴㄷㅆ.

위기의 순간, 살로몬이 펼쳐 준 더스트 게이트를 통해 탈출한 태양이 히죽 웃었다.

"봐라. 이게 S+등급의 작전이다."

-크. 좋았다.

"나쁘지 않은 계책이었다. 너와 함께하기로 한 건 확실히 탁월한 선택이었어."

태양과 살로몬이 손바닥을 마주쳤다.

로시가 간헐적으로 진동하는 PX-4889를 올려다보며 물었다.

"끝난 건가요?"

태양이 고개를 저었다.

"아니, 이 정도로 끝날 리가 없어."

상식적으로 생각해야 했다.

용인들이 만들어 낸 병기 PX-4889는 매우 수준 높은 병기였다.

"마법이 섞여 있다고는 하지만, 당장 지구에서도 PX-4889처럼 판단하는 전투 인공지능을 만들지는 못했어."

-만들었을지도 모르지. 우리가 모르는 걸지도.

"어쨌건, 실제로 상용화되지 못했잖아."

용인들의 인공지능 기술력은 지구의 것을 뛰어넘었다.

그리고 그런 프로그램이 고장 명령 충돌 정도로 무력화될 가능성은 현저히 낮았다.

프로그램에서 꼬인 코드를 찾아내 문제를 해결할 가능성도 있었고, 무엇보다 PX-4889의 프로그램이 다운되지 않았다.

"이건 그냥 렉(Lag: 일시적인 지연 현상)일 가능성이 커."

PX-4889는 분명히 움직이고 있었다.

프로그램이 아예 다운된 상태는 아닌 것이다.

태양은 인공지능이 상황을 해결하기 위해 과도하게 계산하고 있는 것뿐이라고 판단했다.

"그, 그럼 시간이 지나면 다시 일어난다는 이야기야? 지금은, 그러니까 생명체로 치면 기절한 상태인 거고?"

"쉽게 말하자면 그렇지."

"뭐 해! 지금 당장 죽여야지!"

란이 부채를 들며 소리를 지르자 로시가 그녀를 붙잡고 물었다.

"공격을 맞고 깨어나면 어떡해요? 자는 거라면……."

"어, 그러게? 그러면 안 되는데."

태양이 둘을 보며 미소 지었다.

똑똑한 건 분명한데, 왜 내 말은 전혀 이해를 못 한 거지?

뭐, 상관없다.

중요한 건 란과 로시의 이해 여부가 아니니까.

"로시, 네 얼음 마법이 필요해. 란, 네가 돕고."

단적으로 말해서 PX-4889를 단시간에 파괴하는 건 불가능에 가까웠다.

그렇지 않아도 용의 육체는 단단하기 그지없는데, PX-4889의 베이스가 되는 육체는 용 중에서도 모든 성장을 끝마친 최고봉 고룡의 것이다.

거기에 더해 기계화를 통한 강화가 이루어졌기까지.

란과 로시가 해야 할 일은 PX-4889의 육체를 냉동실 속 도마뱀처럼 꽁꽁 얼리는 일이었다.

"깨어났을 때 전력을 최대한 약화시켜 놓는 게 핵심이야."

"그럼 두 분은?"

로시의 말에 태양과 살로몬을 힐긋 바라보고는 씨익 웃었다.

"우리는 바이러스들 잡으러 가야지."

메카 키메라 PX-4889의 행동을 절대적으로 무력화시키는, 백신 없는 바이러스.

용인을.

살로몬이 박살 난 연구실을 향해 걸어가는 태양을 따라가며 헛웃음을 지었다.

"본인들이 인질이 되어 키메라를 무력화시키는 역할이 될 줄은 상상도 못 했겠지?"

"이런 데이터가 나와 줘야 의미가 있지. 이 얼마나 치명적인 오류야. 안 그래? 용인 1마리 죽였다고 바로 프로그램 다운이라니. 용인들은 우리한테 고마워해야 해."

생각하지 못한 변수가 나와 줘야 발전이 있는 법이잖아.

안 그래?

쿠웅.

진각을 밟은 태양이 부드러운 상체 페인팅으로 타점을 흐렸다.

"흐압!"

자세부터 기세까지.

기합과 함께 내뻗는 검이 어설프기 그지없다.

하이퍼 드래곤 블로(Hyper Dragon Blow).

뻐억.

"끄억."

태양의 주먹이 용인의 복부를 정확하게 직격했다.

군더더기 없는 깔끔한 타격에 용인이 눈알을 뒤집어 까며 그대로 기절했다.

"이렇게 또 한 놈."

태양이 기절한 용인을 들쳐 멨다.

연구실 주변, 도망치지 못한 몇몇 용인이 공포 가득한 눈동자로 태양을 바라봤다.

가장 거칠게 저항하던 연구실장을 비롯한 몇몇을 잡으니, 남은 녀석들이 이 모양이었다.

"너희는 기다려. 조금 있다가 다시 올게."

-이런 걸 보면 아주르 머프의 가설이 확실히 들어맞긴 하네.

"그러게. 덕분에 일이 쉬워졌어."

아주르 머프의 가설도 들어맞았지만, 태양이 생각해 낸 해결 방법도 완벽하게 들어맞았다.

제1원칙: 로봇은 '용인'에게 해를 입혀서는 안 된다. 그리고 위험에 처한 '용인'을 모른 척해서도 안 된다.

태양이 몸으로 겪어 본 바, 2원칙과 3원칙은 모르겠지만 적어도 해당 원칙은 PX-4889의 인공지능에 확실하게 내제되어 있었다.

'금지 원칙'을 발견해 낸 태양은 본래라면 잡을 수 없었을 강력한 괴수를 무력화하는 데 성공했다.

"짜릿하네."

-그치? 그게 공략법을 찾아냈을 때 기분이야.

"넌 항상 이런 식으로 했던 거야?"

-당연하지. 난 너처럼 피지컬로 게임할 수가 없으니까. 참나, 생각해 보니까 어이없네. 넌 17층에 와서야 이런 기분을 처음 느껴 본 거잖아?

태양이 간헐적으로 경련하는 PX-4889를 올려다보았다.

"오류 복구가 점점 늦어지는 거 보니까 확실히 잘되고 있네."

-처음엔 5분이었는데 직전에는 15분 30초까지 늘었어. 이번에

는 아마 더 걸릴 거야.

"지금 몇 분이나 지났는데?"

-다시 에러 상태에 빠진 지…… 3분 막 지났네.

"적어도 12분 정도 남은 거네. 어휴, 이것도 일이다. 일."

태양이 투덜거리며 PX-4889의 앞발을 걷어찼다.

태양은 단조로운 과정을 통해 PX-4889의 인공지능을 무너뜨리고 있었다.

방법 자체는 간단했다.

오류 상태를 해결한 PX-4889 앞에 인질을 잡은 태양이 서 있고, PX-4889가 태양을 공격하고, 태양이 PX-4889의 공격을 인질로 막는다. 그러면 PX-4889의 인공지능이 다시 에러 상태에 빠졌다.

누군가는 이렇게 질문할지도 모른다.

아니, 고등한 PX-4889의 인공지능이 이런 실수를 반복한다고?

하지만 인공지능인 이상 어쩔 수 없는 일이다.

PX-4889는 태양이 인질로 잡은 용인을 모른 척할 수 없었다.

당연하다.

'위험에 처한 용인을 모른 척할 수 없다'는 명령이 행동 알고리즘에 심겨 있기 때문이다.

그래서 PX-4889는 해당 용인을 구하기 위해 문제의 주체인

태양에게 공격을 퍼부었다.

사실 PX-4889 수준의 인공지능이라면 본래 이 과정에서 공격이 아닌 다른 방법을 선택할 수도 있어야 했다. 그리고 일반적인 상황이었다면 공격을 선택하지 않았을 터였다.

'용인이 피해를 입는 상황'을 최대한 도출되지 않게 했을 테니까. 하지만 연구실장의 명령, '공격성 극대화'가 PX-4889의 선택지를 '공격'으로 한정지어 버렸다.

로시와 란의 얼음 공작 덕에 약화한 PX-4889의 공격은 태양의 제어 아래 완벽하게 '용인'만 처리하고, 그러면 PX-4889는 다시 에러 상태에 빠졌다.

처음엔 불안해서 호들갑을 떨어 대던 두 여성도 이제는 안전하다는 사실을 느꼈는지, 태연한 표정으로 PX-4889의 뒷발에 기대앉아 도란도란 이야기를 나누고 있었다.

로시와 이야기를 나누던 란이 태양을 발견하고는 소리쳤다.

"태양!"

"왜?"

"이대로 기다리기만 하면 되는 거야?"

"아니. 1시간 정도 남을 때까지 기다려 보고, 이런 상태 반복이면 억지로 부숴 봐야지."

"굳이?"

"업적은 먹어야 할 것 아니야, 웃챠."

투웅.

뛰어오른 태양이 PX-4889의 콧등으로 올라섰다.

초토화된 스테이지.

곳곳에 숨어서 태양의 눈치만 보는 용인들.

강철 드래곤의 머리에 걸터앉아 심드렁한 얼굴로 아래를 바라보는 태양의 모습이 마치 정복지를 내려다보는 왕과 같았다.

분명히 여섯 마왕에게 별도의 거래를 허용하면서까지 강행한 테스트였다.

목표는, 윤태양 사살.

발락의 동공에 스테이지의 상황이 비쳤다.

역으로 태양에게 사냥당하는 용인들.

콰드득.

가슴과 머리가 동시에 뜨겁다.

거의 백년 만에 느껴 보는 격렬한 분노였다.

하지만 발락은 분노를 터뜨리는 대신 자리에서 일어났다.

먼저 해야 할 일이 있었기 때문이다.

스테이지가 지속되면 더 많은 용인이 희생당할 뿐이다.

마왕의 권한으로 스테이지를 끝내야 했다.

"일단 테스트는 종료하지. 모두 인정하겠지? 윤태양은 드래고닉 랩 스테이지를 확실히 클리어했다. 더 이상의 플레이를 볼 필요는…….”

“아니요.”

발락의 말을 끊은 건 단탈리안이었다.

“테스트는 안 끝났습니다. 발락, 지금 억지로 스테이지를 끝내면 네 명의 플레이어는 받아야 할 업적을 받지 못합니다.”

“업적은 따로 부여하면 된다. 그런 사례도 충분해.”

Endless Express 스테이지에서 키메리에스가 했던 일이기도 했다.

마왕이 스테이지를 보호하기 위해 따로 업적을 내리는 일은 흔하지는 않지만, 종종 일어나는 일이었다.

단탈리안이 고개를 까딱이며 웃었다.

“가능하시겠습니까? 지금 끊으면 지급해야 할 업적이 상당할 텐데요.”

플레이어가 업적을 얻는 방법은 크게 두 부류로 나눌 수 있다.

‘층주’가 설정해 놓은 조건을 행했을 때.

차원 미궁의 인과율이 플레이어의 행위를 판단하여 매기는 점수가 일정 이상을 넘길 때.

두 가지 경우를 모두 적용했을 때 태양이 PX-4889를 파괴하고 얻을 업적은 최소한 5개 이상이었다.

“발락. 당신이 플레이어 윤태양에게 업적을 부여하는 건 문제가 없지만, 그 개수가 5개 이상이 되어 버리면 문제가 됩니다.”

마왕이 대체 업적을 부여하는 경우는 흔치 않았다.

하물며 그 숫자가 5개가 넘어 버린다면 더더욱 그랬다.

이는 해당 스테이지에 큰 사건이 있었다는 것을 의미하고, 그렇게 되면 이목이 쏠릴 가능성이 컸다.

발락이 서슬 퍼런 눈으로 단탈리안을 쏘아봤다.

단탈리안은 상관하지 않고 말을 이었다.

"바알이나 바싸고, 아몬과 같은 꼼꼼한 마왕의 눈에 걸리기라도 하면 편집도 소용이 없어집니다. 이는 우리가 이야기하는 것과 상관없이 당신의 독단이 드러난다는 뜻이기도 하고요."

단탈리안의 말에 나머지 마왕들이 수군거렸다.

"그건 우리도 곤란하지. 네 횡포를 묵과했다는 오명을 쓰게 되니 말이야."

"눈치 좀 받고 말겠지만, 알잖아? 나 그런 거 싫어하는 거."

"자네랑 거래했다는 이야기가 돌면 주변에서 얼마나 귀찮게 굴지 벌써 진절머리가 나는군."

발락이 빠드득 이를 갈았다.

"네놈, 처음부터 이럴 생각으로 동의했나?"

"이럴 생각? 아, 용인들의 목숨에는 관심 없습니다, 다만."

단탈리안은 태양의 전력을 꽤 긴 시간 동안 객관적으로 관찰했다.

태양은 변수를 만들어 낼 줄 알았고, 창의적으로 문제를 해결할 줄도 알았다.

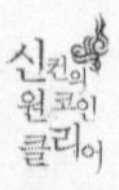

"당신의 세 번째 테스트가 플레이어 윤태양을 죽이지 못할 거라는 사실은 알고 있었죠."

하얗게 웃는 단탈리안의 얼굴에 결국 발락의 분노가 폭발하고 말았다.

터어어엉!

순식간에 마왕의 시청실과 드래고닉 랩 스테이지를 물리적으로 잇는 차원의 문이 열렸다.

발락의 팔이 용의 그것으로 바뀌고.

콰아아아앙!

거대한 질량의 주먹이 차원의 문 너머를 강타했다.

사람은 벼락을 맞으면 죽는다.

하지만 그렇다고 벼락 맞을 가능성에 대해 대비하는 사람은 거의 없다.

걱정 많은 어린아이이거나, 신경증 환자이거나, 혹은 조금 특이한 부류의 인간만이 일상을 살아가면서도 벼락을 맞을 가능성을 생각하고, 두려워하며 대비한다.

방법도 가지가지다.

안경, 시계, 목걸이와 같이 작은 금속류를 착용하기.

고무장화, 비옷과 같은 절연체를 일상복처럼 입고 다니기.

물가 주변을 피해 다니기.

우산, 낚싯대와 같이 낙뢰를 유발할 수 있는 물품은 아예 사용하지 않기 등등.

하지만 화창한 날 서울 한복판에서 고무장화와 비옷을 입고 청계천 주변을 다니는 사람들에게 물가 주변은 위험하다고 소리치는 사람을 본다면 대부분은 그를 비웃거나, 피해 다닐 것이다. 물론 정신적으로 건강한 사람 중에서 죽음을 바라는 이는 없다.

그렇다면 사람들은 왜 평소에도 벼락에 대해서 대비하지 않을까?

다른 사람의 경우는 모른다.

다만 태양은 이렇게 대답했다.

"난 할 수 있는 것만 해."

천문학적인 확률로 떨어지는 벼락을 맞거나 피하는 건 말하자면 운명이다.

개인이 결과에 미칠 수 있는 영향이 한없이 적은 것이다.

이는 능력의 문제였다.

신체 건장하고 용감한 성인 남성은 화재가 발생한 집에 갇힌 어린아이를 구하러 뛰어 들어갈 수 있다.

하지만 빽빽한 방문을 여는 것조차 힘겨운 소년은 그럴 수 없다. 고로 태양은 벼락을 맞는 문제를 대비하지 않았다.

그리고 같은 이유로, 지금과 같은 상황도 생각하지 않았었다.

콰드드드드득.

스테이지의 한 벽면이 아무런 전조도 없이 차원 문으로 변화했다.

항거할 수 없는 거대한 힘이 공간을 찌그러트렸다.

그리고 이내 거대한 물체가 스테이지를 초토화하며 태양에게 짓쳐 들었다.

소리의 속도, 음속(音速)을 아득하게 뛰어넘은 폭격.

이 모든 일은 태양이 인식하기도 전에 일어났다.

사실, 인식하더라도 바뀔 건 없었다.

벼락을 피하는 것과 마찬가지였다.

이 거대한 힘의 물결 앞에서 태양이 할 수 있는 일은 없었다.

콰아아아아아아아앙!

태양의 신체는 뒤늦게 몰아치는 굉음이 고막을 때렸을 때에서야 가까스로 반응했다.

"허억!"

놀란 태양이 상체를 뒤로 젖혔다.

확장된 태양의 동공에 고풍스러운 비늘 문양이 비쳤다.

강철 장갑 밑에서 반쯤 썩어 문드러진 PX-4889의 비늘이 아닌, 건강하고 역동적인 생명체의 비늘.

꽈드득.

태양에게 짓쳐 든 거대한 물체가 떨렸다.

근육의 움직임이었을까.

문양만큼이나 기품 있는 곡선이 파충류가 가질 수 있는 극한의 육체미를 표현했다.

"이런 미친."

태양은 뒤늦게 깨달았다.

그의 코앞까지 짓쳐 든 거대한 물체는 용의 앞발이었다.

—씨이발ㄹㄹ 아끼는 팬티였는데.

—너도 지림? 나도 찔끔함…

—아… 오늘은 손빨래해야겠다. ㅋ.

—나만 지린 거 아니구나. ㅎㅎ 다행이다.

—아니, 뭔데 사람 놀래고 난리야 진짜. ——

—와, 진짜. 심장마비 올 뻔.

['친구 걱정하는 사람' 님이 1,000원을 후원하셨습니다!]

[어진초 6학년 3반 유예지 괜찮냐? 너 심장 약해서 체육 시간에 맨날 쉬잖아. 혹시 심장마비 왔으면 연락 줘라.]

—ㅋㅋㅋㅋㅋㅋ 미친놈인가?

—심장마비 왔으면 연락을 못 하지 바보야~.

—이런 게 요즘 초등학생 감성인가… 뭔가 스윗하자너.

—현실: 예지야, 저기 너 남자 친구 지나간다. ㅋㅋ 예지: 씨! 뒈질래?

—아 ㅋㅋ 이게 우리 감성이지.

꿀꺽.

저도 모르게 침을 삼킨 태양의 고개를 꺾어 위를 바라봤다.

그것은 어디선가 본 듯한 붉은 보석이었다.

붉은 보석에서 퍼져 나온 빛이 방패가 되어 앞발을 막아 내고 있었다.

"……지금 무슨 일이 벌어지고 있는 거지?"

단탈리안이 삐딱하게 고개를 꺾고 차원 문에 팔을 집어넣은 발락을 바라봤다.

"이런, 왕으로서 체통을 지키셔야 하지 않겠습니까?"

이마에 굵은 힘줄이 돋아난 발락이 어깨를 꿈틀거렸다.

콰드드드드드드드드득.

용의 앞발이 붉은빛의 방패를 짓눌렀다.

버티나 싶던 방패에 잔금이 가기 시작했다.

그에 단탈리안이 지휘하듯 팔을 휘둘렀다.

파라라라락.

단탈리안의 어깨 위에 떠 있는 서책이 저절로 넘어가고, 붉은빛의 보석이 방패를 강화했다.

발락이 이를 드러냈다.

"해보자는 거냐?"

"일을 크게 만들고 싶지 않은 겁니다."

벨리알이 팔을 괸 채 투덜거렸다.

"발락, 이건 우리뿐만 아니라 나머지 마왕들 모두에게 예의가 없는 거예요."

안드라스도 제 까마귀머리를 주억거렸다.

"맞는 말일세. 차원 미궁은 모두의 약속이야. 플레이어는 모두의 재산이란 말일세. 자네의 사리사욕에 나머지 71마왕이 피해를 봐야 한다니, 이건 너무 이기적이지 않나."

발락이 사납게 웃었다.

"웃기는군. 우리가 언제부터 남을 신경 썼지? 차원 미궁은 72마왕의 무료함이 뭉쳐져 만든 기적일 뿐이다."

"허허. 시작은 그렇지만, 지금은 아니야. 자네도 알잖나?"

"무고한 용인이 목숨을 잃은 이상, 타협은 없다."

쿠구궁.

짙은 적갈색의 마나가 발락의 몸을 뒤덮었다.

"하아, 발락. 듣자듣자 하니까 너무 나가는 거 아니에요?"

파칭.

벨리알이 허공에 손을 휘저었다.

"우린 미궁의 규칙을 어기겠다는 당신 억지를 이미 한 번 들어줬잖아요. 이런 식으로 나오면 곤란하죠."

벨리알의 손에 반으로 부러진 천병(天兵)의 창이 잡혔다.

"발락, 많은 걸 바라는 게 아니에요. 우리가 당신에게 보여준 만큼의 존중. 딱 그 정도만 원하는 거라고요. 당신이 당신들의 용인을 아끼는 것만큼, 단탈리안도 플레이어를 아껴요. 그걸 왜 이해하지 못하는 거죠?"

"하! 웃기는군. 넌 내가 용을 어떻게 생각하는지 모른다."

"알 필요 없어요. 중요한 건 우리가 한 번 양보했으니, 이번

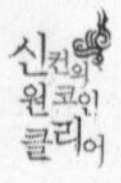

에는 당신 차례라는 거죠."

사실 당사자가 아닌 벨리알이 이렇게까지 반응할 필요는 없었다.

벨리알은 단탈리안과 친한 편이긴 하지만, 그것까지 감안하고서라도 플레이어 하나의 목숨에 이렇게 직접적으로 대립할 만한 이유는 되지 않았다.

발락의 언동이 문제였다.

발락의 오만한 혓바닥은 단탈리안을 모욕할 뿐 아니라, 그와 함께 나머지 마왕들까지 깔아뭉갰다.

벨리알은 이를 무시하고 넘어갈 만한 마왕이 아니었다.

그리고 안드라스 역시.

쿠구궁.

안드라스가 자리에서 일어나자, 수많은 까마귀 깃털이 그를 감쌌다.

쿠웅.

발락이 차원 문에 박아 넣은 오른팔을 빼냈다.

"이 몸이 고작 이 정도 차이로 물러날 거라 생각하는 거냐."

"허허. 흉흉한 기세에 몸을 쬐니 옛 생각이 나는군그래."

안드라스의 그림자가 뾰족한 가시가 되어 일렁였다.

"내 소싯적에 도마뱀 굽는 솜씨가 일품이었는데, 확인해 볼 텐가?"

상황을 지켜보던 제69계위 마왕, 데카바리아가 식은땀을 흘리며 중얼거렸다.

"으, 으음. 나는 이런 상황은 질색이야. 거북하군."

"나, 나도. 먼저 가 봐야겠어."

"웃고 떠들자고 온 파티에 싸움질이라니. 젠장, 전쟁광 아니랄까 봐."

데카바리아와 두 마왕이 자리를 떠나려고 하자, 단탈리안이 그들을 제지했다.

"가지 않으셔도 됩니다."

"뭐?"

"발락, 한 가지 제안을 하죠."

발락에게 이 상황은 명백히 부담스럽다.

겉으로는 흉포하고 강맹하지만, 발락은 72마왕 중에서 가장 실리를 따지는 마왕 중 하나였다.

'이런 구도에서 낚싯대를 던지면 함정인 줄 알고서라도 받겠지. 안 그렇습니까, 발락?'

단탈리안이 부드럽게 웃었다.

"당신 마음에 썩 들지는 않겠지만, 그래도 들어 볼 만은 할 겁니다. 어떻습니까?"

발락이 단탈리안을 직시했다.

이내 그가 턱짓하며 대답했다.

"지껄여 봐라. 마지막으로 들어주지."

17층. 드래고닉 랩 스테이지.

콰직, 콰지직.

태양이 신경질적으로 PX-4889의 잔해를 짓밟았다.

거대한 용의 앞발에 관한 의문은 풀지 못했다.

태양이 알 수 있는 건 단 하나였다.

작금의 태양으로서는 아무 대항을 할 수 없는 초월적인 존재가 태양을 노렸고, 또 지켜 줬다는 것.

태양의 신경질적인 발길질을 지켜보던 현혜가 중얼거렸다.

-그건 정말 뭐였을까?

단탈리안은 '게임'이고, '게임'은 유저가 클리어할 수 있게 설계되어야 했다. 물론 압도적인 난이도 때문에 그렇지 않아 보이는 경우가 있기는 했다.

그건 유저가 '더 잘하면' 해결할 수 있는 종류의 문제였다.

하지만 방금 상황은 아니었다.

현대 기술이 아무리 발전해 봤자 개인이 지진, 해일, 산사태 등에서 살아남을 수는 없다.

방금 태양에게 짓쳐 든 용의 앞발은, 그런 종류의 재해였다.

심지어 시스템 측에서 공지해 주지도 않은, 설정 밖에서 나타난 재해.

"현혜야, 우리가 뭔가 잘못 건드린 게 있었나?"

-뭐?

"아니면 내 성장 페이스가 너무 빨라서 시스템이 자체적으로 견제라도 하는 걸까?"

현혜는 곧바로 대답하지 못했다.

그녀가 생각하기에도 원인이나 전조가 될 만한 것이 없었기 때문이다.

모든 프로그램은 주입된 방식으로만 작동한다.

눈앞에서 제 몸을 해체해도 움직이지 못하는 PX-4889처럼.

그래야만 하는데.

"……이건 뭔가 잘못됐어."

콰앙.

태양의 발길질에 한때는 의사를 가지고 스스로 움직이던 강철이 고철 쪼가리가 되어서 바닥을 굴렀다.

그 모습이 마치 직전의 자신이 겪을 뻔한 운명인 것 같아서, 태양이 저도 모르게 욕지거리를 내뱉었다.

"젠장."

[6-2 드래고닉 랩(Dragonic Lab): 키메라-메카 드래곤 PX-4889의 성능 테스트를 완료하라. - Pass]

[획득 업적: 초미세 마나 운동, 짐승 같은 반응 속도, 조별 과제 조

장, 근력 측정 세션 최단 클리어, 근력 측정 세션 클리어, 동료애, 연구 대상 등극, 용인 살인자, 피어오르는 존재감, 마력 측정 세션 클리어, 고룡 대면, 지략가, 분노 유발자, 용 학살자, PX-4889 파괴, 임무 수행률 120%, 완벽한 실험: 그리고 아무도 없었다, 알뜰한 수집가, 전투력 측정 세션 클리어, 드래고닉 랩(Drahonci Lab) 클리어.]

-와 ㅋㅋㅋㅋㅋㅋㅋㅋㅋㅋㅋㅋㅋ.

-미쳤네. ㅋㅋㅋㅋㅋㅋㅋ.

-몇 개임? 몇 개임? 몇 개임? 몇 개임?

-20개. ㅋㅋㅋㅋㅋㅋ.

-역대 최고 갱신.

-신태양! 그는 윤인가! 신태양! 그는 윤인가! 신태양! 그는 윤인가! 신태양! 그는 윤인가!

-엄마 몇 번을 말해! 내 이름!!! 엄마 몇 번을 말해! 내 이름!!! 엄마 몇 번을 말해! 내 이름!!!

태양은 폭발적으로 내려가는 채팅을 읽지 못했다.

의식하지 않으려 해도 저절로 떨려 오는 신체.

잡으려 해도 저절로 붕 뜨는 정신.

태양이 느끼는 감각은 마치 처음으로 업적 보상을 받을 때와 비슷했다.

살로몬이 부르르 떨어대는 태양을 보며 웃었다.

"이건 뭐, 숫제 마약에 취하기라도 한 듯한 얼굴이군."

"살로몬, 너도 다를 것 없거든? 그런데 이번에는 유독 심하네. 몇 개나 받았기에."

란이 궁금한지 눈을 빛내며 태양을 바라봤다.

30초나 지났을까, 여운에서 깨어난 태양이 대답했다.

"20개."

"뭐? 20개?"

"미쳤군."

"20개라니……. A등급 플레이어 평균이……."

태양의 말에 세 플레이어가 호들갑을 떠는 순간이었다.

후욱!

네 플레이어의 시야가 반전했다.

남은 마왕이 모조리 빠져나간 17층 스테이지의 시청실.

발락이 입술을 비틀어 웃으며 네 플레이어를 맞았다.

"축하한다. 17스테이지를 클리어했군."

"……."

"근력 측정, 마력 측정, 그리고 전투력 측정까지. 정말 오랜만에 볼 만한 스테이지였다."

"……."

"잘도 연구원들을 죽이더군. 내 스테이지에서 이렇게 많은 용이 한 번에 죽어 나간 적은 처음이었다. 진귀한 장면이었어."

"……."

네 플레이어는 발락의 말에 대답하지 않았다.

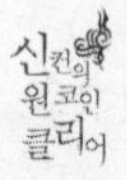

발락의 말은 치하의 의미를 담고 있었지만, 말투는 그렇지 않았다.
텍스트 사이사이에 담긴 비언어적 표현이 발락의 상태를 알알이 전달했다.
저주, 분노. 그리고 인내.
터지기 직전의 화산을 건드리고 싶은 사람은 없는 법이다.
그 화산이 용왕 발락이라는 이름을 가지고 있다면 더더욱.
네 플레이어가 일언반구도 하지 않자, 곧 발락이 고개를 흔들었다.
"다음 스테이지로 향하는 문이다."
쿠궁.
발락의 등 뒤로 4개의 문이 솟아올랐다.
강화를 뜻하는 붉은빛 문.
회복을 뜻하는 초록빛 문.
금전을 뜻하는 황금빛 문.
그리고, 흰색 문.
네 플레이어의 미간이 동시에 꿈틀거렸다.
3개가 아니라, 4개의 문.
명백히 이질적이었다.
발락이 입꼬리를 끌어올렸다.
그리고는 윤태양을 직시하며 말했다.
"너를 위한 문이다. 윤태양."

"……뭐?"

"클리어하면 내 권능 일부를 넘겨주마."

일순간 정적이 감돌았다.

"너희 플레이어들식으로는, 그래. 레전드급 카드라고 볼 수 있겠군."

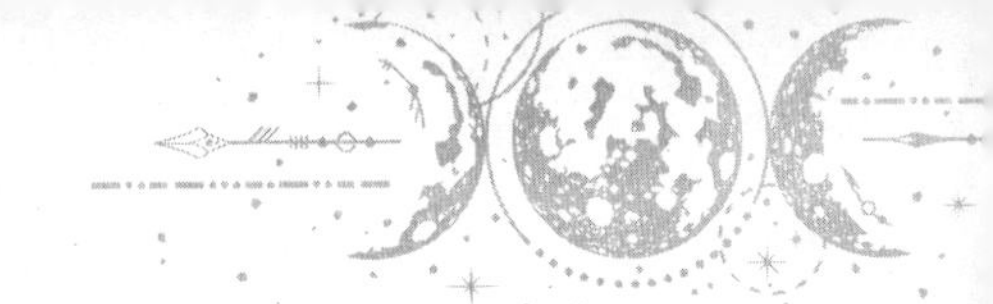

대련

22층 스테이지, '영혼 수련장'은 굉장히 유명한 스테이지 중 하나였다.

아니, 과격하게 말하자면 단탈리안에 존재하는 스테이지 중 가장 유명한 스테이지라고도 말할 수 있었다.

36층 이하 스테이지 중 유일하게 '무조건' 걸리는 스테이지이기 때문이었다.

수련장 스테이지는 플레이어들 사이에서 보너스 스테이지라고 불렸다.

수련장이라는 이름을 달고 있음에도 불구하고 다른 스테이지처럼 많은 플레이어가 죽어 나가기는 했지만.

이유.

들이는 노력에 비해 과한 보상(특전)이 있기 때문이다.

영혼 수련장 하수: 노말 등급 이하 사용 가능 카드 슬롯 하나.

영혼 수련장 중수: 레어 등급 이하 사용 가능 카드 슬롯 하나.

영혼 수련장 고수: 유니크 등급 이하 사용 가능 카드 슬롯 하나.

영혼 수련장 마스터: 레전드 등급 이하 사용 가능 카드 슬롯 하나.

하수 보상은 활용도가 아쉽지만, 중수만 찍어도 쏠쏠하게 쓰인다. 모든 카드 슬롯을 유니크 등급 카드로 채우는 플레이어는 없으니까.

22층은 슬슬 과도기에 다가가는 플레이어들의 숨통을 틔워주는 개발자의 몇 안 되는 자비 중 하나라는 게 유저들의 중론이었다.

혹자는 이렇게 말할지도 모른다.

이는 영혼 수련장이 유명한 스테이지인 이유가 될 수는 있지만, 가장 유명한 스테이지인 이유가 될 수는 없다고.

맞다.

영혼 수련장이 유명한 스테이지인 이유는 단순히 '꿀' 스테이지기 때문만은 아니었다.

영혼 수련장 마스터: 레전드 등급 이하 사용 가능 카드 슬롯 하나.

보상란에 적혀 있던 텍스트, 레전드.

단 세 글자가 영혼 수련장은 가장 유명한 스테이지로 만들었다.

당시까지 나타난 최고 등급은 유니크였다.

더 높은 등급이 있을 거라는 소문은 무성했지만 실제로 나타나지 않았던 바로 그 등급이 무려 '시스템 창에 직접 표기'되는 방식으로 나타났던 것이다.

레전드 등급의 등장은 어쩌면 당연한 일일지도 몰랐다.

단탈리안은 굳이 따지자면 로그라이크 RPG 형식의 게임이었고, 많은 RPG 게임이 경쟁에서 살아남기 위해 파워 인플레를 유도하고는 했으니까.

하지만 문제는 그 게임이 '단탈리안'이라는 것이었다.

무지막지한 난이도이긴 하지만 완벽한 밸런스를 구축한 게임 단탈리안.

적은 말도 안 되게 강하지만, 한 만큼 성과가 나오는 게임 단탈리안.

실력이 없으면 운 좋게 올라가도 허무하게 죽는 게임 단탈리안.

분석한 만큼 성적이 나오는, '노력'의 가시화를 성공한 게임 단탈리안.

당시 단탈리안 홍보부가 밀던 카피라이트들이다.

인터넷에는 '레전드 등급' 카드의 등장이 게임의 밸런스를 해

칠 것이냐, 아니냐로 상상을 초월하는 규모의 갑론을박이 펼쳐졌다.

미국, 중국, 한국 등 인터넷 강국뿐만 아니라, 무려 인터넷 포털사이트가 배급된 모든 나라의 검색어 1위부터 10위가 '레전드 등급'으로 도배되는 기현상이 펼쳐진 것이다.

인터넷뿐만 아니라, 세계의 여러 저명한 방송국들이 단탈리안에 레전드 등급 카드가 존재한다는 사실을 뉴스로 발표할 정도였다.

하지만 레전드 등급 카드의 열기는 급속도로 사그라들었다.

이유는 간단했다.

얻은 플레이어가 아무도 없었으니까.

유저는 물론이고, NPC까지도.

당시 압도적인 성적으로 세계 랭킹 1위라 칭송받던 KK도, 단탈리안을 이론적으로 가장 많이 안다는 아주르 머프도, 역대 가장 빠른 페이스로 탑을 올랐다는 제수스도 레전드 등급 카드를 얻지도, 심지어 실마리를 찾지도 못했다.

이쯤 되니 일부 사람들은 레전드 등급을 믿지 않기 시작했다.

'회사가 이렇게 완벽한 게임에 밸런스를 무너뜨릴 만한 요소를 집어넣을 리가 없다, 레전드 등급은 홍보를 위한 맥거핀이었다'는 식의 음모론이 피어오르기 시작한 것이다.

실제로 엄청난 홍보 효과를 봤던 게 사실이다 보니 음모론이 정론으로 받아들여질 정도였다.

그런 줄 알았는데.

"너를 위한 문이다. 윤태양."

"……뭐?"

"클리어하면 내 권능 일부를 넘겨주마."

이게.

"너희 플레이어들식으로는, 그래. 레전드급 카드라고 볼 수 있겠군."

"……레전드급 카드라고?"

사실이었단다.

현혜가 떨리는 목소리로 중얼거렸다.

–레전드급이라니.

놀란 건 현혜뿐만이 아니었다.

채팅창이 좌라락 내려간다.

–레전드급? 그런 게 있음?

–유니크는 봤어도.

–아니, 유니크 다음이면 당연히 전설 아님? 그 다음은 신화고.

–그건 다른 게임 얘기고. 단탈리안에 그동안 한 번도 나온 적 없는 등급임.

–ㄴㄴ 나오긴 했음.

–어휴, 뉴비들 많다.

–22층 보상에 수련장 마스터 찍으면 나옴. 물론 마스터 찍은

유저는 없음. ㅋ.

—랭커들 고층 찍을 때 꼭 한 번씩 돌리는 행복 회로인데 ㅋㅋ 이걸 모르네.

—와 이 떡밥이 여기서 이렇게 풀리냐?

미친 듯이 터져 나온 건 채팅뿐만이 아니었다.

['엄마 나 뉴스 나왔어' 님이 1,000원을 후원하셨습니다!]

[와!]

['레전드 등급 실화임?' 님이 10,000원을 후원하셨습니다!]

[꿈자리가 좋아서 주식을 샀건만, 이거였구나...]

['킹피는4연초진부터' 님이 89,000원을 후원하셨습니다!]

[^^b]

…….

['KKTheBest' 님이 1,000,000원을 후원하셨습니다!]

[빌어먹을 레전드 카드! 마왕에게서 얻는 물건이었군.]

['JorgeJesus' 님이 10,000,000원을 후원하셨습니다!]

[이런 씨발!! 레전드 등급이라니! 젠장! 내 눈을 믿을 수 없다.]

—KK 등장. ㄷㄷㄷㄷㄷㄷㄷ.

—제수스까지. ㅋㅋㅋㅋㅋ.

—제수스 1천만 원 실화냐ㅋㅋㅋㅋㅋ.

—재벌 3세라는 썰이 진짜 사실인가?

—야발 ㅋㅋㅋㅋㅋ 뭔 욕을 번역했기에 야발이 나오냐. 시원

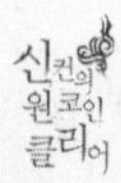

하네. ㅋㅋ.

–와, 인생 짜릿하겠네, 윤태양.

–1분 수입만으로 1천100만 원 오버. ㄷㄷ

–응~ 산송장이야~

–^얘 벤 좀 때려라.

고인물 현혜로서도 상상해 보지 못한 상황.

당연히 태양이 이와 같은 상황에 대비가 되어 있을 리가 없었다.

최근 들어 전투가 아닌 운영에도 어느 정도 감을 잡아가는 중인 태양이라지만, 이와 같은 상황에서 명확한 판단은 당연히 어렵다.

태양이 들뜨려는 마음을 간신히 다잡았다.

등급이 붙지 않은, 일반 등급의 카드는 1개의 시너지를 추가해 준다.

레어 등급의 카드는 3개.

유니크 등급의 카드는 4개다.

그렇다면 전설, 레전드 등급의 옵션은 몇 개일까?

5개만 되어도 엄청나겠지만, 그 이상일 가능성도 컸다.

아닌 게 아니라, 8년이라는 긴 시간 동안 한 번도 나타나지 않은, 말하자면 전설 속의 아이템이 아니던가!

"젠장."

태양이 저도 모르게 욕지기를 내뱉었다.

마음을 다잡기가 생각 외로 쉽지 않다.

"현혜야, 해야겠지?"

―당연한 소리를.

세상에는 보지 않고도 알 수 있는 것이 있다.

미분을 모르는 이과생의 수능 시험 성적.

30캐럿 핑크 다이아몬드의 가격표.

강풍으로 돌아가는 선풍기에 손가락을 집어넣으면 겪게 될 일.

그리고 레전드 등급 카드의 옵션.

시너지 개수는 최소 5개일 것이 분명했고 카드 자체의 성능도 엄청날 것이 확실했다.

작금 태양의 주력 스킬인 '위대한 기계장치'와 '스톰브링어' 중 스톰브링어가 유니크 등급의 스킬 카드인 것을 생각하면, 레전드 등급의 카드는 거의 무조건 태양의 전력을 올려 줄 수 있는 키 카드가 되리라.

그때 란과 살로몬이 동시에 태양을 말렸다.

"태양, 너무 흥분한 것 같아. 이성적으로 생각하는 게……."

"란의 말이 옳아. 레전드 등급의 카드라고? 보상이 너무 좋다."

스테이지가 어려울수록 보상이 커진다.

당연한 이야기다.

그렇다면 레전드 등급의 카드라는 초유의 보상을 제시한 스

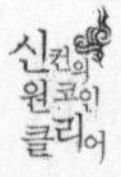

테이지의 난이도는 어떨까?

그것 역시 뻔한 이야기였다.

란이 태양의 어깨를 붙잡은 채 말을 이었다.

"이건 명백한 함정이야. 이번 스테이지에서 봤잖아? 용인들은 명백히 너를 죽이려고 했어. 그리고 발락의 이명은 용왕(龍王)이고. 감이 안 와?"

"게다가 스테이지에 혼자 들어오라고 하는 것도 석연치 않다."

동료들의 만류에 태양의 정신이 차가워졌다.

그들의 말에도 틀린 것은 없었다.

이제까지의 행적과 현재 상황을 생각해 보면 이 상황은 명백히 발락의 함정이 맞았다.

"그것도 맞는 말이네. 내가 잠시 레전드 등급이라는 말에 정신이 팔려서……."

그때 현혜가 단호한 어조로 태양의 말을 자르고 들어왔다.

-아니, 해도 돼.

"뭐?"

-함정이든 말든, 해도 된다고.

현혜가 차분한 목소리로 말을 이었다.

-태양아. 단탈리안 룰 북 기억나?

"기억나지. 당연히."

잊을 리가 없다.

그 룰 북을 보고 단탈리안에 접속할 생각을 했으니까.

규칙 0. 게임을 클리어하면 반드시 로그아웃한다.

규칙 1. 탈락자가 없는 시나리오는 없다.

규칙 2. 클리어 형식에 제한은 없다.

규칙 3. 차원 미궁 안에 존재하는 모든 존재는 죽일 수 있다.

…….

태양은 룰 북의 첫 번째 줄, 규칙 0을 보고 단탈리안에 뛰어들었다.

—규칙 7.

"규칙 7?"

—기억 못 하지? 그럴 만도 해.

…….

규칙 7. 모든 스테이지는 플레이어의 역량으로 클리어할 수 있게 설계되어 있다.

…….

현혜가 힘 있는 목소리로 중얼거렸다.

—너만 잘하면, 깰 수 있어.

"이걸……."

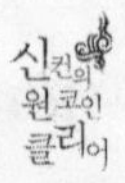

―우리 15층에서 유리 막시모프의 과거와 만나고 나서 이야기 했었잖아. 기억나?

당연히 기억난다.

그리 예전의 일도 아니었으니까.

"더 높이 가려면, 이거로는 부족하다고 했었지."

―응, 난 너한테 이대로도 충분히 어렵게 가고 있었다고 했고.

"난 아니라고, 부족하다고 했지."

그런 말을 했었다.

그 순간.

"도전하는가?"

쿠웅.

발락이 하얗게 웃었다.

그의 등 뒤로 압도적인 마나가 줄기줄기 피어올랐다.

윤태양을 죽일 수 있다는 말초적인 희열.

마왕의 반열에 오른 발락의 감정이 순간 기세로 드러난 것이다.

물론, 그 순간은 아주 잠깐이었다.

너무나 짧아서, 현혜를 비롯한 시청자들은 물론 태양 옆에 서 있는 세 플레이어도 위화감 정도만 느끼고 끝났을 정도의 잠깐.

하지만 그 짧은 순간에 태양은 깨달았다.

'버그가 아니었어.'

전투력 측정 테스트 중간에 나타났던 압도적인 용체(龍體)의 주인.

태양으로서는 거스를 수 없는 폭력을 몸에 품은 자.

발락이었다.

'발락이 스테이지에 개입했다고?'

텍스트로서 존재하진 않았지만, 8년 동안 지켜진 원칙.

마왕은 스테이지에 개입할 수 없다.

개입하더라도 키메리에스와 같은 '운영자'로서의 개입이지 PX-4889와 같은 '적'으로서의 개입은 아니었다.

키메리에스의 예가 그랬다.

만약 키메리에스가 '적'으로서 개입할 수 있었다면, 벤자민 아크랩터와 대치하던 그 상황에서 태양과 란은 키메리에스에게 죽음을 맞이했어야 했다.

'왜 하필 여기에서 그런 원칙이 깨진 거지?'

발락만 그런 걸까?

혹시 오류였을까?

아니면, 원래부터 모든 마왕은 스테이지에 개입할 수 있었던 걸까?

태양이 발락을 바라봤다.

잔뜩 일그러진 발락의 표정.

순간적으로 제 마나의 제어를 놓친 것에 대한 자책일까.

아니면 도전하지 않는 태양에 대한 실망일까.

너무나도 인간적이고, 너무나도 현실적인 감정의 전달이다.

태양의 생각이 꼬리를 돌고 돌아서, 결국 모든 유저가 한 번쯤은 생각해 봤던 질문으로 돌아왔다.

저건 인공지능일까.

정말로, 이런 세계를 구현하는 게 인간의 기술로 가능한 일인가?

'단탈리안은…… 뭐지?'

현혜가 상념에 잠겨 있는 태양에게 부드러운 목소리로 속삭였다.

—태양아, 룰 북을 믿어.

태양이 주춤거리고 있었기 때문에 한 말이었다.

마왕과 정면으로 대치하는 건, 플레이어 입장에서 당연히 부담스러울 수밖에 없다.

특히 목숨이 걸린 태양에게는 더더욱 그럴 수밖에 없다.

'내가 용기를 줘야 해.'

현혜가 망설이는 태양을 격려했다.

—룰 북을 못 믿으면 단탈리안에 들어온 의미가 없어.

태양이 단탈리안에 접속한 이유.

믿음의 근거.

규칙 0. 게임을 클리어하면 반드시 로그아웃한다.

단 한 줄이었다.

—규칙 7이 지켜지지 않는다면, 나머지 규칙도 지켜질 리가 없잖아. 아니야?

현혜의 말이 태양의 정신을 번쩍 들게 했다.

"……그래. 지금 이런 거 가지고 고민할 때가 아니네."

단탈리안의 진정한 정체.

모른다.

하지만 확실한 것 한 가지.

태양은 단탈리안을 클리어하고 별림을 구해 내야만 했다.

'할 수 있는 것부터.'

태양이 이를 악물었다.

"란, 살로몬. 먼저 끝내고 올라가 있어."

"태양?"

"레전드 카드. 한번 봐야겠어. 어떻게 생긴 놈인지."

태양이 흰색 문의 문고리를 잡았다.

덜컥.

반대편, 단탈리안이 문을 연 태양을 보며 눈꼬리를 접었다.

"그런 선택을 할 줄 알았습니다. 플레이어 윤태양."

검은 피부의 병사가 스테이지를 내려다보며 전마(戰馬)의 갈기를 쓰다듬었다.

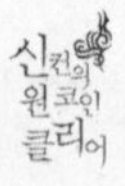

푸르르륵.

병사만큼이나 검은 피부를 가진 전마가 귀를 뒤로 눕히며 이빨을 내밀었다. 심지어 발굽으로 괜히 땅을 차기까지 했다.

말이 할 수 있는 가장 명백한 분노의 표시다.

그에 병사, 제66계위 마왕 키메리에스가 호탕하게 웃었다.

"녀석. 나도 그렇다. 플레이어 윤태양을 보고 나니 성에 차지가 않아."

이는 키메리에스뿐만 아니라 최근 태양이 거쳐 간 1~15층의 층주들이 공통으로 겪는 현상이었다.

태양의 플레이를 보고 나니 어지간한 번뜩임으로는 성에 차지 않는 몸이 되어 버렸던 탓이다.

쿠웅.

키메리에스가 가볍게 발을 굴리자 허공에 거대한 화면이 나타났다.

그의 머릿속 심상 공간이 가시화해서 구현된 결과물이었다.

어지간한 마왕들도 어려워하는 마력 운용.

정작 키메리에스는 표정 하나 바뀌지 않았다

차원 미궁의 한 자리를 맡은, 일명 층주는 누구나 키메리에스 정도의 운영은 할 수 있었다.

키메리에스가 구현한 화면은 거대한 도서관의 형상이었다.

마계에서 벌어진 모든 정보가 기록되는 이 도서관의 이름은 '전지(全知)'.

제3계위 마왕, 예언의 바싸고가 관리하는 곳이었다.

키메리에스가 능숙한 손놀림으로 차원 미궁 파트를 찾아냈다.

차원 미궁에서 벌어진 모든 일은 마나 배열로 책에 기록되어 차원 미궁 파트에 보관됐다.

잠시간 파트를 뒤진 키메리에스가 책 한 권을 꺼내 들었다.

키메리에스가 꺼낸 책은 다른 책에 비해 손때가 꽤 묻어 있었다.

파라락.

손때 묻은 책이 제 속살을 드러냄과 동시에 키메리에스가 구현한 도서관 형상이 급격하게 일그러졌다.

책의 내용을 투영하는 과정이었다.

푸르륵.

땅바닥에 고개를 처박고 있던 키메리에스의 전마가 고개를 들어 화면을 쳐다봤다.

화면 속의 태양은 PX-4889와 결전을 벌이고 있었다.

"역시 빛나는 재능이야. 최근에 본 그 어떤 플레이어도 비교할 수 없을 정도로."

푸르르르르르륵!

말이 키메리에스에게 동의한다는 듯 고개를 주억거렸다.

본 영상의 끝은 17층 마지막, 발락의 제안을 받아들인 태양이 흰색 문으로 들어가는 장면이었다.

그리고 문 반대편에서 얼핏 비치는 단탈리안까지.

한참이나 태양의 플레이를 바라보던 키메리에스가 곧 미소를 지었다.

영상은 편집되어 있었기에 자세한 내막을 알 수는 없었지만, 대충은 짐작이 갔다.

"발락의 성질은 여전하고, 단탈리안. 잔머리는 아직도 살아 있군. 절묘한 판을 깔았어."

발락의 편집은 완벽했다.

사전지식 없이 봤다면 아무것도 눈치채지 못했으리라.

키메리에스도 플레이어 윤태양에게 관심을 가진 덕에 알아챌 수 있었다.

"단탈리안의 방식은 항상 악질적이지. 발락까지 내세워서 벌이는 일이라. 후원인가?"

단탈리안의 성정상 일반적인 후원일 가능성은 적었다.

완벽한 통제, 혹은 그 급의 무언가가 걸려 있겠지.

단탈리안은 계약자 본인도 인지하기 어려운 방식으로 영향력을 미치는 방법을 잘 아는 마왕이었다.

이는 태양에게 좋은 일은 아닐 터였다.

키메리에스가 전마의 갈기를 쓰다듬었다.

"오랜만에 본, 탑을 클리어할 만한 재능인데 말이야. 이렇게 두긴 아깝지. 너도 그렇게 생각하지?"

푸르르륵.

전마가 투레질했다.

"별개로 윤태양에게는 갚을 것도 조금 있고."

Endless Express의 스테이지 붕괴를 일으킬 뻔했지만, 그건 태양의 과업이었다. 그리고 그는 반대로 이야기하자면 스테이지를 설계한 키메리에스의 과오였다.

당시의 키메리에스는 마왕이라는 직위를 이용해 상황을 억지로 조정했다.

그것은 명백히 태양의 권리를 침해한 일이었다.

어떤 이들은 강한 자가 갖는 당연한 권리라고 우길지도 모른다. 하지만 어떤 이들에게는 마음의 빚인 법이다.

키메리에스는 후자에 속했다.

흑빛의 병사가 흑색 전마에 올라탔다.

"이랴! 18층으로 간다!"

[6-3 대련: 마왕 발락과 대련하라.]

시스템 창은 단출했다.

단탈리안이 친절한 말투로 스테이지에 대해 설명했다.

"대련은 11분간 진행됩니다. 한 라운드에 3분씩 세 번. 쉬는 시간이 1분씩 두 번입니다. 대련이 끝나고 나서도 당신의 두 발이 굳건히 대지를 딛고 있다면, 당신의 승리입니다."

"어, 저기. 단탈리안? 왜 네가 여기에.."

"조건은 세 가지입니다. 첫째. 발락과 플레이어의 육체 스펙은 같다. 장비 역시 플레이어의 것과 동일한 장비를 착용한다. 둘째. 발락은 태양이 운용할 수 있는 마력만큼만 운용할 수 있다. 직관적이니 다른 설명은 필요 없겠죠. 그리고 마지막, 셋째. 발락은 스킬, 스킬화(化)를 태양이 사용할 수 있는 가짓수만큼만 사용할 수 있다."

"허, 잠깐만."

태양이 저도 모르게 헛웃음을 내뱉었다.

단탈리안이 이곳에 있는 것부터 궁금했는데, 단탈리안이 지껄이고 있는 말을 듣고 있으니 황당해서 궁금증이 사라질 지경이었다.

"발락이랑 같은 장비, 같은 마나량, 같은 기술 가짓수로 붙으라고? 10분 동안?"

"바로 그겁니다. 아, 정확히는 9분이죠."

-말도 안 돼.

현혜가 탁상을 내리쳤다.

어려울 것은 알았지만, 이건 선을 넘었다.

말이 안 되는 조건이었다.

-태양이 네가 사용할 수 있는 스킬이 몇 개지?

"스킬화(化)로만 10개는 되지."

마왕은 NPC 중에서도 가장 강력한 NPC다.

당장 발락이 유니크 등급 스킬 카드 10장만 사용해도 태양과 발락의 격차는 말이 안 되게 벌어질 수밖에 없다.

-그 전에 마왕은 게임의 엔드 콘텐츠나 다름없는 존재 아니야? 그런 존재랑 싸우라고?

단탈리안의 입가가 호선을 그렸다.

"물론, 이렇게만 보면 당신에게 굉장히 불리해 보이죠. 그래서 준비했습니다."

딱.

단탈리안의 말과 함께 그의 뒤로 두 사람이 나타났다.

헐벗은 천사의 복장을 한 풍만한 몸매의 여성, 벨리알.

그리고 별 모양 헤어스타일을 한 제69계위 마왕, 데카바리아였다.

"소개하죠. 제71계위 마왕. 천변의 단탈리안입니다."

"69위, 성운의 데카바리아다."

"또 보네요. 제68계위. 벨리알이에요."

단탈리안이 말을 이었다.

"우리 셋은 당신을 후원하고 싶은 마왕입니다. 간단합니다. 우리 중 하나를 선택하고, 권능을 받아 발락과의 대련을 이겨내면 됩니다."

"권능을 선택한다고?"

"네! 권능! 마왕 능력의 일부를 지칭하는 말입니다. 제 경우엔 천변, 간파, 기록, 환영과 같은 권능이 있고. 벨리알?"
단탈리안의 말에 벨리알이 나른한 말투로 대답했다.
"나는 선동. 그리고 부유함 정도?"
"나, 나는 별의 권능을 가지고 있다!"
단탈리안이 데카바리아의 말이 채 끝나기도 전에 말을 덧붙였다.
"권능을 부여한다. 쉽게 설명하자면 당신이 장착한 스톰브링어 카드를 슬롯에서 꺼내 다른 플레이어에게 넘기는 것과 비슷합니다."
마왕 본신의 능력을 조금 떼어서 플레이어에게 주는 것이라는 이야기다.
"아니, 아니 잠깐만. 발락은 이번 스테이지를 클리어하면 '권능'을 떼어 내서 레전드 등급 카드를 준다고 했는데?"
"그 말도 맞습니다. 후원하지 않는 플레이어에게 권능을 떼어서 주면, 그게 카드화하면서 레전드 등급의 카드가 되는 거지요."
쿠궁.
태양의 머리에 번개가 쳤다.
이제야 조각이 맞춰졌다.
마왕이 권능을 후원의 형식으로 내린다. → 권능.
권능은 내리지만, 후원은 하지 않는다. → 카드.
-NPC들이 레전드 카드가 없었던 이유가 있었네.

차원 미궁의 주인, 마왕이 이런 후원 제의를 하는 데 받아들이지 않을 플레이어는 거의 없다.

혹 받아들이지 않은 플레이어도 있겠지만, 해당 플레이어는 경쟁에서 도태됐을 가능성이 컸다.

단탈리안의 말이 맞다면 레전드 등급은 허울뿐인 시스템이었다.

그럴 수밖에. 자신을 따르지 않는 플레이어에게 제 권능을 떼어 준 마왕은 없을 테니까.

"……물론 나 같은 경우만 제외하면 말이지."

8년이다.

초등학교 2학년생이 성인이 될 정도로 긴 시간.

그 긴 시간 동안 유저들은 단 한 번도 레전드 카드를 발견한 적이 없었다.

유저는 물론이고, NPC 플레이어까지 통틀어서.

그 말뜻은 이런 종류의 게임에서 마왕이 거의 절대적으로 이겼다는 뜻이다.

–새삼 절망스러운 결론이네.

태양이 입술을 깨물었다.

"절망은 무슨."

S^{+}등급의 플레이어는 역대 태양 하나뿐이다.

유저와 NPC를 통틀어서, 18층 기준 플레이어 최고 아웃풋은 태양인 것이다.

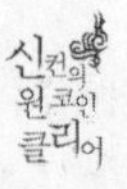

"내가 깨고 처음으로 가져가면 돼."

태양이 세 마왕을 노려보며 물었다.

"그래서? 너희들이 줄 수 있는 권능은 뭔데?"

단탈리안이 여유로운 표정으로 대답했다.

"간파의 권능입니다. 당신의 능력에 따라 모든 걸 간파할 수 있죠. 적의 약점. 숨겨진 공간. 가려진 시간과 잊힌 사건까지."

그다음은 데카바리아였다.

"별의 권능이다. 성운의 속성에 따라 거의 모든 일을 할 수 있지. 인력과 척력은 물론이고, 별 특유의 에너지까지 얻어 낼 수 있을 거다. 네가 개발한 기술. 스타버스트 하이킥이라고 했나? 그 기술이 별과 우주의 원리를 담고 있더군. 내 후원을 받으면 넌 더욱 발전할 수 있다."

마지막으로 벨리알이 대답했다.

"전 별 것 없어요. 돈, 재물의 권능이죠. 제 후원을 받으면 이차원 미궁 안에서 당신은 항상 가장 부유한 사람이 될 수 있을 거예요. 개인으로서는 말이죠. 그리고 당신이 가진 재산이 당신의 전투력을 보조할 거예요."

"재산이 전투력을 보조한다고?"

"'부자가 될수록 강해진다.'라는 개념이죠. 수련도 할 필요 없어요. 억지력이 당신의 영혼을 강제로 연마할 테니까. 물론 따로 수련한다면 그만큼 더 강해질 수 있는 건 당연지사고요."

현혜가 낮은 목소리로 중얼거렸다.

—젠장. 다 좋아 보여.

하지만 결정은 신중해야 했다.

선택한 권능으로 무려 발락과 싸워야 했으니까.

—일단 벨리알은 제외하자. 재물의 권능. 억지력이 영혼을 강제로 연마한다는 게 모르겠지만, 분명 좋은 거겠지. 하지만 지금 당장 효용성이 없어. 라이트 세이버나 위대한 기계장치 같은 아티팩트는 분명 가치 있는 물건이긴 하지만, 재물의 권능이 보장하는 능력치 추가 효과를 받기에 충분할 것 같지는 않아.

당장 태양보다 더 가치 있는 물건을 바리바리 싸 들고 다니는 플레이어가 많았다.

태양의 보유 재산이 다른 플레이어에 비해 크게 경쟁력이 없으므로 금전의 권능으로 얻을 수 있는 능력치 성장 역시 어느 정도 한계가 있을 가능성이 컸다.

—그렇다면 별의 권능이랑 간파의 권능. 둘 중 하나인데. 그냥 전투력 추가냐, 아니면 약점…….

태양이 문득 입을 열었다.

"저거."

"네?"

"저 책. 네 거냐?"

태양이 단탈리안의 오른 어깨 위에 떠 있는 책을 바라봤다.

정확히는 책 중앙에 박혀 있는 붉은 보석을.

태양의 기억이 정확하다면 저 보석은 발락의 앞발이 짓쳐 들었을 때, 그로부터 태양을 지켜 준 바로 그 보석이었다.

태양이 단탈리안을 바라봤다.

"날 구한 게 너야?"

"이런. 권능 선택에 영향이 갈까 굳이 밝히지 않았는데, 들켜 버렸군요."

단탈리안이 능청스럽게 웃으며 어깨를 으쓱였다.

벨리알이 그를 보며 콧등을 찡그리고, 데카바리아가 불쾌하다는 듯 미간을 찌푸렸다.

"단탈리안, 비겁해요."

"이건 불공평하잖나!"

"하."

태양이 입술을 짓씹었다.

—뭘 고민함?

—구해 줬다는데.

—어차피 데카바리아랑 단탈리안 중에서 골라야 하는 거 아님?

—그르게.

—1층부터 안면도 있겠다. 시원하게 단탈리안으로 가자!

시청자들의 의견은 타당해 보였다.

하지만 태양은 고민했다.

'왜?'

마왕들이 내민 후원 제의는 분명 태양에게 도움이 될 만한 요소를 가지고 있었다.

특히 간파의 권능은 더욱 그랬다.

그래서 더 단탈리안을 받아들이기 싫었다.

이유는 간단하다.

단탈리안의 의도를 알 수 없었기 때문이다.

저 아래에서부터 그에게 손을 뻗는 그 의중을 알 수 없기 때문이다.

태양은 남을 믿지 않았다.

정확히는 극소수 몇몇을 제외한 사람을 믿지 못했다.

그럴 수밖에 없었다. 화제로 부모님을 여의고 난 뒤, 추악한 인간 군상을 너무나 많이 만났으니까.

미성년자의 임금을 떼먹는 악덕 업주들.

태양이 성공했다는 이야기에 달라붙었던 바퀴벌레 같은 인간들. 가난한 동시에 얼굴이 반반하다는 이유로 별림에게 접근한 역겨운 인간들.

단탈리안이 크게 흥행하고 킹 오브 피스트가 흔들리자 태양의 뒤통수를 치고 도망친 인간들까지.

인생에서 믿을 만한 사람은 부모님, 별림이, 현혜와 그녀의 부모님뿐이었다. 수백, 수천의 인간을 만났는데 믿을 만한 사람이 고작 여섯이다.

태양에게 인간을 믿는 일은 확률적으로 터무니없는 도박을 하는 것과 같았다.

심지어 인간도 아니고, 마왕이란다.

그리고 결정적으로 한 가지 더.

드러난 정황에 의하면 '발락이 태양을 공격하고 단탈리안이 막았다'는 사실이 성립됐다.

스테이지에 개입한 마왕이 둘이다.

이는 발락의 행동이 일시적인 오류였던 것이 아니라, 인과율을 통해 이루어진 정확한 상호작용이었다는 이야기였다.

정말로 마왕들은 게임 설정을 벗어나서 움직이고 있었다.

태양의 눈이 침잠했다.

이내 태양이 고개를 흔들었다.

이런 자질구레한 사실은 중요하지 않았다.

지금 당장 중요한 건, 스테이지의 클리어다.

'후원자를 선택해야만 하다니. 빌어먹을 선택지군.'

후원.

뒤에서 지지하고 도움을 준다는 뜻이지만, 다른 말로 하면 그 지지와 도움으로 태양의 행동을 좌지우지할 수 있다는 뜻이기도 하다.

적어도 별림을 구하기 전까지, 태양은 그 누구의 간섭도 받고 싶지 않았다.

하지만 그렇다고 선택하지 않을 수도 없는 상황이었다.

규칙 7. 모든 스테이지는 플레이어의 역량으로 클리어할 수 있게

설계되어 있다.

이 말인즉슨 플레이어가 할 수 있는 최대한을 해야 한다는 뜻이다.

그리고 그 최대한에 단탈리안의 성의가 포함되어 있다면.

"천천히 고민하셔도 됩니다. 무려 마왕을 상대해야 하니 충분히 고민하시기 바랍니다. 당신의 전력과 당신에게 필요한 것이 무엇인지."

그때였다.

부우욱.

차원이 커튼처럼 찢어지고.

다그닥, 다그닥.

흑색 말에 올라탄, 흑빛 병사가 나타났다.

단탈리안은 출시되고 나서 인세(人世)에 등장한 적 없는 오버테크놀로지라는 논란을 밥 먹듯이 만든 게임이었다.

논란 중 하나.

단탈리안은 게임 내의 모든 인과율을 계산했다.

말 그대로 유저가 플레이어로서 한 모든 행위가 유저와 NPC, 그리고 스테이지에 영향을 미쳤다.

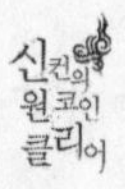

깊숙이 따져 보면 고작 말 한마디 때문에 플레이어가 죽거나 살거나 하는 경우가 있을 정도로 단탈리안은 인과율을 완벽하게 회수했다.

의도한 것이든, 의도하지 않았든.

부정적인 것이든, 긍정적인 것이든.

가장 유명한 사례는 1세대 클랜 '아카' 클랜의 이야기였다.

사무라이 뽕에 취한 야마구치와 여타 아카 출신 플레이어들이 만들어 낸 업적.

그들은 스테이지를 클리어하면서 마치 불의를 보면 참지 못하는 사무라이처럼 행동했다.

이성적이고 실리적인 플레이를 추구하는 일반적인 랭커라면 쓸모없는 플레이라고 생각했을 법한 행동이었다.

일각에서는 그들의 행동을 두고 아카 클랜에 모인 세계 정상급의 재능을 낭비하는 것 아니냐는 이야기가 나올 정도였다.

원인은 당연하게도, 아카 클랜의 유저들이 하나같이 일본 출신이라 그런 감성을 공유하고 있었기 때문에 벌어진 일이다.

그리고 이 자기만족 사무라이 스타일의 플레이는 아카 클랜을 랭킹 1위 클랜으로 만들었다.

당시 최고 기록이었던 23층을 스테이지 도중 야마구치가 구해 준 NPC 플레이어가 은혜를 갚아 아카 클랜을 살려 줬기 때문이다.

해당 NPC 덕분에 아카 클랜은 미답지였던 23층을 클리어하고 최초로 24층과 25층, 26층을 클리어했다는 기록도 가져갔다.

이처럼 플레이어의 행동에 따라서 도움을 받은 NPC 플레이어 몇몇이 중요한 순간에 나타나서 은혜를 갚는 경우가 꽤나 많았다.

혹은 구해진 NPC가 통합 쉼터에서 해당 플레이어에 대한 좋은 소문을 퍼뜨려 보다 더 고평가 받게 되는 일도 있었다.

아카 클랜이 만들어 낸 사무라이 스타일은 단탈리안 출시 후 약 2년간 기록을 노리기에 가장 좋은 플레이로 취급받을 정도였다.

부정적인 사례로는 제수스가 유명했다.

제수스는 초고속으로 탑을 등반하는 과정에서 신성 클랜의 유망주 하나를 모욕했다.

흡혈귀화(吸血鬼化)를 한 탓에 자신감이 턱끝까지 차올랐던 탓이었다. 그리고 제수스는 42층에서 그가 모욕했던 플레이어의 누나에게 죽을 뻔했다.

당시 회차가 제수스의 최고 기록(48층)을 달성했던 회차인 것을 생각해 보면, 고작 말 한마디 때문에 최고 기록이 6층이나 낮아질 뻔한 것이다.

단탈리안은 플레이어가 주도적으로 상호작용하지 않더라도 이렇게 모든 플레이 하나하나가 이후 만날 관계도 상황도를 뒤집는 경우가 왕왕 있었다.

심지어 별것 아닌 것이 눈덩이처럼 크게 굴러 와서 플레이어를 덮치니 유저들의 시선으로 보면 경이롭기 그지없었다.

-경우의 수가 몇 개나 있는지 셀 수 없다는 것도 알고, 무슨 일이든 벌어질 수 있다는 것도 아는데.

그럼에도 불구하고, 이런 장면에서는 놀라지 않을 수가 없다.

"내가 굴린 스노우 볼이 마왕을 불러오다니."

다그닥.

벨리알의 나른한 눈매가 동그랗게 펴졌다.

"키메리에스? 당신이 왜 여기에?"

키메리에스는 대답하지 않고 주변을 둘러봤다.

반대편에서 결투를 준비하는 발락. 그리고 태양을 바라보는 세 마왕. 단탈리안, 벨리알, 그리고 데카바리아.

"하."

키메리에스가 숨을 내쉬었다.

"실시간 중계를 닫아 놓더니 이런 수작을 부리고 계셨습니까?"

키메리에스가 고개를 절레절레 저었다.

마족이나 마왕이나 이런 게 문제다.

낌새가 이상하면 어김없이 일을 벌이고 있으니.

키메리에스는 망설임 없이 발락에게 다가갔다.

"발락, 스테이지 밸런스에 문제가 있어 보이는군요. 이의를 제기하겠습니다."

"뭐?"

"11~13층 층주로서 판단하기에, 이번 스테이지는 17층을 클리어한 플레이어들 기준으로 봤을 때 클리어할 수 없는 스테이지입니다."

키메리에스의 말에 태양이 눈을 동그랗게 떴다.

"아니, 이게 무슨?"

—쉿! 닥쳐! 일단 가만히 들어 보자!

단탈리안이 다급하게 끼어들었다.

"키메리에스. 오해가 있는 것 같습니다. 이 스테이지는 S+등급 플레이어 윤태양에게 맞춤 설계한 것으로, 해당 조건에 권능을 더하고……."

"그거 듣던 중 웃기는 말씀이시군요. 그렇다면 왜 실시간 중계를 닫아 놨습니까? 전혀 켕길 게 없다면 이제까지 하던 것처럼 중계를 열어 뒀으면 됐을 텐데요."

키메리에스의 말에 발락이 인상을 찌푸렸다.

중계를 닫아 놨다는 것은, 마왕이 해당 스테이지를 보여 주기 싫다는 뜻이었다.

일반적으로 중계를 닫아 놓으면 마왕들은 해당 스테이지에 찾아오지 않는 것이 예의, 그리고 관례였다.

예의와 관례를 깔끔히 무시한 키메리에스가 말을 이었다.

"전투 시간 9분. 쉬는 시간 2분. 발락과 플레이어는 같은 육체로 전투한다. 발락은 태양의 최대치와 같은 총량의 마력만

운용할 수 있다. 발락은 스킬, 스킬화(化)를 태양이 사용할 수 있는 가짓수만큼만 사용할 수 있다. 그리고 스테이지에 명시되지 않은 추가 조건, 세 마왕의 권능 제의. 플레이어 윤태양. 맞습니까?"

키메리에스가 태양을 바라봤다.

태양이 딱따구리 같은 얼굴로 연신 고개를 끄덕였다.

"과합니다. 명백히 과합니다. 조건을 수정해 드리죠. 쉬는 시간 없이 전투 시간 5분. 발락은 윤태양과 동일한 육체. 장비, 카드, 스킬의 사용을 금지. 전투는 오로지 인간 형태로. 대신 세 마왕의 '강제 후원' 철회하는 것으로 하죠."

작게 한숨을 내쉰 키메리에스가 말을 이었다.

"언제부터 이런 식으로 스테이지 조건에 후원을 넣고 운영하는 방식이 된 거죠? 전 처음 봐서 모르겠군요. 후원이 하고 싶으신 마왕은 해당 플레이어에게 따로 접근하면 됩니다. 이런 식으로 조건에 편입해 들어가는 게 아니라."

키메리에스가 단탈리안과 벨리알, 데카바리안을 질책하는 눈빛으로 쏘아봤다.

발락이 다가와 키메리에스의 멱살을 잡아 올렸다.

콰득.

"갑자기 나타나서 방해하는 이유가 뭐냐."

"방해하지 않을 이유가 있습니까? 차원 미궁의 법도가 무너져 내리고 있는데?"

"규칙은 어기지 않았다."

"규칙을 지키기만 한다고 문제가 없다고 할 수는 없지요."

키메리에스의 말에 태양이 저도 모르게 고개를 끄덕였다.

"키메리에스 씨가 참 옳은 말씀을 하시는군. 연유는 모르겠지만……."

모든 시스템의 균열은 규칙이 조명하지 못하는 어두운 곳에서 시작하는 법이다.

"제 말이 불만이시라면 위원회를 열어도 상관없습니다. 다른 71명의 마왕이 보는 앞에서 일개 플레이어랑 결투를 벌이는 겁니다. 그 고고한 용왕이 케이지에 들어가다니. 벌써 가슴이 웅장해지지 않습니까?"

"네놈!"

멱살을 잡은 발락의 손에 힘이 들어가자 키메리에스가 그의 손목을 붙잡았다.

콰드드드득.

태연한 표정의 키메리에스가 발락의 손목을 떼어 냈다.

용왕의 신체는 마왕 중에서도 굳건하기로 유명했지만, 일생을 전장을 떠돌며 살아온 키메리에스 역시 만만치 않았다.

벨리알이 살풋 웃었다.

"어머나, 이건 또 무슨 재미있는 상황이지?"

발락이 낮은 목소리로 중얼거렸다.

"키메리에스. 나와 거래 하나 하지."

"거래 말씀이십니까?"

"합당한 가치를 지불하면, 내 수집품 중 하나를 내주겠다. 이 스테이지는 못 본 것으로 하지."

발락과의 거래.

다섯 마왕이 동시에 군침을 흘리던 그것.

하지만 키메리에스는 코웃음을 쳤다.

"우습지도 않습니다. 발락. 당신이 뭐라도 되는 줄 아십니까? 제 양심이 당신이 모은 보물보다 더 가치 있습니다."

인간은 대부분 돈을 좋아한다.

하지만 모든 인간이 돈을 좋아하는 것은 아니다.

이는 마족도, 그리고 마왕도 마찬가지였다.

발락의 수집품은 굉장한 가치가 있지만, 모든 마왕이 그의 보물에 관심이 있지는 않았다.

키메리에스가 슬쩍 고개를 돌려 세 마왕을 바라봤다.

그들 역시 이런 제의를 받았겠지.

욕할 수는 없는 일이다.

어디에 더 가치를 두고 살아갈지는 자신이 결정할 문제니까.

"제 수정안에 동의할 겁니까?"

데카바리아가 이를 악물었다.

"아니, 왜 갑자기 나타나서 깽판을……."

"깽판. 맞습니다. 요즘 플레이어 윤태양의 행보를 주의 깊게 보고 있었거든요. 제가 받은 것도 있고 해서, 한번 이렇게 움직였습니다."

태양을 힐긋 바라본 키메리에스가 단탈리안을 바라보며 물었다.

"오랜만에 찾은 '클리어'할 만한 재목이라고 생각합니다. 그렇지 않습니까?"

의미 모를 미소를 지은 단탈리안이 고개를 끄덕였다.

"맞습니다. 그래서 이렇게 권능까지 주겠다며 나서서 돕는 거지요. 발락이 죽이기엔 너무 아까운 플레이어니까."

"그럼 제 의견에 전혀 불만이 없겠군요."

"물론입니다."

키메리에스가 그다음으로 벨리알을 바라보자, 벨리알이 고혹적인 몸짓으로 어깨를 으쓱였다.

"난 뭐. 흘러가는 대로."

세 마왕이 키메리에스의 의견에 동의한 상황.

남은 건 층주이자 이번 스테이지의 보스.

발락이었다.

키메리에스가 잠시 망설였다.

지금까지의 진행 과정은 좋았다.

생각한 대로 맞아떨어졌다. 하지만 키메리에스의 말대로 위원회까지 끌고 가면 이야기가 달라질 가능성이 컸다.

사실 키메리에스가 한 이의 제기는 둘 중 하나의 상황을 선택하게 만들어 준 것에 불과했다.

71마왕 앞에서 조롱거리가 되기 vs 플레이어 윤태양의 스테이지 클리어 조건을 조금 물러주기.

발락이 이를 악물고 위원회까지 끌고 가서 키메리에스의 이이제기에 제소하면, 결국 마왕들은 층주인 발락의 손을 들어줄 가능성이 컸다.

수정안이 통과되지 않는 것이다.

물론 그런 선택을 한다면 이례적으로 나타난 발락과 플레이어의 전투를 보고, 웃고, 고작 스테이지에 직접 손을 쓰는 품위 없는 마왕이라며 놀려 대겠지만.

'너무 자극적이었나.'

더 자극하다간 키메리에스에게 화가 난 발락이 그의 요구 조건을 들어주지 않기 위해 수치를 선택할지도 몰랐다.

아닌 게 아니라, 지금의 상황 역시 화가 나면 앞뒤 가리지 않는 발락의 성격 때문에 이렇게까지 치달은 것이 아니던가.

키메리에스가 어떻게 발락을 설득할지 고민하던 순간, 문득 태양이 나섰다.

"쫄?"

-야! 가만히 있으라니까!

태양의 한마디에 다섯 마왕의 입이 동시에 다물렸다.

태양이 발락을 바라보며 입술을 비틀어 올렸다.

"겁먹었어? 제한 더 걸면 못 이길 것 같냐?"

발락의 눈동자에 불이 붙었다.

시뻘게진 동공이 살벌하게 태양을 바라봤지만, 태양은 입을 놀리는 것을 멈추지 않았다.

"질 것 같아서 무서우면 원안대로 가도 난 상관없어."

태양이 얄밉게 어깨를 으쓱였다.

"뭐 어쩔 수 없지. 겁먹었다는데 내가 봐줘야지, 어쩌겠어. 안 그래?"

"……."

"……."

일순간 정적이 감돌았다.

키메리에스가 피식 웃었다.

발락의 성정을 알고 계산한 걸까.

아니면 눈치를 보고 알아서 상황에 뛰어든 걸까.

어느 쪽이든 완벽한 타이밍이었다.

태양의 한마디가 키메리에스가 벌려 놓은 상황을 훌륭하게 완결했다.

'깔아 준 판을 받아먹을 줄 아는 능력. 훌륭하다.'

과연 인간족 역대 최고 등급 각인을 받을 만한 순발력.

빠드득, 이를 간 발락이 주먹으로 바닥을 내리찍었다.

쿠웅.

동시에 바닥이 솟아올라 거대한 사각형의 경기장을 만들었다.

"키메리에스. 네놈의 제안을 받아들이마."

모든 스킬 사용 금지.

같은 육체 수준.

같은 마나량.

모든 조건을 태양에게 맞춘다고 해도 발락이 질 일은 없었다. 세 마왕의 후원을 받지 않는 조건이라면 더더욱.

'키메리에스 놈의 훼방에 넘어간 것 같아서 기분은 나쁘지만, 넘어가 주지.'

발락은 마왕이었고, 그 전에 그들의 모차원(母次元)을 비롯해 수십 개의 차원을 정복한 용들의 정복자였다.

쌓은 경험, 쌓아 올린 기량의 격이 다른 것이다.

"네놈의 재능은 플레이어 사이에서 빛나지만 결국 그것뿐이다."

꽈드드드득.

주먹을 말아 쥔 발락이 이를 악문 채 중얼거렸다.

"격의 차이를 느끼게 해 주마, 인간."

콰드득.

경기 시작과 동시에 발락의 발바닥이 경기장을 짓밟았다.

쩌억 하고 갈라지는 바닥.

태양이 반사적으로 허리를 뒤틀기도 전에 이미 망치 같은 주먹이 태양의 턱 앞까지 치달았다.

파아아앙!

—꺄아아악!

현혜가 소리를 질렀다.

3인칭으로 봤다면 제대로 한 대 맞은 것처럼 보였을 것이다.

하지만 실상은 달랐다. 주먹이 치고 들어오는 타이밍에 맞춰서 고개를 돌렸을 뿐이다.

"놈!"

격투는 굉장히 부조리한 대결이다.

갈고 닦는 것보다 타고난 것에 더 비중이 있기 때문이다.

리치, 근력, 체중과 같은 것들.

게임으로 치자면 능력치다.

사거리, 파괴력, 그리고 피통.

사거리가 700인 캐릭터는 사거리가 500인 캐릭터를 상대로 맞지 않고 때릴 수 있다.

파괴력이 100인 캐릭터는 파괴력이 30인 캐릭터에게 3대 맞고 1대만 때려도 이득을 본다.

이런 것들이 어느 정도 맞춰졌을 때 비로소 실력이라는 요소가 영향력을 행사한다.

키메리에스가 제시한 조건은 실력이라는 요소가 승패에 영향을 줄 수 있도록 해 준 것이었다.

'정말로 그럴까?'

태양이 어깨를 흔들었다.

발락이 뒤로 한 발짝 물러서며 예리한 눈으로 태양의 의도를 파악하려 했다.

같은 육체 수준으로 싸우게 되면 스포츠는 턴제 게임처럼 바뀐다.

발락은 그것을 명백히 인식한 채 움직이고 있었다.

즉, 현재 발락의 육체 성능이 태양과 같다는 이야기다.

태양이 킹 오브 피스트에서 갈고 닦은 초월진각을 밟았다.

쿠웅.

발락의 것만큼이나 묵직한 스텝.

태양의 오른 어깨가 미세하게 움찔거렸다.

그에 발락이 오히려 태양에게 가까이 달라붙었다.

타격점을 흔들어서 공격에 대처하려는 심산. 동시에 무릎과 팔꿈치가 긴장한 채 태양의 움직임을 기다린다.

킹 오브 피스트 결승에서나 볼 법한 고차원적인 수 싸움.

하지만 태양은 잊지 않았다.

발락은 스킬을 봉인당했지만, 태양은 아니다.

"비겁하다는 건 인정할게."

흔들었던 어깨는 말 그대로 속임수.

진각을 밟은 다리에 거친 마나가 휘돈다.

그래도 어떡해. 이겨야겠는데.

천뢰굉보(天牢轟步): 윤태양식(式) 어레인지.

꽈릉!

태양의 신형이 순식간에 발락의 등을 점했다.

그리고.

뻐억!

기둥처럼 솟은 경기장.

튕겨 나간 태양의 신형이 그대로 스테이지 벽면에 처박혔다.

벨리알이 인상을 쓰며 두 볼을 부풀렸다.

“이러면 싸우는 모습을 볼 수가 없잖아요. 내가 왜 귀찮은 걸 감수하고 후원까지 걸어가며 왔는데.”

데카바리아가 콧방귀를 끼었다.

“흥. 싸우는 모습을 보여 주기 싫다는 거지.”

벽에 처박힌 태양에 다시금 경기장을 향해 쏘아졌다.

단탈리안이 어깨를 으쓱였다.

“이해해야죠. 발락이니까요. 아니, 발락 전에 어떤 마왕이 저런 모습을 보여 주고 싶겠습니까?”

데카바리아가 어이없다는 표정을 지었다.

“넌 다 보고 있는 거 아니야?”

스테이지의 천장에 박힌 붉은 보석이 은밀하게 경기장을 비추고 있다.

단탈리안은 보석과 연결된 시야를 통해 경기를 관람하고 있었다.

“저는 이해심이 별로 없거든요. 제가 발락을 이해한 것처럼 발락도 저를 이해해야 하지 않겠습니까?”

“말장난은.”

벨리알이 투덜거리며 나긋한 몸짓으로 기지개를 켰다.

이렇게 말하지만, 그녀 역시 관람할 수단은 가지고 있었다.
그들과 떨어진 곳에서 키메리에스가 경기장을 올려다보았다.
'이걸로 빚은 없다.'
싸우는 장면을 실시간으로 구경하지 못하는 건 약간 아쉽지만, 그뿐.
목적은 달성했다.
키메리에스의 도움이 효과가 있었다면 위층에서 태양의 플레이를 더 지켜볼 수 있으리라.
다그닥, 다그닥.
키메리에스가 차원 문 너머로 사라졌다.
실눈을 뜬 단탈리안이 슬쩍 키메리에스를 바라봤다.
천리안(千里眼)을 지녔다는 단탈리안조차 키메리에스라는 변수를 놓쳤다.
어쩌면 당연한 일이었다. 단탈리안은 똑똑하고 치밀하지만, 전지전능(全知全能)한 마왕은 아니었으니까.
'설마 그런 일에 마음의 부채감을 느끼고 있을 줄이야.'
단탈리안이 제 혓바닥으로 입술을 축였다.
이번이 두 번째.
태양에게 당한 거절이 벌써 두 번째다.
이는 단탈리안에게는 확실히 이례적인 일이었다.
초월 진각 - 선풍권(旋風拳).
뻐억.

태양의 주먹이 발락의 명치를 꿰뚫을 듯, 호쾌하게 틀어박혔다.

단탈리안이 저도 모르게 웃었다. 그가 본래 준비한 시험대는 이것보다 더 난이도 있는 것이어서 아쉽기는 했다.

하지만 지금의 대련도 시험대로서의 가치는 충분해 보였다.

그리고 태양은 충분히 훌륭하게 대련을 풀어 나가고 있었다.

콰지지지직.

용 형상의 마나가 발락의 오른팔을 휘감았다.

누가 봐도 스킬이라고 생각할 법한 이펙트.

하지만 발락은 스킬을 봉인당했다.

스킬화는 아니지만, 스킬화에 한없이 가까운 마나 제어.

"스킬은 나만 쓸 수 있는 거 아니었어?"

"내 스킬을 썼으면 넌 진작 죽었다. 운 좋은 줄 알아라, 버러지."

발락이 으르렁거렸다.

차원 미궁에서 일정 이상의 숙련도로 펼쳐진 기술은 자동으로 '스킬화'된다.

즉, 발락은 스킬화가 일어나지 않을 정도로 조절해 가며 마나를 다뤄 기술을 사용하고 있었다.

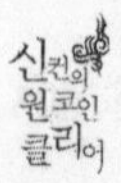

스타버스트 하이킥(Starburst High Kick).

별 무리에 휘감긴 하이킥이 발락의 관자놀이를 노리고 치솟아 올라갔다.

발락이 망설임 없이 주먹을 향해 오른팔을 내밀었다.

콰아아아앙!

순간적으로 마나가 팽창하며 흙먼지가 일어났다.

전투가 지속되면서 진각, 태양의 스킬 등의 전투 여파가 경기장을 손상한 탓이었다.

태양의 눈이 번뜩였다.

반대편에서 검은색 인형이 짓쳐들어왔다.

흙먼지에 가려 흐릿한 동선만 보일 뿐이지만, 킹 오브 피스트에서 쌓은 다년간의 경험이 상황을 정확하게 예측한다.

'세 걸음. 아니, 두 걸음 후 라이트 오버 핸드 훅.'

태양이 상체를 숙이며 팔을 휘둘렀다.

그리고 태양의 예측은 들어맞았다.

뻐억.

발락의 복부에 주먹이 꽂아 넣은 태양의 눈썹이 꿈틀, 올라왔다.

'단단해.'

마나를 둘러서 타격을 막아 냈다.

아니, 그런 간단한 표현으로는 이 기예(技藝)를 설명할 수 없다.

마나를 정밀하게 운용하여 천처럼 짜내서 일시적으로 몸에 충격 완화 슈트를 입혔다.

공격으로 턴을 소모했으니, 이번에는 발락의 차례였다.

"놈, 투술(鬪術) 하나는 기똥차구나."

발락은 진심으로 감탄을 거듭했다.

비록 투술에 한정해서지만, 일개 필멸자 주제에 발락 본인에게 '수 싸움'을 할 수 있다는 건 엄청난 일이었다.

"하지만 그뿐이다."

압도적인 세월은 아무리 번뜩이는 재능이라도 압도한다.

심지어 그 세월로 깎아 낸 원석이 또 다른 번뜩이는 재능이라면, 결과는 더욱 자명한 법이다.

콰드드득.

발락이 팔을 휘젓자 태양의 몸체가 발락에게로 빨려 들어왔다.

만찬장 스테이지에서 겪었던 인력(引力)의 재현.

태양이 재빨리 몸에 마나를 휘돌려 저항했지만, 이미 상황은 발락의 제어 안에 들어왔다.

발락이 태양을 향해 어깨를 들이밀었다.

근육질의 신체가 탄탄한 방패가 되어 태양을 밀어냈다.

"크흑."

자세를 잡고 있었다면 타격점을 노려 타격을 줄 수 있겠지만, 이미 '바디 블로'라는 수로 턴을 소모한 태양에게는 불가능

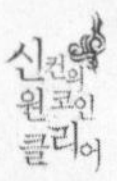

한 일이었다.
퍼억.
밀려난 태양이 저도 모르게 허공에 팔을 휘저었다.
밀쳐지며 밸런스를 잃은 탓이었다.
터업.
발락이 태양의 손목을 낚아챘다.
"잡았다."
꽈드드득.
발락의 왼 주먹 위로 힘줄이 불거졌다.
태양이 이를 악물었다.
발락이 태양에 맞춰 마나 수준을 제한했다지만, 이미 태양 본인이 먹은 드래곤 하트만 2개다.
'제대로 맞으면 끝이다.'
이는 둘 모두에게 해당하는 일이었고, 태양이 먼저 선기를 붙잡혔다.
"이익!"
태양이 제 손목을 붙잡은 발락의 손목을 붙잡고 몸을 휘돌렸다.
우드드득.
섬뜩한 뼈 소리와 함께 붙잡힌 태양의 왼 손목이 그대로 부러졌다.
동시에 태양의 양발이 발락의 어깨를 휘감았다.

왼손을 희생하고 만든 플라잉암바 자세.
태양이 그대로 허리를 꺾었다.
우드드드득!
발락의 팔꿈치에서 태양의 것과 같은 섬뜩한 뼈 소리가 울려 퍼졌다. 동시에 태양의 손목을 붙잡은 손아귀가 풀렸다.
"크하하하하하하!"
발락이 사납게 웃으며 제 팔에 매달린 태양을 향해 주먹을 내리쳤다.
공중에 매달린 태양이 부러진 왼손을 빼내어 마주 쏘아 냈다.
정의행(正義行) 1식 – 통천(通天): 윤태양식(式) 어레인지.
으지지지직.
과다하게 주입한 마나 덕분에 왼팔의 마나 회로가 찢어졌다.
어쩔 수 없었다.
발락이 작정하고 던진 수에 최소한의 대항을 위해서 이 정도는 해야 했다.
빼엉.
허공에서 주먹끼리 충돌하고, 그 여파로 태양이 나가떨어졌다.
"재미있구나."
발락이 사납게 웃으며 '우드득' 하는 소리를 내며 부러진 팔을 맞췄다.
그사이에 태양이 비틀거리며 자리에서 일어났다.

"빌어먹게 아프군."

손목이 380도 돌아가고, 그 상태로 발락의 주먹과 맞부딪친 태양의 왼팔.

고어 영화에서 볼 법한 기괴한 자태였다.

정도 이상의 통증에 태양의 동공이 순간적으로 뒤집혔다가, 이내 제자리를 찾았다.

–태, 태양아. 괜찮아?

"아니."

의식을 잃지 않는 것은 성공했지만, 등에서 식은땀이 주르륵 흘러내리고 다리가 벌벌 떨려 왔다.

말 그대로, 괜찮지 않았다.

태양이 멀쩡한 오른손으로 왼손을 붙잡고는 다시 한 바퀴 돌렸다.

우드드드드득.

박살 난 왼손이 일시적으로 원상태로 돌아왔다.

발락처럼 뼈가 제자리로 돌아온 것이 아니라, 마나를 통해 억지로 고정하고 있는 형태. 부러진 뼛조각이 신경을 난폭하게 짓누르는 감각이 선연하게 느껴졌다.

태양이 제 입술을 짓씹어 피를 냈다.

얼마나 강하게 짓씹었는지, 두꺼운 핏줄기가 태양의 턱을 타고 뚝뚝 흘러내렸다.

태양은 피를 먹은 카타나에 달린 통각 제어 스킬 혈기충천(血

氣沖天)을 사용할까 했지만, 이내 포기했다. 약간이라도 무뎌진 감각이 가져올 스노우볼이 두려웠기 때문이다.

'젠장, 빡센 전투만 계속되니 기껏 얻어 놓고 사용하질 못하네.'

발락이 그 모습을 보며 만족스럽게 웃었다.

"드디어 볼만한 표정이구나. 버러지."

태양은 대답하지 않았다.

대답하는 대신 계산했다.

본인에게 남은 패와 발락이 보여 준 패.

그리고 감춰 뒀을 패를.

"현혜야, 시간."

-3분 막 지났어.

남은 시간은 2분.

짧지만, 마왕과 대적하는 태양에게는 빌어먹을 정도로 길게 느껴질 시간이다.

'판은 다 깔았어.'

[스톰브링어(Storm Bringer): 폭풍 소환(暴風 召喚)]

[폭풍의 정령 군주 아라실이 플레이어 윤태양의 신체에 임합니다. (지속 시간 60초)]

후웅!

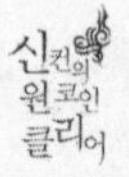

"이제야 쓰는 것이냐? 많이 늦었구나."

위대한 기계장치.

그리고 스톰브링어.

태양이 앞의 두 스테이지를 클리어하는 장면을 실시간으로 관람한 발락이 모를 수가 없는 기술들이다.

바람의 마나가 태양의 움직임을 보조했다.

태양이 한결 빠른 템포로 쏘아져 나갔다.

후와아앙!

동시에 발락의 거대한 먼지가 시야를 어지럽혔다.

"허튼수작."

꾸웅!

발락이 섬세한 마나 컨트롤로 흙 알갱이에게만 영향을 끼치는 인력을 만들어 냈다.

순식간에 흙먼지가 가라앉자 허리에 손을 가져간 채 달려드는 태양의 모습이 드러났다.

'뻔하군.'

라이트 세이버.

그리고 위대한 기계장치로 빨리 감기.

태양을 안다면 누구나 예측할 수 있는 마지막 한 수다.

태양이 보여줬던 빨리 감기의 최대 배속은 12배.

발락이 혈도에 마나를 휘돌려 억지로 신체 능력을 끌어 올렸다.

일반적인 생명체라면 무리가 갈 만한 행위였지만, 발락은 어차피 윤태양과의 대련을 위해 리미트를 걸고 있는 상태.

리미트를 해제한 마왕의 신체에 이 정도는 무리가 아니었다.

발락이 주먹을 내뻗었다.

태양의 12배 가속에 대응할 만한 속도.

그리고, 태양은 빨리 감기를 사용하지 않았다.

아넬카식(式) 인간 절단.

위에서 아래로 그어 오는 정직한 일검(一劍).

발락은 그에 대한 감상을 한마디로 정의했다.

"어리석은 선택."

뻑.

발락의 주먹이 태양의 복부를 꿰뚫었다.

그러고도 한참 시간이 남았다.

발락의 주먹이 늑골을 부수고, 내디딘 무릎을 박살 내고, 멀쩡한 오른 손목까지 건드렸다.

콰직, 우드득, 퍼억.

그러고 나서야 발락의 눈썹이 들썩였다.

복부가 꿰뚫리고, 늑골이 부서지고, 한쪽 무릎이 박살 나고, 오른 손목이 튕겨 나갔는데.

눈빛이 아직 살아 있었다.

자세 또한, 원래부터 그랬던 것처럼 단 한 치의 흔들림도 없었다.

스릉.

더 없이 깔끔한 검의 궤적이 발락의 정수리를 목표로 그어졌다. 유백색의 단분자 커터가 위협적으로 넘실거렸다.

'어떻게?'

머릿속 의문을 풀어나갈 시간은 없었다.

윤태양의 수준으로 맞춘 발락의 신체는 이미 치달아 버린 검을 막아 낼 수 없었다.

콰드득.

유백색 검날이 발락의 살점을 파고들었다.

콰드득.

라이트 세이버가 발락의 두꺼운 근육질 살점을 갈랐다.

"저런."

단탈리안이 히죽 웃었다.

"원래라면 막을 수 없어야 하는데 말이죠."

라이트 세이버의 단분자 커터는 18층 스테이지의 플레이어가 막을 수 없는 무기다.

애초에 드래곤 하트를 섭취하는 식의 비정상적인 방법으로 마나를 수급하지 않으면 제대로 활용할 수조차 없는 무기이기도 했다.

그런데 발락은 몸으로 라이트 세이버를 막아 냈다.

그 말인즉슨 태양의 수준으로 맞춰 둔 리미트를 해제했다는 뜻이다.

고의일 가능성은 적었다.

전투 도중 저도 모르게 걸어 놓은 리미트가 일부 풀렸겠지.

"크크큭."

단탈리안이 웃음을 참지 못했다.

저도 모르게 리미트를 풀었다.

그만큼 발락이 전투에 집중했다는 뜻이다. 다른 말로, 발락의 집중을 끌어낼 만큼 태양이 잘했다는 이야기이기도 했다.

이러니 소유욕이 식을 리가 있나.

천장에 박힌 붉은 보석이 한층 더 밝게 빛났다.

최후의 순간, 발락이 팔을 들어 검을 막아 냈다.

예측 바깥의 일.

태양의 동공이 그 장면을 여과 없이 뇌로 전달했다.

극도로 전투에 몰입한 태양의 뇌신경이 빠르게 정보를 종합하고 판단을 내렸다.

상관없어.

모조리 베어 내면 된다.

태양이 라이트 세이버를 내리그었다.

좌수(左手).

그것도 뼈가 부러져 억지로 이어붙인 손목이지만, 그 자세에

는 한 터럭의 흠결도 없었다.

쿠드득.

발락의 피부를 덮은 정교한 마나 슈트가 순백의 검날에 원자 단위로 해체됐다.

콰드득.

라이트 세이버는 발락의 살점을 갈라 들어갔다.

눈에 보이지 않는 인력(引力)이 라이트 세이버를 밀어내려 했지만, 태양의 온전치 않은 손목은 흔들림 없는 몰입에 힘입어 인력을 이겨 냈다.

이윽고 뼈에 도달하는 순간.

콰앙.

충돌음과 함께 검이 진행을 멈췄다.

태양이 어떻게든 더 내리그어 보려 애를 썼지만, 요지부동이었다. 이윽고 검날을 타고 흐르던 유백색의 빛이 빠르게 사그라들었다. 왼팔의 마나 회로가 찢어진 탓에 시동 상태를 유지할 수가 없었던 탓이다.

시동이 꺼지는 동시에 발락이 팔을 휘둘렀다.

쨍그랑.

시동이 꺼져 평범한 검이 되어 버린 라이트 세이버가 두 동강 나 부러졌다.

"빌어먹을!"

비틀거리며 뒤로 물러선 태양이 품속에 손을 집어넣었다.

-20분.

현혜의 말과 함께 태양의 품속에 들어 있던 고딕한 회중시계가 거꾸로 돌아가기 시작했다.

똑딱, 똑딱, 똑딱.

[위대한 기계장치(The Greatest Machinery)의 태엽이 되감깁니다. (쿨타임 12시간)]

[플레이어 윤태양의 시간이 20분 전으로 돌아갑니다. (최대한도 12시간)]

20분. 18층으로 입장하기 전, 컨디션을 만전으로 끌어 올려놓았던 시간이다.

박살 난 무릎.

뻥 뚫린 복부.

찢어진 마나 회로.

기형적으로 부러진 왼손.

결손을 입었던 태양의 신체가 역순으로 제 모습을 되찾았다.

신체를 회복한 태양이 인상을 쓰며 발락을 노려봤다.

"빌어먹을. 그게 나랑 같은 수준의 신체라고? 라이트 세이버를 맨몸으로 막아 내면서?"

태양이 검신이 절반만 남은 라이트 세이버를 거칠게 털어 냈다.

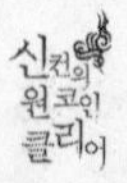

검날에서 선연한 핏물이 후두둑 떨어져 내렸다.
발락이 제 오른팔을 내려다보았다.
그곳에서도 같은 색의 액체가 흐르고 있었다.
부인하고 싶었지만, 부인할 수 없었다.
이렇듯 몸에 증거가 남아 버렸다.
마왕이 일개 필멸자에게 상처를 입은 것이다.
"하."
"하? 하아? 쳐 웃고 자빠졌네? 해명하라고! 내 몸이 시동 라이트 세이버를 맨몸으로……."
발락이 물었다.
"왜 그런 거냐?"
"뭐가?"
"복부 아니라 심장, 머리 노렸으면 그대로 즉사였다. 모르지 않았을 텐데?"
태양이 코웃음을 쳤다.
"너, 나 그렇게 안 죽였을 거잖아."
"뭐?"
태양이 바디블로를 먹였을 때 발락의 몸을 휘감은 슈트와 같은 마나. 불시에 밸런스를 빼앗는 인력.
투술은 엇비슷했다지만, 발락이 태양을 잡아 죽일 기회가 몇 번이고 있었다.
바깥에서 보던 사람들은 알아채지 못했지만, 태양은 확실하게 느꼈다. 분명히 태양이 무력화되었는데 발락이 손을 쓰지 않은 순간이 있었다.

그렇다면 왜 발락을 전투를 이어 갔는가?

태양은 짧디짧은 3분 15초가량의 전투를 기반으로 발락의 생각을 예측했다.

“넌 한계를 절감하고, 절망하는 내 모습을 보고 싶었잖아. 아니야?”

태양이 스킬을 사용하면 아무렇지 않게 대처하고, 마나를 이용해 수작을 부리면 더 압도적인 마나 컨트롤로 격차를 실감케 한다. 투술이 그나마 백중세였지만, 나머지 부문에서는 발락이 압도적으로 우위였다.

발락은 태양의 모든 능력을 끌어내고 그것을 같은 수법으로 이겨 낸 다음 비웃고 싶어 했다.

거기까지 읽어 낸 태양은 목숨을 판돈으로 도박을 걸었다.

그의 마지막 한 수인 ‘위대한 기계장치’를 사용하지 않은 것이다.

의도는 먹혀들었다.

발락은 태양의 목숨을 빼앗지 않았고, 태양은 발락의 목숨을 위협하는 데 성공했다.

태양을 노려보던 발락이 번쩍 팔을 들어 올렸다.

동시에 압도적인 밀도의 마나가 사위를 짓눌렀다.

“무슨!”

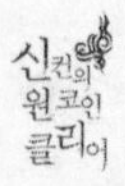

콰아아아앙!

높게 치솟았던 경기장이 다시 바닥으로 내려앉았다.

“네가 이겼다.”

“뭐?”

태양의 얼굴이 황당으로 물들었다.

아니, 한창 싸우다가 갑자기 뭐라고?

“내가 이겼다고?”

그때 경기장 옆에 서 있던 단탈리안이 태양에게 다가왔다.

“그렇습니다. 플레이어 윤태양. 당신의 마지막 일격이 발락으로 하여금 진체(眞體)를 꺼내게 만들었으니까요.”

“진체(眞體)?”

“키메리에스에 의해 개정된 조건에 의하면 발락은 당신과 같은 수준의 신체로 싸워야 합니다. 하지만 발락의 뼈가 그의 본래 몸으로 변해 당신의 검을 막아 냈으니, 발락이 규칙을 지키지 못한 것이지요. 규칙을 지키지 못했으니 실격패. 당신의 승리입니다.”

발락이 신경질적으로 단탈리안을 노려봤다.

단탈리안이 능청스럽게 어깨를 으쓱였다.

“아참. 전 못 봤습니다. 그냥 상황을 짐작하는 거뿐이죠. 혹시 정확했나요?”

한참을 더 단탈리안을 노려보던 발락이 대뜸 태양에게 무언가 던졌다.

텁.

그것은 카드였다.

[신룡화(神龍化)(L): 근력 +2, 맷집 +1, 버서커 +1, 영웅 +1.]

[스킬 – 신룡화(神龍化): 발락의 신체 여섯 가지 중 하나를 선택하여 소환한다.]

–오우 쒸잇!

–와, 대박이다.

–능력치 추가 5개밖에 안 되네.

–레전드 등급 ㄷㄷㄷㄷ.

–이걸 보네. ㄷㄷㄷ 가슴이 웅장해진다.

–태양좌 왜 이제야 오셨습니까. ㅜㅜ 진작 왔으면…

['바나' 님이 10,000원을 후원하셨습니다!]

[레전드! 레전드! 레전드!]

['할머니리어카부수는윤태양' 님이 1,500원을 후원하셨습니다!]

[진짜 윤태양은 전설이다.. 그 찐따 같던 윤태양이 맞냐?]

태양이 카드를 물끄러미 내려다봤다.

전투가 워낙 갑작스럽게 끝난 탓에 영 현실감이 없었던 탓이다.

발락이 그런 태양을 바라보며 콧방귀를 뀌었다.

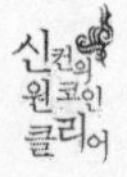

"흥."

[6-3 대련: 마왕 발락과 대련하라. – Pass]

[획득 업적: 룰 체인저, 마왕의 대련 상대, 초월체 대면, 용 군주 대면, 무수한 악수의 요청 – 거절, 초월체 대적, 반역자(叛逆者), 역대급 언더독, 바람 앞의 촛불, 레코드! 마왕 타격, 레코드! 마왕의 샌드백, 레코드! 마왕의 인정, 레코드! 마왕 패퇴, 정신이 육체를 지배한다, 레전드 카드 획득, 대련 클리어.]

시스템 창에 갖가지 업적이 좌르륵 내려왔다.

–몇 개냐!

–빨리 세 줘! 몇 개냐고! 허억허억

–약간… 적다… 뭔가… 부족해…

–ㅋㅋㅋㅋㅋ 지금도 진짜 많긴 한데 저번에 미친 듯이 내려오던 거 때문인가. 약간 아쉽다.

–내용 봐라. 미쳤네.

–ㅋㅋㅋㅋㅋㅋㅋ 내용 봐라. 사실상 링에 서기만 해도 업적 기본 10개짜리 스테이지였네.

–아니, 그래서 몇 개냐고 ㅡㅡ

–다 셌다. 14개인 듯?

–14개.

–와, 진짜 많다.

—나 때는 10층 14개만 해도 주변 사람들이 물개박수 쳐 줬는데…

—14개가 뭐야 10층만 가도 고인물 소리 들었는데 ㅅㅂ…

—태양이가 벌써 18층 클리어… 캬. 미쳤다, 미쳤어.

—태양이가 네 친구냐?

눈을 감고 업적의 여운을 만끽하는 태양 앞에 단탈리안이 걸어왔다.

시기 좋게 눈을 뜬 태양이 단탈리안을 노려봤다.

"당신은 3층 담당 마왕 아니야? 왜 자꾸 나타나?"

"이거 이거, 섭섭합니다. 이래 봬도 제가 당신 목숨을 한 번은 구해 줬는데."

능청스럽게 웃는 단탈리안의 옆으로 한 여성이 끼어들었다.

제68계위 마왕, 벨리알이었다.

—ㅗㅜㅑ.

—벨리알 눈나~.

—눈나~ 나 죽어~.

—또 보네. ㅎㅎㅎ.

벨리알이 특유의 나른한 눈웃음을 지으며 태양을 바라봤다.

"플레이어 윤태양, 이번 스테이지도 재미있었어요."

"벨리알, 지금은 제 차례……."

"어차피 후원하겠다는 이야기하려고 모인 거 아니에요? 할 거면 같이해요. 나도 관심이 있으니까."

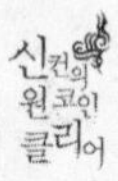

쿠웅.

태양 앞에 거대한 비석이 떨어졌다. 늘 그렇듯, 3개의 스테이지가 끝난 후 층주가 내리는 평가의 비석이었다.

[이제까지 수많은 플레이어를 만났지만, 플레이어 윤태양은 그 어떤 플레이어보다 강했다. 적어도 18층을 기준으로는 이보다 강한 플레이어가 없었으며, 장담컨대 앞으로도 없을 것이다. 발칙하게도 용을 학살하고, 용의 심장을 2개나 취했으며, 차원 미궁의 인간 중 가장 용과 가까운 인간이 되었다. 인정하기 싫지만, 인간 주제에 초월자의 가능성까지도 엿보였다. 개룡적으로는 플레이어 윤태양이 미궁을 오르다 죽었으면 좋겠다. 하지만 그는 아마 모두 이겨 내고 최전선에 도달할 것이다.]

[획득 업적: 발락 공인 Z등급.]

[추가 보상: 200골드, 슬롯 확장권.]

—???

—Z등급?

—아니 등급이 무슨 양파야? 까도 까도 계속 나오네.

—Z는 뭐지? 제우스 등급인가? —우스우스!

—S⁺도 나왔을 때 어이없었는데.

—아 ㅋㅋ 단탈리안도 사실 양산형 폰 게임이랑 다를 게 없었던 거냐고. ㅋㅋㅋ.

ㅡㄹㅇㅋㅋ 위에 등급이 계속 있냐.

[이제까지 수많은 플레이어를 만났지만, 플레이어 윤태양은 그 어떤 플레이어보다 강했다. 적어도 18층을 기준으로는 이보다 강한 플레이어가 없었으며, 장담컨대 앞으로도 없을 것이다. 발칙하게도 용을 학살하고, 용의 심장을 두 개나 취했으며, 차원 미궁의 인간 중 가장 용과 가까운 인간이 되었다. 인정하기 싫지만, 인간 주제에 초월자의 가능성까지도 엿보였다. 개인적으로는 플레이어 윤태양이 죽었으면 좋겠다. 하지만 그는 아마 모두 이겨 내고 최전선에 도달할 것이다.]

[획득 업적: 발락 공인 Z등급.]

[추가 보상: 200골드, 슬롯 확장권.]

가장 놀라웠던 건, 발락이 적어 넣은 태양의 '종합 평가'를 본 마왕들이 Z등급을 처음 본 태양보다 더 놀라워했다는 사실이었다.

"Z등급이라, 의외군요."

"어머. 발락, 진심이에요? 용족을 학살한 플레이어에게 Z등급을 준다고요?"

"발락이 인간 플레이어게 Z등급을 주는 날이 오다니!"

태양이 눈살을 찌푸리며 마왕들을 바라봤다.

"Z등급이 뭐기에?"

"크흠."

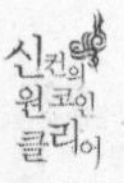

두 마왕이 떠드는 사이 제69계위 마왕, 데카바리아가 태양에게 다가왔다.

"Z등급은 마왕이 줄 수 있는 최고 등급이다."

"최고 등급?"

"그래. 일반적으로 줄 수 있는 등급은 F부터 S+등급까지 있지. 뭐, S+등급도 원래는 없던 등급이다만, 규격 외의 강함을 보여 준 플레이어 몇몇 덕분에 새로 생겨났다."

"됐고, Z등급은 뭔데?"

말을 자르고 들어오는 태양의 발언에 데카바리아가 한쪽 눈썹을 치켜들었다.

"왜, 뭐?"

"크흠, Z등급은 기준이 다르다. 나머지 등급이 절대 평가라면, Z등급은 상대평가라고 볼 수 있지."

"상대평가?"

"그래. Z등급은 해당 마왕이 이제까지 만난 플레이어 중에서 가장 낫다고 생각하는 플레이어에게 부여하는 등급이다. 차원 미궁에 발락의 Z등급을 받은 플레이어는 너 한 명뿐이지."

데카바리아의 말에 태양이 슬쩍 발락을 바라봤다.

"……재는 나 싫어하는 거 아니었어?"

"싫어하는 것과 별개로 능력은 인정할 수밖에 없었나 보지."

둘의 말을 듣던 발락이 인상을 찌푸렸다.

발락이 태양에게 Z등급을 준 이유는 간단했다.

발락과 태양은 대련했고, 그 결과 태양이 이겼다.

층주로서의 체면 때문에라도 태양에게 Z등급을 주지 않을 수가 없었다.

"빌어먹을 일이로군."

감정에 휘둘리는 측면이 없지 않아 있지만, 발락은 나름대로 공과 사를 철저히 구분하는 마왕이었다.

—캬. 싫어도 인정할 수밖에 없는 남자 윤태양.

—좀 멋있긴 하네.

—ㅋㅋㅋㅋㅋ 근데 나는 발락도 나름 남자답다고 봄. 져 놓고도 다시 하자고 발작하지도 않고.

—ㄹㅇㅋㅋ 원래 일진들이랑 게임하면 자기들 이길 때까지 하는 건데.

—안 져 주면 눈치 없다고 또 맞고.

—그냥 시원하게 승복하는 게 ㄹㅇ 착한 일찐.

—애들아…

—도대체 당신들은 어떤 삶을 살아오신 겁니까…

데카바리아가 히죽 웃었다.

"자랑스럽게 생각해도 괜찮아. 자네가 죽지 않고 차원 미궁을 돌아다니는 이상 발락은 다른 플레이어에게 Z등급을 줄 수 없거든."

"호오, 그 정도야?"

"그래. 자기가 인정한 최고의 플레이어에게 주는 등급이라니까? 아예 주지 않는 마왕도 많아. 단탈리안도 그렇고, 벨리알도 아마 Z등급을 준 적 없을걸? 아, 안드라스는 줬었는데 얼마 전에 최전선에서 죽었다고 들었던 것 같고."

"음. 거기까지 궁금하진 않았어."

"크흠."

태양의 단호한 끝맺음에 데카바리아가 다시금 헛기침을 했다. 그리고 태양의 눈치를 살짝 본 데카바리아가 슬쩍 말문을 열었다.

"그래서 말인데, 후원……."

"아참, 태양. 어때요? 금력의 권능. 생각해 봤는데, 당신이라면 선동의 권능을 후원해도 괜찮을 것 같아요. 파격적으로 가자면, 둘 다도 좋고."

데카바리아가 끼어든 벨리알을 보며 눈살을 찌푸리다가 놀라서 소리를 질렀다.

"이런 상도덕도 없는…… 뭐, 뭣? 두 개라고?"

"물론 제약이 조금 많을 거예요. 권능을 2개 모두 소화하는 일은 웬만한 플레이어들에게는 힘든 일이거든요. 태양. 당신의 영혼도 꽤나 단련되어 있는 편이지만, 제대로 소화하려면 30층은 넘겨야 할 거고요. 어때요, 관심 있어요?"

"2개라."

가볍게 턱을 쓰다듬은 태양이 주위를 둘러봤다.

"흠. 키메리에스는 어디 있지? 갔나?"

"갔다. 네 싸움에 별 관심이 없는지 바로 들어가더군."

데카바리아의 말에 태양이 입술을 삐죽 내밀었다.

그를 위해 직접 와서 발락을 말려 준 키메리에스의 후원 제안을 들어 보고 싶었기 때문이다.

'그나저나, 고작 세 층 올라왔는데 권능을 주겠다는 마왕이 셋으로 늘었군.'

단탈리안의 후원을 받지 않기로 한 건 결과적으로 옳은 선택이었다. 심지어 벨리알은 무려 2개의 권능을 후원하겠다고까지 했으니.

18층에서 있었던 일이 알려지면 입소문은 더 늘어날 터.

"조금 더 욕심을 부려 봐도 될 것 같은데 말이지."

-너무 뜸 들이면 괜히 낙동강 오리알 된다.

"어허. 원래 맛있게 밥을 지으려면 뜸이 충분히 들어야 하는 법이야."

-잘 생각하라는 거지.

"응. 난 설익은 밥은 질색이라서."

태양이 문득 두 마왕에게 물었다.

"당신들은 날 후원하려는 이유가 뭐야?"

벨리알이 특유의 나른한 미소를 지어 보이며 대답했다.

"당신, 재미있으니까요. 매력도 있고."

반면, 데카바리아는 단탈리안과 비슷한 이유였다.

"네가 탑에 올라가서 행사할 영향력이 곧 내 명성이 되어 줄 테니까!"

"영향력. 내가 탑에 올라가서 영향력을 행사하면 너한테 뭐가 좋다는 거야?"

"다른 마왕들이 내 선구안을 우러러 보겠지!"

이 부분은 단탈리안과 다르다.

단탈리안은 명예와 같은 헛된 일에 전혀 관심이 없다고 했는데 말이지.

벨리알은 흥미 본위, 데카바리아는 명예.

단탈리안은 영향력 그 자체.

솔직히 잘 와 닿지 않았다.

잠시 고민하던 태양이 무릎을 탁 쳤다.

"좋아 결정했어. 당장은 안 받을래."

"흐응, 그때 가서도 내 마음이 지금 같을 거라는 생각은 안 하는 게 좋을 걸요?"

"나도 그러길 바라. 그때는 더 좋은 조건으로 나랑 계약하고 싶어지게 하는 게 내 목표거든."

단탈리안이 어깨를 으쓱였다.

"좋은 마음가짐입니다. 그런 향상성은 필멸자를 더 높은 곳으로 이끌지요. 다만, 너무 오래 끄는 건 좋지 않을 겁니다."

"그래. 조언 고맙다."

태양이 쿨하게 세 마왕을 등졌다.

"그럼 이만, 나는 쉼터에 돌아가서 레전드 등급 스킬에 대해 좀 알아봐야겠거든."

데카바리아가 어이없다는 얼굴로 태양을 바라봤다.

"고작 일개 플레이어 따위에게 이런 취급을 받다니."

"고작 일개가 아니죠. 무려 발락을 이긴 플레이어잖습니까."

"저런 성격이 플레이어 윤태양의 매력이죠. 그나저나, 일개 플레이어가 발락의 권능을 사용할 수 있을까요?"

벨리알의 말에 단탈리안이 고개를 끄덕였다.

"그러고 보니, 이번에 보상으로 내건 발락의 권능은 마나보다는 육체에 치우쳐져 있죠?"

데카바리아가 고개를 내저었다.

"악질적이네. 필멸자의 육체에 발락의 육신을 덧씌운다고? 잘하면 얻어 놓고도 사용하지 못하겠는데?"

"그랬으면 차라리 나았을 텐데 말이지."

발락이 중얼거리며 레전드 등급 카드, 신룡화(神龍化)를 살펴보는 태양을 바라봤다.

스킬 신룡화(神龍化).

개요는 영양제 특전과 같다.

신룡화는 피부(비늘), 눈, 심장, 피, 뼈, 근육. 여섯 개 중 하나를 강화하는 기술이었다.

다만 일반적인 강화가 아니었다.

정확히 표현하자면 강화보다는 강령, 소환라고 표현하는 게 더 옳았다.

신룡화는 무려 용왕 발락의 신체 일부를 몸에 깃들게 하는 기술이었다. 다르게 말하자면 짧은 시간동안 발락의 신체 일부를 대여하는 셈이다.

본래 발락의 신체를 소환하는 건 보통 인간이 버틸 수 없어야 정상이었다.

발락은 초월자(超越者)이자 마왕이다.

심지어 베이스 종족도 인간이 아닌 용. 아닌 게 아니라, 고작 신체를 대여하는 일이 무려 '권능'으로 취급될 정도다.

격의 차이를 견디는 것만으로도 일반적인 생명체에게는 어려운 일인데, 거기에 다른 종의 신체가 결합하는 과정에서 생기는 거부반응까지 생각하면 일반적인 플레이어가 버틸 수 있을 리가 없었다.

하지만 태양은 달랐다.

이미 2개의 드래곤 하트를 섭취했다.

거기에 더해 16층, 만찬장 스테이지에서 얻어 낸 반인반룡(半人半龍) 특전 덕분에 신체의 일부가 용화(龍化)되기까지 했다.

덕분에 거부반응을 극단적으로 줄어들면서 어느 정도 버틸 수 있게 되었다.

"능력도 능력이지만, 알지도 못하면서 이런 조건을 맞춰 내다니."

운도 어이가 없을 정도로 좋은 녀석이다.

발락이 착잡한 눈으로 태양을 바라봤다.

타오르는 분노는 어느 정도 식었다.

발락은 실리적이고 이기적이지만 경우가 없지는 않았다.

여기에서 패배를 인정하지 못하는 건 진짜 패배자들이나 하는 짓이다.

대련은 공정한 것처럼 보였지만 분명 발락이 유리한 판이었고, 태양은 불리한 와중에도 할 수 있는 모든 일을 해내며 발락에게서 승리를 쟁취해 갔다.

정복자는 전투의 패배를 겸허히 인정하고 전쟁에서 승리하는 법이었다. 물론 그렇다고 태양을 긍정적으로 생각하게 된 것은 아니었다.

"탑을 오르다가 비명횡사하는 일은…… 어지간하면 없겠군."

그래도 갚아 줄 날은 언젠가 돌아오리라.

속으로 다짐한 발락은 곧 모습을 감췄다.

[스테이터스: 업적(175) – 솔로 플레이어, 퍼펙트 클리어(No Hit)…….]

[보유 금화: 722]

[카드 슬롯]

1. 피를 먹은 카타나(R): 민첩 +1, 근력 +1, 흡혈 +1

2. 수도승의 허리띠(R)

…….

[스킬 - 혈기충천(血氣充天): 통각을 마비시키고 신체 전반의 기능을 강화한다.]

…….

"크. 많다."

태양이 술이라도 마신 양 시원하게 외쳤다.

그럴 만도 했다.

업적 175개, 보유 금화 722.

그리고 무엇보다 드디어 열린 일곱 번째 슬롯과 그 슬롯을 당당히 채운 레전드 카드.

보기만 해도 배가 부른 텍스트였다.

–일곱 번째 슬롯을 이렇게 쉽게 얻을 줄이야.

발락의 층 Z등급의 보상으로 슬롯 확장권을 얻어 낸 건 현혜가 생각하기에 굉장히 큰 성과였다. 레전드 카드 정도까지는 아니지만, 그 약간 아래는 될 정도로.

–근데 이렇게까지 좋아할 이유가 있음?

–그니깐. 카드 슬롯 다 여는 건 웬만한 랭커 플레이어들이 한 번씩 하는 일 아닌가?

–심지어 달님도 다 연 적 있잖음.

–일찍 열었잖아.

–그래서 그런가?

시청자들의 말대로 슬롯 확장권으로 모든 카드 슬롯을 여는 건 꽤 많은 랭커 플레이어들이 성공한 일이다.

그리고 그때마다 플레이어의 선택에는 논란이 따라붙었다.

이유는 간단했다.

슬롯 확장권을 얻을 때는 대부분 '성능 좋은 카드 대신' 선택해야 하는 경우가 많았기 때문이다.

당장 태양의 경우도 그랬다.

벨리알에게서 여섯 번째 슬롯 확장권을 얻어 낼 때, 태양은 광휘의 파편이라는 일반 카드, 노스페라투의 망토라는 유니크 카드라는 선택지를 제쳐 두고 슬롯 확장권을 선택했다.

일반 카드인 광휘의 파편을 떼어 놓고 보더라도, 슬롯 확장권을 얻기 위해 유니크 등급의 카드를 기회비용으로 사용해야 했던 것이다.

그것이 고작 7층의 선택지다. 위층으로 갈수록 슬롯 확장권이 다른 어떤 좋은 보상과 같이 나타날지 몰랐다.

-유니크 아니면 아티팩트를 버리고 선택하는 경우가 많은데, 이렇게 얻은 건 진짜 의미 있는 일이야.

슬롯이 늘어난 만큼 고민도 깊어졌다.

자못 신난 듯한 목소리의 현혜가 작게 헛기침을 내뱉었다.

-크흠. 이제 어떤 카드를 넣고, 어떤 카드를 뺄지 생각 좀 해 볼까?

뒤집히는 판도

[스테이터스: 업적(175) – 솔로 플레이어, 퍼펙트 클리어(No Hit)…….]

[보유 금화: 722]

[카드 슬롯]

1. 피를 먹은 카타나(R): 민첩 +1, 근력 +1, 흡혈 +1

2. 수도승의 허리띠(R): 민첩 +1, 근력 +1, 신성 +1

3. 재생의 힘(R): 맷집 +2, 흡혈 +1, 스킬 – 재생의 힘

4. 스킬: 스톰브링어(U): 민첩 +2, 영웅 +1, 검사 +1

5. 수도사의 굳건한 신념(R): 신성 +2, 무투가 +1

6. 소림 고승의 도복(R): 무투가 +2, 신성 +1

7. 신룡화(神龍化)(L): 근력 +2, 맷집 +1, 버서커 +1, 영웅 +1

[스킬 – 혈기충천(血氣充天): 통각을 마비시키고 신체 전반의 기능

을 강화한다.]

[스킬 - 재생의 힘: 3초간 거대 뱀 아크샤론의 재생력을 얻는다. (쿨타임 1,200초)]

[스킬 - 스톰브링어(Storm Bringer): 폭풍 소환(暴風 召喚): 폭풍의 정령 군주 아라실이 플레이어 윤태양의 신체에 임합니다. (쿨타임 48시간)]

[스킬 - 천근추(千斤錘): 몸의 무게가 천근으로 불어난다.]

[스킬 – 신룡화(神龍化): 발락의 신체 여섯 가지 중 하나를 선택하여 소환한다.]

[시너지]

근력(2/4): 힘 보정/힘 추가 보정

무투가(3): 격투기 추가 데미지 보정

맷집(2): 체력, 물리 방어력 보정

민첩(2/4): 민첩 보정/민첩 추가 보정

신성(2/4): 모든 공격에 20% 추가 피해/모든 공격에 20% 추가 피해

흡혈(2): 준 피해에 비례해 체력 회복

[특전]

드래곤 하트(Dragon Heart)(강화)

종의 기원 살해(흡혈귀) – 흡혈 +1

환골탈태(換骨奪胎)

반인반룡(半人半龍) – 근력 +1, 민첩 +1, 지력 +1, 신체 용화(龍化)

—피를 먹은 카타나, 수도승의 허리띠에 각각 하나. 스톰브링어가 민첩 2 주고, 이번에 얻은 반인반룡 특전에 민첩이 하나 더 달려 있네. 민첩 시너지만 벌써 5개야. 하나만 더 넣으면 6시너지인데.

현혜가 통합 쉼터 여관에 보관해 둔 태양의 카드 목록을 열람하면서 말을 이었다.

—민첩, 민첩, 민첩! 여기 있다. 안 쓰고 있는 카드 중에 네가 전에 쓰던 거. 혈귀의 사념.

혈귀의 사념. 민첩 +1, 무투가 +1, 흡혈 +1에 정신계 마법 방어력을 올려주는 레어 등급 카드다.

"음, 넣을 건 알겠는데 뭘 빼야 하지? 레전드 등급 카드를 뺄 순 없잖아."

슬롯이 7개.

거기에 한 슬롯 당 달려 있는 시너지가 3개, 4개가 되다 보니 복잡하기 그지없었다.

—ㅋㅋㅋ 이게 단탈리안 메인 콘텐츠 ON.

—야, 근데 진짜 대박이다. 고작 18층 졸업생인데 얻은 카드가 몇 장이야, 도대체. ㅋㅋ.

—심지어 최소 레어임. ㅋㅋㅋㅋㅋㅋ.

—크, 행복한 고민이네.

결국 태양이 머리를 부여잡았다.

"으아, 머리 아파! 대충 넣고 일단 들어갈까? 쉬고 싶은데."

—잠깐만. 다른 것도 봐야지. 이번에 신룡화를 얻으면서 근력도 4시너지까지 올라왔네.

"응, 이것도 4시너지까지 맞췄는데 실제로 모은 시너지는 다섯 개야."

—좋아, 좋아. 너무 급하게 생각할 필요 없어.

현혜가 말을 이었다.

—뺄 만한 걸 굳이 찾자면 재생의 힘이랑 수도승의 굳건한 신념. 재생의 힘 빼면 되겠네. 스킬이랑 맷집 시너지는 아쉽긴 한데, 흡혈 시너지는 그래도 유지가 되니까.

"흐음, 맷집이라."

맷집 시너지.

물리 방어력과 체력을 보조해 주는 시너지다.

태양이 인상을 찌푸렸다.

막상 바꾸자니 아쉬웠던 것이다.

그렇지 않아도 발락과 대련 중 피격한 횟수가 많았던 지라 맷집 시너지의 체감이 상당히 크게 다가왔다.

"재생의 힘 말고 카타나를 빼는 건 어떨까? 빌어먹을 혈기충천은 전투 중에 써먹지도 못하겠는데."

—힘이랑 민첩 달려 있잖아. 그거 빼면 6시너지가 안 돼.

"아, 그러네."

—맷집, 아쉽긴 한데 어쩔 수 없어, 태양아.

무려 발락과의 전투였다.

맷집뿐만 아니라 무언가 한 부분이 아주 약간이라도 부족했다면 그대로 패배했을 터였다.

―뺄 때 뺄 줄 알아야 해. 더 큰 걸 위해서. 어? 대의를 위해서!

"현혜야, 많이 신났다? 텐션이 좀 높네."

―헷. 난 이 때가 단탈리안 할 때 중에서 제일 신나더라. 아무튼, 쉼터 돌아가서 재생의 힘은 교체하는 거로?

"으음."

태양이 망설이는 기색이자 채팅 창이 주르륵 내려갔다.

―??? : 안 맞고 깨면 그만.

―ㅋㅋㅋㅋ 1층에서 보여 줬던 패기 다 어디로 갔냐~.

―자신 없나 보지 뭐~.

―너 6시너지 버려? 너 6시너지 버려? 너 6시너지 버려? 너 6시너지 버려?

―쫄리면 뒈지시든가~.

―ㅋㅋㅋㅋ 레전드긴 하네. 역대 단탈리안 유저 최강 아웃풋 윤태양 맞는 거에 쫄아서 6시너지 버리고 방어 시너지 올림.

―ㄹㅇㅋㅋ 실검 1위도 할 듯.

채팅 창을 본 태양이 인상을 찌푸렸다.

"이 자식들이……. 현혜야! 저놈들 싹 다 쳐 내!"

['축구선수는호우하고울지요' 님이 1,000원을 후원하셨습니다!]

[악질 컷!]

–^^7.

–^^7.

–저는 안 그랬습니다. 선생님! 살려 주세요!

–딸깍, 딸깍.

–살려 주세요!

–무야호~.

–방금 채팅은 우리 집 고양이가 쳤습니다. 선생님, 한 번만 선처를 베풀어 주시면…….

잠깐 광란의 클릭질이 지나가고, 현혜가 말을 덧붙였다.

–너무 걱정하지 않아도 돼. 22층까지만 가면…… 알지? 영혼 수련장 스테이지.

"아."

–이 상태 유지하면서 카드 슬롯 하나 추가로 얻을 수 있잖아. 그때 다시 재생의 힘 카드 넣으면 되지. 아니, 쉼터에서 맷집이랑 민첩 달린 카드 구해 보는 것도 좋겠다. 통합 쉼터에 쌓아 놓은 골드만 얼마냐.

현혜가 말을 이었다.

–그리고 당장 민첩, 근력 6시너지도 중요한데, 눈여겨 봐야할 부분이 한 가지 있어.

"뭔데?"

–신룡화까지 합하면 영웅 시너지도 2개 모였다는 거지. 이거 3시너지도 웬만한 6시너지만큼 좋거든.

“영웅 시너지?”

―응.

['막간 상식' 님이 1,000원을 후원하셨습니다!]

[영웅 3/6 적 스탯 총합이 플레이어의 스탯 총합보다 높으면 플레이어는 모든 스탯이 50%/100% 증가한다.]

―올 ㅋ.

―착한 도네 인정.

―크. 천원에 유익한 정보까지!

['막간 상식' 님이 1,000원을 후원하셨습니다!]

[도움이 되셨다면 저 벤 좀…….]

“응, 안 돼. 돌아가. 선처는 없다.”

태양이 단호하게 대답하는 사이, 현혜가 말을 이었다.

―그러니까 언더독일 때 효과를 발휘하는 거지. 지금 네 업적이 175개니까, 만약 너보다 능력치 총합이 높은 플레이어나 적을 만나면 대략 업적이 265개까지 불어나는 거야.

265개.

당장 업적 20개가 증가할 때 겪었던 감각을 상기한 태양이 기겁했다.

“미친, 그런 사기 시너지가 있다고?”

―사기인 만큼 엄청나게 희귀한 시너지야. 당장 봐. 영웅 시너지 달려 있는 카드들.

유니크 등급 카드 스톰브링어.

그리고 이번에 얻은 레전드 등급 카드 신룡화.

희귀하지 그지없는 카드들에만 골라 붙어 있었다.

—영웅 시너지는 통합 쉼터에서도 구하기 어려울 거야. NPC들 사이에서도 사기적인 성능으로 유명하니까.

"흠. 그럼 일단은 재생의 뱀 시너지만 혈귀의 사념이랑 바꾸는 거로?"

—그래.

달칵.

태양이 통합 쉼터로 가는 문을 돌렸다.

현혜가 중얼거리는 사이 마왕들은 사라져 있었다.

통합 쉼터에 돌아온 태양은 빠르게 여관으로 향했다.

"현혜야, 나 지금 할 거 다 한 거지?"

—음, 대충은?

"그럼 방송 슬슬 끄자."

태양이 침대에 풀썩 쓰러졌다.

—태양아?

"어. 왜?"

—너 표정이…….

"아, 컨디션이 안 좋아서 그래."

지금을 사라졌지만, 워낙에 커다란 고통.

정신에 데미지가 없을 리가 없었다.

툭.

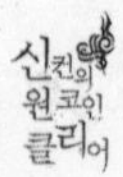

방송 화면과 태양의 시야가 동시에 암전했다.

[윤태양이 플레이한 단탈리안 17층에서 발견한 이레귤러 요소들]

[ID: AZURE MUFF]

-3월 초, 단탈리안 사태 이후 나는 포스트를 멈췄다. 분석할 것이 없었기 때문이다. 지금처럼 남의 방송을 보고 포스트할 수도 있었지만, 젠장. 사실 그럴 수도 없었다.

여러분도 알듯이 윤태양과 메시아를 제외하면, 스트리밍을 시도한 거의 모든 유저가 죽었다.

이 둘 역시 목숨을 걸고 하는 사람들이라 약간 조심하는 마음이 남아 있지만, 이번에는 도저히 못 참겠다.

17층. 드래고닉 랩.

여러분은 내가 언급하려는 게 무엇인지 안다. 윤태양의 스트림을 봤으면 모두가 알 사실. 적어도 미국에 살면서 인터넷 뉴스를 한 번이라도 봤으면 알 수 있는 장면.

그래. 전투력 측정에 나타난 키메라 드래곤 PX-4889를 해치우는 과정에서 나타난 거대한 용의 앞발이다.

가장 먼저 짚어 봐야 할 건 일의 원인이다. 이 빌어먹을 앞발이 왜 우리의 우상 윤태양을 공격했을까?

단탈리안은 모든 사건에 원인과 결과가 명확한 게임이다. (반박은 받지 않는다. 이에 관련된 포스트는 한 4년 전쯤에 써서 올려놨다. 사례와 근거를 미친 듯이 모아 만든 내 자랑거리 중 하나다.)

즉, 스테이지 해결 과정에서 태양이 원인을 제공했기 때문에 커다란 앞발이 나타나 태양을, 붉은 보석(정황상 마왕, 단탈리안의 것으로 추정된다!)이 방패를 만들어 태양을 지켰다.

내가 가장 먼저 한 일은 늘 그랬듯이 데이터 수집이었다.

17층에서 드래고닉 랩 스테이지에 걸린 플레이어들이 남긴 모든 영상을 긁어모았다. 가장 오래된 기록은 5년 전, 당시에는 촉망받는 유망주 플레이어였던 매직 케어 클랜의…….

(중략)

마지막으로 태양이 17층에서 보여 준 진귀한 기록이 남아 있다. '마지막으로'라는 단어를 보면 알겠지만, 여기가 본론이다. 나는 이 장면이 문제를 초래했다고 본다.

태양은 용인을 죽였다. 그것도 1마리가 아니라, 다수를 죽였다. 태양의 행위는 살해보다 학살이라고 정의하는 게 적합하다.

드래고닉 랩 스테이지에서 용인을 죽이려고 시도한 적은 많다. 실제로 한두 명 정도 살해에 성공한 케이스도 있다.

마치 마력(브레스) 측정 세션에서 윤태양이 한 것처럼 말이다. 물론 윤태양처럼 깔끔하게 성공하지 못했다. 용인 살해를 시도한 플레이어는 유저, NPC 할 것 없이 대가를 치렀다.

그 대가는 대개 플레이어의 목숨이었고, 몇몇은 캐릭터의 신

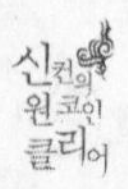

체 일부와 경고로 끝나기도 했다.

하지만 마력 측정 세션에서 태양은 대가를 치르지 않았다. 적어도 용인 연구원은 태양에게 벌을 주지 못했다. 이는 태양의 성장 페이스가 말도 안 되게 빨라서, 용인 연구원들보다 태양의 전투력이 더 우세했기 때문에 벌어진 일이다.

실제로 전투력 측정 세션에서 용인 연구원들은 태양 파티에게 학살당했다.

결국, 대가를 치러야 하는데 대가를 치르지 않아서 시스템이 초월적인 무언가를 개입시켰다고 밖에는 보이지 않는다.

(중략)

그렇다면 팔의 주인은 누구일까? 그 거대한 팔은 어느 용의 것이었을까? 나는 비늘 패턴과 팔 길이 비율을 통해 용의 성장 정도를 알 수 있다는 연구 결과를 발표한 적이 있다.

찾아보면 알겠지만, 거대한 용의 앞발 비늘의 문양은 해당 용이 이제껏 관측된 그 어떤 종보다 더 늙었다는 사실을 알 수 있다.

고룡도 이런 고룡이 없다. 예전 40층에서 관측된 염마룡(閻魔龍) 르센보다도 늙은 것으로 보인다. 그리고 짚어야 할 점. 인간과 다르게 용은 늙을수록 강해지는 와인 같은 존재다.

그렇다. 고작 17층에서 이제껏 관측된 모든 용 중에서 가장 강력한 존재가 나타났다는 거다.

누굴까? 필자는 이 앞발의 주인을 마왕 발락이라고 생각한다. 근거는…….

(중략)

그러니까, 마왕 발락이 스테이지에 '직접' 개입했다는 뜻이다. 동시에 또 다른 마왕 단탈리안 역시. 이건 8년 동안 서비스되었던 단탈리안에서 단 한 번도 발견된 적 없는 사례다. 영상으로 남아 있는 기록은 물론이고, 하다못해 글로도 언급된 적 없는 일. 말 그대로 이레귤러 요소라고 할 수 있겠다.

그리고 우리는 여기에서 놀랄 만한 장면을 하나 더 발견했다.

네 번째 문! 젠장. 나는 그 장면을 보다가 여자 친구에게 혼났다. 발락의 등 뒤로 솟은 흰색 문을 보면서 육성으로 F 워드를 몇 번이나 지껄여 댔기 때문이다.

이것도 말이 안 되는 이레귤러 요소다. 차원 미궁의 규칙은 사실 마왕의 통제 아래에 있었던 걸까? 만약 그렇다면 마음만 먹으면 탑의 규칙이 얼마든지 바뀔 수 있었다는 이야기다. 하지만 지난 8년간 그런 일은 없었다.

우리는 이에 관한 원인도 결과도 명확하게 알 수 없다.

단순히 윤태양이 압도적으로 대단한 유저라서 단탈리안 제작사가 숨겨 놓은 조건을 만족했다고 볼 수도 있지만, 과연 그게 맞는 걸까?

단탈리안이라는 게임에 숨겨진 무언가가 더 있는 것이 아닐까? 그리고 최악의 경우, '단탈리안 사태'와 연관이 되어 있는

것 아닐까? 이건 비약에 불과하지만…….

(후략)

딸깍.

"확실히 이상한 점이 많긴 했지."

끼이이익.

현혜가 커다란 의자를 뒤로 젖히며 볼을 긁적였다.

"그나저나 아주르 머프의 포스트가 여기에 올라오다니 이건 좀 큰데? 또 한바탕 난리 나겠네."

딸깍.

가볍게 다른 기사를 찾아보던 현혜가 놀라서 허리를 튕겼다.

"이건……."

번쩍.

어두운 방 안에서 태양이 눈을 떴다.

사지는 멀쩡했다.

위대한 기계장치를 통해 상처를 입기 전으로 돌아가면서 완벽하게 회복했다.

신경을 짓누르던 뼛조각의 날카로운 통증은 이제 없었다.

하지만 그 기억이 경험으로 남아서 태양의 손등을 자꾸만 찔

러대는 듯했다.

"빌어먹을."

태양은 일단 욕지거리부터 뱉어 냈다.

아프지 않지만 아프다.

웃기는 감각이다.

하지만 낯선 감각은 아니었다.

킹 오브 피스트를 할 때 이미 충분히 느꼈던 감각이었기 때문이다.

최고 등급의 싱크로율을 보유했던 태양은 타격 역시 느낄 수 있었다.

현실로 돌아오면 맞은 상처는 없는 일이 되지만, 태양은 게임에서 맞은 부위에서 통증을 느낀 적이 있었다.

"으그극. 그 아픈 걸 뭐가 좋다고 그렇게 했지?"

돈을 벌기 위해서 했다지만, 태양이라고 처음부터 게임을 잘했던 것은 아니었다.

작금의 태양은 대전 격투 게임 판에서는 신으로 추앙받는 수준의 인물이지만, 처음 킹 오브 피스트를 접한 태양은 게임에 재능이 좀 있는 유망한 게이머였을 뿐이었다.

그가 최고가 될 수 있었던 이유는 무얼까.

재능? 의지?

타고난 것? 혹은, 노력?

남들과는 차원이 다른 경쟁심?

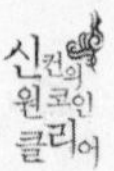

"아, 뭐였더라."

찌릿.

막연한 생각을 하는 사이, 왼쪽 손목에서 다시금 영문 모를 통증이 올라왔다.

"큼."

태양의 미간이 좁아졌다.

의사들은 이런 현상을 가지고 뇌가 게임에 속았다고(Decoy Pain) 표현했다.

이런 경우는 진통제도 의미 없었다.

태양의 전담의(專擔醫) 파벨은 뇌가 현재의 신체에 싱크로율을 맞출 때까지 게임에 접속하지 않는 게 방법이라고 했다.

물론 현재 태양의 경우는 게임에 접속해 있는 현재 캐릭터 상태에 뇌가 싱크로율을 맞추기를 기다려야 했다.

태양이 문득 손을 내려다보았다.

너무나도 현실적이어서 도리어 현실감이 없었다.

단탈리안에 접속하고 나서 시간이 얼마나 지났더라.

현혜에게 물어봐야 알 수 있겠지만, 아마도 최소 세 달은 된 것 같다.

그 긴 시간 동안 한 번도 접속을 해제하지 않고 게임 속의 캐릭터로 살아왔다니.

태양의 마음 한 구석에서 불안이 고개를 쳐들었다.

로그아웃했을 때, 내 뇌는 현실의 육체에 적응할 수 있을까.

없으면 어떡하지.

꾸욱.

태양이 왼손을 말아 쥐었다.

"약한 소리 집어치워."

태양은 돈을 벌기 위해 게임 대회에 나갔었다.

돈을 벌어야 했던 이유.

부모님을 여의고, 얹혀사는 집에서 어떻게든 1인분을 해 보려고. 그리고 그들에게 받은 은혜를 갚고, 동생 별림을 먹여 살리려고 그랬었다.

머릿속에 지난 일들이 스쳐 지나갔다.

오빠, 나중에 우리 부자 되면 아침은 치킨으로 먹고, 점심은 피자로 먹고, 저녁은…… 저녁은 뭐로 먹지? 햄버거 먹을까?

아침부터 치킨 먹으면 너 돼지 된다.

아침에 치킨 먹으면 돼지야?

그럼, 돼지지.

그럼 난 돼지가 꿈이야.

아무도 없는 텅 빈 방, 커다란 침대에 누운 태양이 괜히 혼자 히죽였다.

그래, 그랬었다.

"깜빡 잊었네."

태양이 최고가 될 수 있었던 이유.

그런 거다.

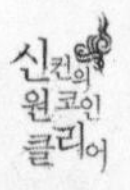

동생을 갖다 붙이는 건 너무 거창하고.

그래.

사람 노릇 좀 해 보려고.

행복하게 좀 살아 보겠다고 깝쳤다.

태양은 필사적으로 깝쳤고, 심지어 거의 다 왔었다.

생활고에서는 벗어났고, 태양은 나름대로 한 분야에 거장이 되었다. 동생 별림 역시 스트리머라는 직업을 선택해 먹고사는 데 지장 없이 자리를 잡고, 친구를 사귀고, 인기도 얻었다.

"진짜 거의 다 왔었는데."

아쉽다.

이제 멀끔하고 잘생긴 남자 하나 골라잡아 결혼하는 별림을 보면서 흐뭇하게 웃고, 괜히 새신랑 녀석을 때리고, 게임 속으로 불러서 괴롭히고, 밥도 먹이고.

"더, 해 줬어야 했는데."

위로 치솟아 있던 입꼬리가 문득 밑으로 쳐졌다.

해 주지 못한 것이 너무 많았다.

아침에 치킨, 점심에 피자, 저녁에 햄버거도 못 사 줬다.

그건 다 별림이가 아침에 늦게 일어나는 바람에 그런 거지만, 아무튼.

먹기 싫다고 발악할 때까지 치킨을 먹여 주려고 했었는데.

돼지로 만들어 주겠다는 약속도 못 지켰다.

언젠가 별림의 방송에 출현해 당당히 오빠라고 밝히고도 싶었는데, 그것도 못 했다.

바나인지 뭔지, 자꾸 별림이 주변을 맴돌며 게임을 해대는 그놈 얼굴에 한마디 쏘아붙이고 싶었는데 그것도 못 했다.

별림이랑 돈을 모아서 현혜 부모님과 함께 해외여행을 가기로 했었는데…… 그것도 못했다.

"못한 게 너무 많네."

괜히 내뱉는 혼잣말.

어느새 목소리에 물기가 찼다.

태양이 벌떡 자리에서 일어났다.

킁.

코 먹는 소리가 빈방에 울려 퍼졌다.

별림이나 현혜 둘 중 한 명이라도 들었으면 지저분하다며 태양의 등짝을 때렸겠지.

"이런 것까지 구현하다니. 어이가 없다. 정말."

태양이 손등으로 눈가를 훔쳤다.

이러고 있을 때가 아니다.

태양은 못 한 게 너무 많았고, 하고 싶은 것도 너무 많았다.

그리고 그것들을 하기 위해선 별림을 구하고 단탈리안을 클리어해야 했다.

쉴 시간은 없다.

태양은 이미 충분히 불행했고, 1분이라도 더 행복할 자격이 있는 사람이다.

별림도 그렇다.

여기에 갇혀 있기에 그들의 삶은 너무 소중했다.

"별림이는 캡슐에 대체 며칠을 갇혀 있는 거야. 피부 다 상하겠네."

별림의 창창한 연애 사업을 위해서라도, 최대한 빨리 탈출하는 게 옳았다.

태양이 다시 한번 손등으로 눈을 슥 훔친 후, 인터페이스를 조정해 방송을 틀었다.

강철 늑대 용병단의 헤드 스카우터 안드레와 돌격대장 어그레시브 플레티넘이 로시를 바라봤다.

안드레가 귀찮다는 기색을 팍팍 풍기며 물었다.

"도허티랑 아쥬르가 다른 애들이랑 같이 보고 했는데, 굳이 추가 보고를 하겠다고?"

"그렇습니다. 단장님은……."

"실버 단장님은 바빠. 최상층 원정 준비로 바쁘거든. 아, 너랑은 아직 상관없는 이야기겠구나. 대신에 우리가 보고 들을 건데, 불만 없지?"

"없습니다."

로시가 특유의 무표정한 얼굴로 대답했다.

안드레 옆에 앉은 플레티넘은 숫제 천장만 바라보고 있는 게, 로시의 말에 전혀 관심이 없는 모양새였다.

"그래. 보고해."

안드레가 대충 손을 흔들고, 로시가 양식에 따라 보고했다.

"강철 늑대 용병단 16~18층 원정대 C조 조장 로시. 총원 6중 1명 생환하였습니다. 16층 보고는 생략하겠습니다. 17층 스테이지는 드래고닉 랩, 17층 진입 당시 C조 모든 인원 살아 있었고 윤태양 일행과 C조 총 9명 인원이 스테이지……."

로시는 일목요연하게 17층에서 있었던 일을 설명했다.

신병기 테스트로 키메라-메카 드래곤 PX-4889의 성능 실험에 참여하게 되었다는 것.

그리고 근력 측정 세션.

설명을 듣던 안드레가 입술을 비틀어 올렸다.

"근력 측정 세션에서 윤태양이 우리 애들을 구했다?"

"정확히는 저와 말릭을 구해 줬습니다. 나머지 인원은 이미 죽어 있었고요."

"난이도가 어땠기에?"

"지금 아무 준비 없이 다시 들어가도 클리어할 자신이 없습니다."

"도통 알 수가 없군. 윤태양이 말도 안 되게 대단한 거냐, 너희가 무능한 거냐?"

로시는 안드레의 이죽임에 대답하지 않았다.

안드레가 단순히 태양의 영입을 실패한 것에 대해 짜증을 내고 있다는 사실을 알았기 때문이다.

애초에 로시 역시 안드레가 헤드 헌팅한 플레이어 중 하나였다.

로시는 계속 설명을 이어 갔다.

마력 측정 세션과 용인 연구원을 죽인 일.

그리고 전투력 측정 세션에서 나타난 거대한 용의 앞발까지.

이제 안드레는 처음의 그 심드렁한 태도를 견지하지 못했다.

"아무런 전조도 없었다고?"

"예. 교육에서 말씀해 주신 용의 연식 방법을 대조해 보았는데 예시로 보여 주셨던 고룡급 마룡의 비늘 패턴보다도 더 오래된 것처럼 보였습니다."

"말도 안 돼. 교육 자료로 준비된 비늘은 50층에서 수집한 물건일 텐데? 고작 17층에 나타난 용의 앞발이 50층의 마룡보다 더 강하다고?"

"제가 틀렸거나, 연식 측정법이 잘못되었을 수도 있습니다."

그리고 마지막, 네 번째 문의 이야기가 나왔을 땐 자리에서 벌떡 일어났다.

옆자리에 앉아 숙면을 취하던 플레티넘이 깜짝 놀라서 안드레를 바라볼 정도였다.

"문이 4개가 나타났다고?"

"예. 발락은 대놓고 윤태양을 도발했습니다. 그리고 스테이지 클리어 시, 레전드 등급 카드 보상을 제시했죠. 윤태양은 도전했습니다. 만약 그가 살아 돌아왔다면 레전드 등급 카드를 보상으로 얻었을 겁니다."

그 말에 안드레가 이마를 짚었다.

"다이달로스. 다이달로스를 불러와. 당장!"

로시가 되물었다.

"제가 갑니까?"

"더 할 얘기 있어?"

"플레이어 윤태양은 적어도 동 층에서는 대적할 수 없는 스펙입니다. 기량 역시 대단하지만, 업적 개수를 기반으로 한 능력치 자체에서 다른 플레이어들과 압도적으로 차이가 납니다."

"그래서?"

"헤드 스카우터님께서 단장님을 설득해 주셨으면 좋겠습니다. 스테이지 안에서 윤태양을 적대하는 건 말 그대로 자살행위입니다."

"……플레티넘, 네가 다이달로스를 좀 데려올래? 클랜 하우스 전용 공방에 있을 거야."

"으음, 알았다."

플레티넘을 내보낸 안드레가 로시를 바라봤다.

로시의 말은 어느 정도 이해가 됐다.

용병단장 실버, 천문의 장문 허공, 아그리파의 카인.

그 이외에도 유리 막시모프와 같은 압도적인 성적을 자랑하는 플레이어들은 스테이지에서 동 층의 플레이어들이 대적할 수 없는 존재로 군림하고는 했다.

돈이 돈을 부르듯, 업적 역시 업적을 부르는 법이었다.

많은 업적을 얻어 능력치를 증가하면 더 많은 업적을 얻기 쉬워지는 법이니까.

'다만 보통은 30층 이후부터나 나타나는 게 보통인데 말이지.'

현재 활동하는 세대에서 가장 뛰어난 재능이라고 평가받는 아그리파의 카인 역시 스테이지에서 언터쳐블(Untouchable)이 된 건 20층 후반대에서였다.

아무리 전대미문의 S+등급이라지만.

도대체 업적을 얼마나 얻었기에 벌써 이런 이야기가 나오는 건지.

거기에 '권능'과 다름없는 레전드 등급 카드까지 얻었단다.

안드레가 낮은 목소리로 일렀다.

"일단 단장님께 말씀은 드려 볼게. 네 보고가 정확하다면 단장님도 노선을 변경하실 거야. 견제도 어느 정도 수준이 맞아야 하는 일이니까."

"네. 그래 주셨으면 좋겠습니다. 윤태양을 적대하는 건…… 다시 말씀드리지만 말 그대로 자살행위입니다."

로시의 말과 함께 두 플레이어가 방 안으로 들어왔다.

어그레시브 플레티넘과 다이달로스였다.

다이달로스는 방금까지 기계를 만지다 왔는지 코에 검댕을

묻히고 있었다.

"무슨 일이십니까?"

노인의 차분한 목소리.

안드레는 이 목소리 밑에 얼마나 짙은 분노가 깔려 있는지 알고 있었다.

피붙이를 잃은 슬픔은 공감하기 쉬운 감정이니까.

안드레가 단호한 목소리로 명령했다.

"다이달로스, 다음 스테이지에서 윤태양 사살 작전은 폐기다."

"헤드 스카우터님?"

"윤태양이 레전드 등급 카드를 얻었다. 그건 '권능'과 같은 등급의 스킬이야. '권능'이 뭔지는 알고 있겠지?"

허공의 심안, 카인의 절(絕), 미네르바의 파멸의 빛.

다이달로스가 항변했다.

"이건 클랜장께서도 허락해 주신.."

"하고 싶다면 클랜 탈퇴 후 혼자 힘으로 해. 너 하나 때문에 다른 클랜원들까지 소모하는 건 용납 못 해. 단장님께는 내가 다시 말씀드리겠다. 이후 설득하려면 해 보든가."

다이달로스의 얼굴이 일그러졌다.

일개 클랜원의 간청과 간부의 제의.

어느 의견에 더 무게가 실릴지는 명약관화했다.

여느 때와 같은 태양의 집.

현혜가 전화기를 집어 들었다.

-……아주르 머프의 포스트, 봤지?

"어, 봤어."

통화 상대는 영광.

단탈리안에서 바나라는 이름으로 활동하는 현혜의 전 동료였다.

-그럼 그것도 봤겠네? 단탈리안 사태랑 마왕 어쩌고 한 거.

"봤지. 참신한 개소리잖아."

-하하. 우리 애들은 그거 보면서 신빙성 있다고 난리던데.

"신빙성은 무슨. 과학적으로 증명된 거 하나도 없는데."

현혜의 냉정한 평가에 영광이 낮게 웃었다.

-그럼 어제 게임 월드 저널리즘(Game World journalism)에 아주르 머프의 포스트가 헤드라인으로 깔린 것도 봤겠네?

"……어, 봤어."

게임 월드 저널리즘(Game World journalism).

게임 산업과 관련된 기사를 다루는 뉴스 사이트다.

게임에 한 톨이라도 관련된 정보는 게임 월드 저널리즘에서 가장 먼저 내보낸다는 속설이 있을 정도로 활발한 활동에 트래픽도 세계에서 1, 2위를 다툴 정도.

신빙성 역시.

게임 월드 저널리즘은 축구로 치자면 영국의 BBC, 독일의 키커와 빌트지와 같은 수준의 위상의 공신력을 가진 뉴스 사이트였다.

말하자면 게임에 관련된 이야기로는 가장 강력한 공신력을 가진 집단이라고도 말할 수 있었다.

아주르 머프의 포스트는 아주르 머프의 개인 포스트로 남아 있을 때에는 그럴 듯한 소리에 지나지 않았지만, 게임 월드 저널리즘 헤드라인이 박힌 순간 이야기가 달라졌다.

정말 '그럴듯한' 이야기가 되어 버린 것이다.

–기자들이 미친 듯이 달려들 거야. 윤태양 씨한테 답변 그럴싸한 거 준비시켜 놔. 한바탕 또 난리 날 거야.

"그거야 항상 있던 일이지. 무시하면 돼. 알잖아? 내가 그렇게 하지 말라고 해도 태양이는 그렇게 할걸?"

대답하는 현혜의 목소리가 갈라졌다.

잠시 망설이던 영광이 물었다.

–봤구나?

"……어, 봤어."

가상현실 캡슐. 한계 가동 시간이 있었다.

오늘 자 게임 월드 저널리즘의 헤드라인이었다.

"한계 가동 시간이라고?"

-말 그대로야. 이렇게 오랫동안 로그아웃을 안 한 적이 없었잖아. 그래서 밝혀지지 않았던 거래. 일정 시간이 지나면 캡슐이 작동을 정지하는 거지.

"캡슐이 작동을 멈추면, 플레이어는?"

-……죽었어.

"젠장!"

태양이 거칠게 욕지거리를 내뱉으며 본능적으로 시간을 계산했다.

태양 본인이 단탈리안에 접속한 지 한 달 하고도 거의 삼 주가 되어 갔다.

현혜가 단탈리안에 대해 알려 주느라 걸린 시간이 일주일.

-안 그래도 세어 봤는데, 별림이 접속 시간이 아마 꽉 찬 두 달일 거야. 60일.

태양이 되물었다.

"죽은 유저는 접속한 지 얼마나 됐대?"

-다섯 달.

"다섯 달이나 됐다고? 150일?"

-어. 정확히 150일. 스트리머인데 이미 사태 전부터 노 로그아웃 챌린지랍시고 버티고 있었다나 봐. 덕분에 알려진 거지.

다섯 달.

그렇다면 남은 시간은 세 달이다.

아니, 안전을 기하자면 두 달하고 3주로 잡는 게 맞다.

계산을 마친 태양의 얼굴이 일그러졌다.

"짧은데."

현재 태양이 오른 층수 18층.

전체 층수가 72층임을 감안하면, 이제야 겨우 4분의 1에 올랐을 뿐이었다. 심지어 고층으로 갈수록 난도가 높아지는 것까지 감안하면 상황은 심각했다.

태양이 미궁을 클리어하는 속도는 그렇게 빠르지 않았다.

업적 개수, 최다 오브젝트 획득, 플레이어와의 전투 등 별의별 기록을 세우는 태양이었지만 '클리어 속도' 방면에서는 아무 기록도 세우지 못했을 정도였다.

심지어 로그아웃하지 않는다는 상수가 있음에도 그랬다.

태양과 현혜는 애초부터 '단탈리안의 클리어'를 전제로 차근차근 얻을 수 있는 모든 오브젝트를 얻는 방식으로 움직였기 때문이다.

태양이 자꾸 별림을 생각하며 조급해했기 때문에 현혜가 오히려 더 페이스를 늦췄던 감도 없지 않아 있었다.

–미안해. 상황이 이렇게 될 줄 알았으면…….

"됐어. 의미 없는 말이라는 거 너도 알잖아."

별림이의 구출을 위해선 게임의 클리어가 전제되어야 하고, 그를 위해서 플레이 속도를 늦춘다.

현혜의 주장이었지만 분명 태양도 동의한 내용이었다.

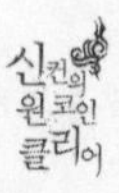

"이미 지나간 이야기는 됐어. 일단 할 수 있는 것부터."

뭘 할 수 있는지 생각하기 위해선 현재 상황을 판단하는 게 중요하다.

"현혜야, 혹시 캡슐마다 한계 가동 시간이 다를 수도 있어?"

–기사만 봤는데, 아마 회사마다 다를 것 같다고 하더라. 다만, 얼마나 차이 나는지는 밝혀지지 않았어. 참고로 이번에 작동 정지한 캡슐, 네 거랑 같은 회사야.

"에루마임?"

–어. 잘나가던 사람인가 보더라고. 뭐, 나도 어디선가 이름을 들어 봤던 거 같기도 하고.

에루마임.

가격대가 높기로 유명한 명품 가상현실 캡슐 브랜드였다.

–확실한 얘기는 아닌데, 가격대랑 한계 가동 시간이 비례하진 않을 거래. 기사에 따르면 말이지.

"게임 월드 저널리즘?"

–어. 더 길 수도 있고, 짧을 수도 있는데 아마 길 가능성이 크대. 연식이 오래된 캡슐일수록 한계 가동 시간이 길 거라더라.

태양이 고개를 끄덕였다.

게임 월드 저널리즘의 기사는 믿을 만했다.

다른 여느 인터넷 신문사들과는 다르게 어느 정도 검증이 되지 않으면 아예 올리지 않기로 유명했기 때문이다.

"연식이 오래될수록 한계 가동 시간이 길 가능성이 크다. 그

거 다행이네."

—그렇지. 별림이 캡슐은 꽤 오래된 거니까. 한국 정부에서 캡슐 몇 개를 더 뒤집어 까 봤는데, 최장은 210일도 있다더라.

별림은 스트리머를 하겠다고 나서기 전부터 게임을 즐겼다.

1세대라고 할 수 있는 '킹 오브 피스트'도 나름대로 고인물 소리를 들을 정도였다.

태양이 바꾸라고 여러 번 얘기했었지만, 귀찮다고 바꾸지 않았던 캡슐이 이렇게 도움이 될 줄이야.

다행이었다.

"밖에서 시스템을 건드려서 한계 가동 시간을 늘리는 방법은? 되나?"

—시도는 해 보겠지만, 알잖아. 뭐 하려고 치면 바로 캡슐 전원 꺼지는 거.

"쩝, 그렇겠지."

사태 이후 캡슐 외부 접촉으로 인한 전원 다운으로 사망한 인원이 한국에서만 봐도 백 단위가 넘어갔다.

바깥에서 해결할 수 있는 문제였다면 태양이 단탈리안에 접속할 필요도 없었다.

"당장 할 수 있는 건 아니지만, 별림이 캡슐 한계 가동 시간 나오는 대로 알려 줘."

—알았어.

한계 가동 시간을 안다고 해서 태양이 어떤 해결책을 내놓을 수 있는 건 아니지만, 그래도 알아야 했다.

그래야 그 시간에 맞춰서 클리어 계획을 짤 수 있을 테니까.

태양이 방송 인터페이스를 조작하며 투덜거렸다.

"빌어먹을. 이제야 좀 쉽게 가나 했더니."

압도적인 업적 개수에 레전드 등급 카드.

카드 슬롯을 모조리 열고 특전도 4개.

어지간한 랭커 플레이어의 졸업급 능력치다.

느긋하게 챙길 수 있는 업적을 챙기며 클랜들과의 관계를 천천히 조율해 나가려고 했는데, 갑작스럽게 나타난 한계 가동 시간이라는 녀석이 발목을 잡기 시작했다.

"진짜 쉬는 시간도 줄이고 달려야겠어."

-방송은…… 방송도 틀지 말까? 안 그래도 아주르 머프의 포스트가 게임 월드 저널리즘에 올라가서 한 번 이슈가 됐었어. 지금 방송 틀면 난리가 날 거야.

"돈 주겠다는데 말릴 이유는 없지. 어차피 대충 보고 넘기면 그만이잖아. 그거보다 중요한 건 KK나 제수스 같은 애들이 중요할 때 1~2개씩 던져 주는 조언이니까."

-하긴.

태양의 말과 동시에 방송이 연결됐다.

그리고.

['수습기자이찬호' 님이 20,000원을 후원하셨습니다!]

[아주르 머프의 포스트를 보셨는지 여쭤봐도 될까요?]

['XBS' 님이 10,000원을 후원하셨습니다!]

[아주르 머프가 말한 마왕과 단탈리안 사태의 관계에 대해서 어떻게 생각하십니까?]

['인생이란새옹지마' 님이 1,000원을 후원하셨습니다!]

[님 ㅈ됨. 게임 월드 저널리즘에 기사 남.]

['Waitingpark' 님이 10,000원을 후원하셨습니다!]

[게임 클리어까지 4분의 1이 진행됐습니다. 남은 시간은 3달로 추정되는데, 게임을 클리어할 자신 있으십니까?]

…….

"와우."

태양의 입에서 감탄사가 흘러나왔다.

태양의 방송은 평소에도 채팅을 읽기 어려울 정도로 화력이 좋은 편이었다.

한데 지금은 그보다 한 단계 뛰어넘어서, 후원이 읽기 힘들 정도로 내려오고 있었다.

닉네임을 보아하니 기자라든가, 어느 방송국 관계자라든가.

하여튼 일반적인 시청자는 아닌 모양이다.

—와. 씨. 돈 터지는 거 봐.

—나도 미친 척하고 단탈리안 접속해서 방송이나 할까. 어차피 윤태양이 깨 줄 텐데.

—지금 윤태양도 조졌는데. ㅋㅋㅋ.

—아니, 왜 갑자기 또 난리야.

—게임 월드 저널리즘에 윤태양 관련 기사 올라옴. 그 아주르 머프 포스트.

—단탈리안 인게임 관련 기사 사태 이후로 처음임. 트래픽 개 터졌다던데?

—뭔 내용임? 설명 점.

—네~ 알려 드렸습니다~.

—네~ 메일로 보냈습니다~.

잠시 방송 인터페이스를 구경하던 태양이 곧 관심을 끄고 움직이기 시작했다.

"란이랑 메시아. 아직 도착 안 했으려나?"

—아니. 너 기절해 있을 때 왔어.

"어떻게 알았어?"

—메시아 방송으로 봤어. 메시아도 18층까지 깼던데?

"벌써? 나보다 늦게 들어간 거 아니었어?"

—들어간 시간 차이는 별로 안 났어. 흡혈귀화에 잘 적응한 모양이던데?

16층, 만찬장 스테이지에서 시간을 조금 빼앗기긴 했지만, 전체적인 기록으로 보면 태양은 16~18층을 굉장히 빨리 주파한 편이었다.

18층 스테이지, 대련이 고작 몇 분 만에 끝났기 때문이다.

'그런데, 나랑 비슷하게 클리어했다라.'

태양이 미간을 찌푸렸다.

"메시아, 어때?"

-내 평가를 묻는다면, 예상대로야. 흡혈귀화(吸血鬼化)가 완벽하게 진행됐고, 적응했어. 이해도는 못해도 제수스 수준? 너 쉬는 동안 지켜봤는데, 캐릭터 이해도가 장난 아니더라고.

"호오."

-현상금 스테이지에서 봤던 모습보단 확실히 훨씬 나아.

항상 태양에게는 칭찬만 퍼붓는 터라 와 닿지 않았지만, 사실 현혜는 평가가 굉장히 박한 사람이었다.

오히려 독설가인 타입이랄까.

심지어 심할 때는 랭킹 1위인 KK의 플레이에 대고도 지적할 정도였다.

직접 보지 않아서 뭐라고 평가하긴 그렇지만, 그렇지 않아도 태양의 플레이를 보고 높은 눈이 더 높아졌을 현혜가 꽤 후하게 평가할 정도라면 확실히 기량이 쓸 만해진 모양이었다.

-난 메시아 데리고 가는 거 추천해. 19층을 골라 들어갈 수 있잖아. 19층에서 알차게 써먹을 수 있는 스테이지가 몇 개 있어. 그거만으로도 본전을 뽑을 수 있을 거야.

"음, 부르면 올까? 저번에도 거절했잖아."

-애초에 먼저 같이하고 싶다고 말한 것도 녀석이었잖아. 이번에도 '아직' 같이할 때가 아니라면서 거절했고.

"그런가?"

-메시아고 뭐고, 지금 유저들 사이에선 네가 구세주야. 네가

불러만 주면 '불꽃'이고 뭐고, 무슨 도움이라도 다 주려고 할걸?

캡슐의 한계 가동 시간 덕분에 단탈리안에 접속해 있던 모든 유저의 발등에 불이 떨어졌다.

그리고 현재 단탈리안 클리어에 가장 가까운 남자.

당연히 윤태양이다.

워낙 보여 준 것이 많다 보니 저도 모르게 기댈 수밖에 없는 것이다. 유의미한 지표를 보여 주며 탑을 오르는 유저가 그밖에 없기도 하고.

-아마 유저들이 곧 올 텐데, 얻어 낼 수 있는 건 최대한 얻어 내 보자.

현혜의 말과 동시에 태양의 눈앞에 증강 현실이 나타났다.

[B등급 플레이어, 란. B등급 플레이어, 살로몬, B등급 플레이어, 엄윤택, C+등급 플레이어, KDCR이 출입을 요망합니다.]

-말하기가 무섭게 들어오시네.

태양이 고개를 삐딱하게 꺾었다.

호랑이도 제 말을 하면 온다더니, 딱 그런 상황이었다.

"들여 보내."

태양의 말과 함께 텔레포트 게이트에 불이 들어왔다.

가장 먼저 들어온 건 윤택이었다.

"형님! 소식 들으셨어요?"

"한계 가동 시간. 안 그래도 들었어."

깡마른 몸매에 압도적으로 큰 키.

마치 검은 소금쟁이와 같은 인상의 KDCR이 태양에게 악수를 청해 왔다.

"또 보네 KDCR. 디시젼 쇼 다음, 두 번째인가?"

"오랜만이군."

태양이 어깨를 으쓱였다.

"시간이 없다는 거 피차 알지? 용건만 간단히."

"19층부터 21층. 유망한 플레이어가 몇 명 있다. 유저도 있고, NPC도. 필요하면 말해라. 도와주겠다."

"그리고?"

"도움을 줄 수 있는 건 뭐든 해 주지."

두둑.

가볍게 목을 꺾은 태양이 KDCR을 바라봤다.

"인원 지원은 필요 없어."

KDCR의 표정이 굳어졌다.

하지만 어쩔 수 없는 일이다.

"지금 내 상황이, 깡 업적만 175개야. 불꽃 소속 플레이어 중에 이 능력치 따라잡을 수 있는 애 없잖아. 안 그래?"

전부터 강조해 왔던 거지만, 태양의 동료가 되기 위한 기준은 높았다.

전투 보조는 란이면 충분.

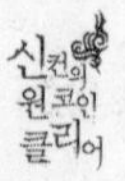

아니면 B등급 플레이어인 살로몬처럼 전투에 유의미한 보탬이라도 되든가.

"이제 보니 다 B등급이네. 그쪽 친구들, B등급인 애들 있어? 있으면 보기라도 하게."

"그건……."

"없지?"

태양의 공격적인 말투에 KDCR의 표정이 굳어졌다.

반박은 하지 않았다.

왜냐.

다 사실이니까.

물론 그렇다고 KDCR과 다른 여차 클랜원들이 '아주' 필요 없지는 않았다.

"대신 다른 걸 부탁해도 될까?"

"뭘 말이냐."

"경매장에 나오는 카드 중에 '영웅' 시너지가 딸린 카드. 구할 수 있을까?"

윤택이 고개를 끄덕였다.

"돈은 디시전 쇼로 충분히 벌었잖아. 알지? 다 써도 되니까 영웅 시너지 구해 와."

"확신은 못 해요. 이미 가지고 있는 놈들이 물건을 놔 주는 것도 문제고, 아무 조건 없이 경매장 한복판에 그런 아이템이 나타나는 건 말 그대로 거의 없는 일이니까요."

"상관없어. 뒤져 주기만 하면 돼."

태양이 란과 살로몬을 바라봤다.

"몸 상태는 어때?"

"약간 피곤하긴 하지만 그뿐? 어려운 스테이지는 아니었어."

란의 말에 살로몬이 고개를 주억거리며 동의했다.

"다 쉬었으면 다음 층에 관해 이야기할 게 있다."

"다음 층?"

살로몬이 의외라는 듯 한쪽 눈썹을 들어올렸다.

3개의 층을 클리어한 지 만 24시간도 되지 않았다.

스테이지를 클리어하면(심지어 그게 3층으로 끊어진, 통합 쉼터로 이어지지 않는 스테이지라도) 무조건 충분하게 휴식을 취하던 평소와는 명백히 다른 페이스였다.

"미안. 마음에 여유가 없어서. 더 빨리 올라야 할 이유가 생겼거든."

태양이 눈을 빛냈다.

"별다른 일 없으면 바로 다음 층으로 갈 거야. 스테이지는 황궁 도미니티아누스. 멤버는 우리 셋에 살로몬까지 추가해서. 불만 있는 사람?"

란이 어깨를 으쓱였다.

"난 상관없어."

살로몬이 란과 태양을 슬쩍 바라보다가 이내 입술을 삐죽였다.

"연구하고 싶은 게 몇 개 있었는데 말이지. 네 레전드 등급 카드도 궁금했고."

"그건 다음 스테이지에서 보여 줄게. 나도 아직 안 써 봤어."

"알았다. 그럼 가지."

"그럼 일단, 메시아 녀석부터 데려올까?"

그렇게 태양을 포함한 네 플레이어는 세 층을 클리어한 지 만 하루도 채 쉬지 않은 채 다음 스테이지로 향했다.

붉은 머리칼의 깡마른 여성 앞에 붉은 보석이 박힌 서책이 나타났다.

"단탈리안, 당신입니까."

그녀의 말이 끝나기가 무섭게 책이 펼쳐지더니 중절모를 쓴 중년 남성이 나타났다.

"오랜만입니다. 그레모리."

단탈리안에 여성의 움푹 팬 볼이 움찔, 떨렸다.

"단탈리안. 요즘 당신이 플레이어에게 꽂혀서 스테이지를 따라다니며 관람한다는 소문이 자자하더군요."

"재미있는 플레이어거든요. 유망한 건 당연하고, 페이스도 압도적이죠. 후원하고 싶은데 본인이 받기 싫다고 해서 요즘 고민이 이만저만이 아닙니다."

"가치 있는 보석은 손에 쥐기 쉽지 않은 법이죠. 그렇지 않아도 다른 시청실에 마왕이 셋이나 몰렸어요."

"이런."

짐짓 과장된 몸짓으로 당황을 표현한 단탈리안이 그레모리에게 물었다.

"당신은 어떻습니까?"

"뭘 말씀하시는 거죠?"

"후원, 말입니다."

제56계위 마왕. 진실의 그레모리.

그녀는 충실, 정직, 관대, 눈물, 의학. 그리고 비탄의 권능을 가지고 있는 마왕이었다.

그레모리보다 전투적으로 뛰어난 마왕은 있을지 몰라도, 그녀보다 더 많은 권능을 가진 마왕은 없을 거라는 이야기가 있을 정도로 그녀는 다재다능했다.

이는 곧 많은 후원자를 둘 수 있다는 이야기와도 일맥상통했다.

"역대 가장 많은 후원자를 보유한 마왕이 바로 당신 아닙니까."

단탈리안의 말에 그레모리가 웃었다.

수줍은 웃음에 돌출된 광대가 더 도드라져 보였다.

"신경이 쓰이나요? 제가 당신이 점찍어 둔 먹잇감에 손을 댈까 봐?"

"아무래도."

단탈리안이 중절모를 살짝 내려 표정을 감췄다.

그레모리의 다른 별명은 '필멸자를 사랑하는 뱀'이었다.

그녀는 플레이어를 가장 많이 후원하는 마왕인 동시에, 인간이라는 종족에 우호적인 마왕으로 유명했다.

'하지만 그녀의 사랑은 마냥 좋게 작용하지는 않는단 말이지.'

사자에게 가장 가치 있는 물건은 단연 고기다.

하지만 토끼에게는 고기가 의미가 없다.

단탈리안이 볼 때 그레모리의 행동 역시 그랬다.

그레모리는 종종 유능한 플레이어들에게 '특별한' 스테이지를 제공하고는 했는데, 그 스테이지는 플레이어에게 딱히 좋은 영향을 끼치지 않았다.

그때 그레모리가 19층. 황궁 도미니티아누스 스테이지로 눈을 돌렸다.

태양이 들어간 스테이지였다.

그레모리가 살짝 고개를 흔들자 허리까지 내려오는 붉은 머리칼이 역동적으로 찰랑거렸다.

"황궁 도미니티아누스. 재미있는 스테이지죠."

이제는 스러져 버린 어느 차원의 고대 시절.

신과 악마를 동시에 추종하던 인간들의 이야기가 담긴 스테이지였다.

플레이어들은 황궁의 일원으로 기능하며 황궁 곳곳에 숨어 있는 악마 추종자를 찾아내 반란을 진압하고, 마병(魔病)에 걸린 황제를 살려 내는 게 스테이지의 목표였다.

표면적으로는 말이다.

황궁 도미니티아누스 스테이지는 여태껏 플레이어들이 만나 온 다른 스테이지들과 다른 점이 있었다.

마왕들은 이 제도를 '서브 퀘스트'라고 불렀다.

스테이지에 숨겨져 있는 목표를 찾고, 해당 목표를 수행함으로써 스테이지를 클리어할 수 있는 규칙이었다.

황궁 도미니티아누스 스테이지의 서브 퀘스트는 원래 목표(메인 퀘스트)와 정반대의 지향점을 가지고 있었다.

메인 퀘스트와 달리 반란의 주모자가 되어 반란을 획책하고, 악마 추종자를 찾아내 플레이어가 획책한 반란에 가담시키는 것이다.

이는 스테이지를 관람하는 주요 시청층이 마왕, 그리고 마족이기 때문에 일어난 일이었다.

그레모리의 취향은 인간이 승리하는 것을 보고 싶은데, 마왕들은 오히려 반대, 마족이 승리하는 장면을 보고 싶어 했기 때문이다.

조삼모사 같지만, 어쨌건 주 시청자들이 원하는 장면이 나올 가능성을 열어 두면서 층주 자신의 입맛도 맞추는 방식이다.

'똑똑한 여자란 말이지.'

"오."

단탈리안과 벨리알 뒤로 한 남성이 쭈뼛거리며 나타났다.

역시 단탈리안에게 후원을 제안했던 마왕, 데카바리아였다.

"나, 나도. 발락과 대련 전에 했던 제안은 여전히 유효하다. 별의 권능은 네 기술과 조합이 잘 맞는 기술이야! 내 후원을 받으면 적어도 후회할 일은 없을 거다."

"흐응, 데카바리아. 차원 미궁에서 마왕의 후원을 받고 나서 후회하는 사례가 있어요? 힘에 취해 날뛰다가 죽는 경우는 봤어도……."

"에잇! 없으면 없는 대로 좋은 거지!"

두 마왕의 참전에 단탈리안이 난처하다는 듯이 뒷머리를 긁적였다.

"이런, 이렇게 될 줄 알아서 빨리 점찍고 싶었던 건데 말이죠."

태양이 고개를 삐딱하게 꺾으며 세 마왕을 바라봤다.

이내 태양이 단탈리안을 바라보며 물었다.

"전에 그 조건은 유효해?"

"조건 말씀이십니까?"

"그, 왜. 있잖아. 권능 외에도 따로 정……."

"아, 그랬었죠."

단탈리안이 태양의 말을 절묘하게 잘랐다.

동시에 한쪽 눈동자를 찡긋거리는 단탈리안.

말하지 말아 달라는 무언의 제스처.

—어라라? 얘 봐라?

—어디서 귀여운 척이야.

—본판이 잘 생기면 저런 것도 좀 볼만하구나…

—홀리 쉿.

—단탈리안은 볼 때마다 모습이 바뀌는데 항상 잘생기거나 예쁨…

—맘대로 바꾸나 보지. 이기적인 자식.

—성형 무한 ㄷㄷ.

그 모습을 본 태양이 코를 찡그렸다.

'이게 어딜 수작질을.'

이런 건 또 바로 참교육 해 줘야 직성이 풀리지.

태양이 능청스럽게 눈을 치뜨며 되물었다.

"단탈리안. 왜 그 뭐였지? 당신이 추가로 준다고 한 거. 차원 미궁의 정……."

"벨리알? 데카바리아? 후원은 권능만 줄 주는 게 아니죠. 당신들이 준비한 건 뭐죠? 전 이미 제시했습니다만."

단탈리안의 과한 반응에 두 마왕이 고개를 갸웃거렸다.

"흐응?"

"뭐야? 켕기는 거라도 있는 거냐?"

그때, 발락이 다가왔다.

"잡담은 거기까지 하지."

단탈리안이 그레모리를 보며 미간을 좁혔다.

한편, 황궁 도미니티아누스 스테이지에 들어선 태양 일행은 서브 퀘스트를 찾아서 진행하고 있었다.

"지구 출신이라고 했었나요? 확실히."

"심지어 윤태양은 단순히 정보만 이용하는 게 아니라, 심화해서 활용합니다. 보시죠."

심화해서 활용한다.

얼핏 듣기에는 이해되지 않는 말이었다.

그레모리는 태양의 플레이를 보며 곧 단탈리안의 말뜻을 했다.

태양은 쉼터에서 영입한 흡혈귀 동료 메시아를 이용해 놀라운 페이스로 악마 추종자를 찾아냈다.

이후 그가 첫 번째로 한 일은 반란을 모의하고 있던 악마 추종자들을 잡아 죽여 황궁 내에서 입지를 다지는 일이었다.

그다음, 태양은 강화한 입지를 기반으로 숨어 있던 악마 추종자들을 더 찾아내고, 반란을 획책했다.

즉, 태양은 스테이지의 메인 퀘스트와 서브 퀘스트를 동시에 진행했다.

악마 추종자들을 잡아 죽임으로써 업적을 얻고, 그들과 결탁해 반란을 획책하면서 다시 보상을 받고.

"이론적으로는 업적을 가장 많이 얻을 수 있는 방법이기는 하네요."

스테이지를 설계한 그레모리도 처음 보는 방식이었다.

아니, 몇몇 플레이어가 시도는 했었다.

모조리 실패해서 그렇지.

이론적으로는 흑연도 다이아몬드가 될 수 있다.

하지만 흑연으로 만든 다이아몬드를 본 사람은 전 인류 중에서도 극소수인 법이다.

태양은 마치 자신이 스테이지를 설계하기라도 한 것처럼 능수능란하게 두 진영의 페이스를 조절하며 업적을 뽑아냈다.

결국 태양 일행은 결탁한 악마 추종자들과 최후의 반란을 일으키고, 결정적인 순간에 배신해서 그들을 잡는 핵심 역할을 하기까지.

얻을 수 있는 모든 보상을 얻어 내는, 그야말로 무결점의 플레이였다.

"확실히 재능이 눈부신 플레이어네요. 그래서, 제가 발락처럼 당신이 점찍은 플레이어에게 해가 가는 짓을 할까 봐 경고하러 온 건가요?"

"경고는 아니고, 그냥 지켜보러 왔습니다. 당신의 기행은 유명하니까요."

"기행이라니. 저는 진실을 알려 주는 것뿐인데."

"……할 겁니까?"

중절모 아래에서, 단탈리안의 눈동자가 번뜩였다.

그레모리가 모른 척 고개를 꺾었다.

“뭐를요?”

“할 생각이군요. 이봐요, 그레모리. 당신 때문에 유망한 플레이어 몇이 허무하게 꺾였는지 모릅니다.”

“무슨 말씀이신지 모르겠네요. 단탈리안. 당신 말만 들으면 내가 플레이어에게 손을 대는 것 같잖아요.”

“그거 악질적인 취미입니다.”

단탈리안의 말에 잠깐 침묵이 감돌았다.

이내 그레모리가 대답했다.

“마왕의 시야에선 그럴지도 모르겠네요.”

“그레모리…….”

탁.

신경질적으로 탁자를 내리친 그레모리가 인상을 쓰며 단탈리안을 바라봤다.

“내가 직접 만든 스테이지를 창의적으로 클리어해 내는 모습을 바라보는 건 꽤 성취감 있는 일이에요. 단탈리안, 공감하나요?”

“아주 모르는 감정은 아니죠. 제 경우엔 간단히 만들어야 해서 약간 고충이 있습니다만…….”

“당신 일이 궁금한 건 아니고, 그냥 알아달라는 이야기예요. 저는 윤태양의 플레이를 온전히 즐기고 싶어요. 옆에서 재잘대는 잔소리는 걷어 내고, 웃고 떠들고 놀라면서 그렇게 즐기고 싶다고요.”

그레모리가 단탈리안을 쏘아붙이는 사이, 태양이 다음 스테이지로 들어갔다.

그 모습에 그레모리가 한쪽 눈썹을 들어 올렸다.

"쉬는 시간 없이 바로 넘어가네요. 마치 바쁜 일이라도 있는 것처럼요."

"지구 출신 플레이어들이 모두 그럴 겁니다."

"네?"

"그동안 문제가 되었잖습니까. 그레모리, 당신도 아시죠? 지구 출신 플레이어들의 차원 미궁 등반에 매우 비협조적이었다는 것."

단탈리안이 검지로 제 중절모를 치켜 올렸다.

"결국 위원회에서 결단을 내렸습니다. 지구 출신 플레이어들이 차원 미궁에 해가 되는 존재라고 판단한 거지요. 차원 미궁에 들어온 지 다섯 달이 넘어가는 지구 출신 플레이어를 모조리 죽이기로 했습니다."

그레모리가 놀라서 벌떡 일어났다.

"어떻게 그런! 바알이 그런 결정을 내렸어요? 3억 명이 넘어가는 플레이어를 전부 죽인다고요?"

"3억. 숫자가 많이 줄었죠. 이제는 2억 밑으로 떨어졌습니다. 아니, 더 떨어졌었던가? 최근에는 확인해 보지 않아서 모르겠네요."

"단탈리안! 당신은 플레이어 윤태양을 후원할 생각이라고 했

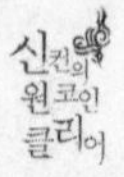

잖아요. 그런데 위원회의 결정을 그대로 승복했어요?"

지구의 인간은 전적으로 단탈리안이 데려온 플레이어들이었다. 그런 만큼 단탈리안이 반대했다면 통과되지 않았을 사안이었다.

단탈리안은 대수롭지 않은 표정으로 어깨를 으쓱였다.

"다섯 달이면 플레이어 윤태양이 최전선에 뛰어들고도 남을 시간입니다. 그때 태양의 플레이를 기반으로 위원회에 제소하면 됩니다. 잘하면 미궁을 클리어할지도 모르지요."

그레모리가 물었다.

"제소가 실패하면요?"

"상관없죠. 플레이어 윤태양이 제 후원을 받아들인다는 조건 하에, 플레이어 한 명의 목숨을 지킬 방법은 많습니다."

물론, 태양을 제외한 인간은 단탈리안의 계획에서 제외되어 있다.

그레모리는 뭔가 더 하고 싶은 말이 있어 보였지만, 이번에는 역으로 단탈리안이 고개를 돌렸다.

"이런, 흥미로운 스테이지인데요?"

쉬는 시간도 없이 20층에 진입한 태양 일행이 도착한 스테이지의 이름은 '비탄의 하모니'였다.

비탄의 하모니는 인간이 악마의 노예로 일하고 있는 디스토피아 세계관이었다.

플레이어는 수많은 노예 사이에 섞여 들어온 혁명군이 되어 악마들에게서 도망치거나, 그들을 죽여야 했다.

물론, 비탄의 하모니 스테이지에도 그레모리 특유의 서브 퀘스트는 있었다.

노예 경찰.

플레이어들은 노예들 사이에 섞인 혁명군(플레이어)를 색출해서 그들의 주인에게 넘기는 조건으로 스테이지를 클리어할 수 있었다.

물론 한두 명 넘기는 정도로는 클리어할 수 없었고, 성과를 기반으로 주인 악마를 설득해야 한다는 조건이 따라붙었다.

태양은 이번에도 효과적인 방법으로 스테이지를 진행했다.

여기서 말하는 '효과적인' 방법이란, 서브 퀘스트와 메인 퀘스트를 넘나들며 얻을 수 있는 업적을 모조리 긁어모으는 일을 말했다.

태양은 플레이어가 아닌 일반 인간 노예를 혁명군으로 위장시켜 실적을 올리기도 하고, 몇몇 악마 간수를 암살해 노역장에 폭동을 일으키기도 했으며, 다른 혁명군을 모아 놓고 악마에게 고발해 플레이어 일당을 일망타진(一網打盡)하기도 했다.

말하자면, 혼자 북 치고 장구도 치고 꽹과리까지 치는 격이었다.

태양과 그의 진두지휘 아래 움직인 세 명의 플레이어 역시 달달하게 업적을 챙기고, 태양은 대장 간수의 아티팩트까지 훔쳐 내면서 성공적으로 스테이지를 마무리했다.

눈코 뜰 새 없이 바쁘게 움직이는 태양 일행을 보며 단탈리안이 중얼거렸다.

"그동안은 느긋하게 움직인 거였군요."

19층 스테이지 황궁 도미니티아누스, 20층 스테이지 비탄의 하모니.

태양 일행은 이 두 스테이지를 클리어하는 데 채 17시간을 소비하지 않았다.

19층은 유리 막시모프의 강화된 던전 출입구 덕분에 '선택'할 수 있다는 이점을 통해 빨리 끝낼 수 있는 스테이지를 골랐을 수 있었다.

하지만 20층은 다르다.

태양이 선택할 수 없었을 뿐더러, 애초에 이렇게 금방 끝나는 스테이지가 아니었다.

길면 한 달도 진행할 수 있는 정도의 퀄리티를 가진 스테이지였는데, 태양은 단 9시간 만에 스테이지를 클리어했다.

심지어, 스테이지를 클리어하면서 각각 10개 이상의 업적을 챙기기까지.

놀랍기 그지없는 성과였다.

그때, 그레모리가 자리에서 일어났다.

"……할 겁니까?"

"네. 그들은 알 자격이 있으니까요. 다른 모든 플레이어들도 마찬가지이지만요."

단탈리안이 입을 꾹 다물었다.

"자칫하다간 그들이 미궁을 오르지 않게 될 수도 있습니다."

"그것 역시 그들의 선택이죠."

"그레모리."

"단탈리안. 제 행동이 마음에 들지 않으면 당신이 좋아하는 그 위원회에 제소라도 하세요."

그레모리가 퍼석한 웃음을 베어 물었다.

단탈리안은 대답하지 않았다.

이미 그레모리의 스테이지를 제소한 마왕이 한 가득이다.

그리고 승자는 항상 그레모리였다.

위원회는 스테이지와 관련된 안건에 한해서는 거의 항상 층주의 손을 들어줬다.

"단탈리안, 다른 이들이 저를 어떻게 부르는지 알죠."

이명에 관한 이야기였다.

단탈리안의 이명은 천변(千變)이다.

일정한 육신 없이 그때그때 형태를 취하기 때문도 있지만, 그의 머릿속에는 항상 천 가지 이상의 계획이 들어 있다고 여겨지기 때문이다.

그리고 그레모리의 이명, 진실.

그녀는 항상 진실을 비춘다.

"그뿐이에요."

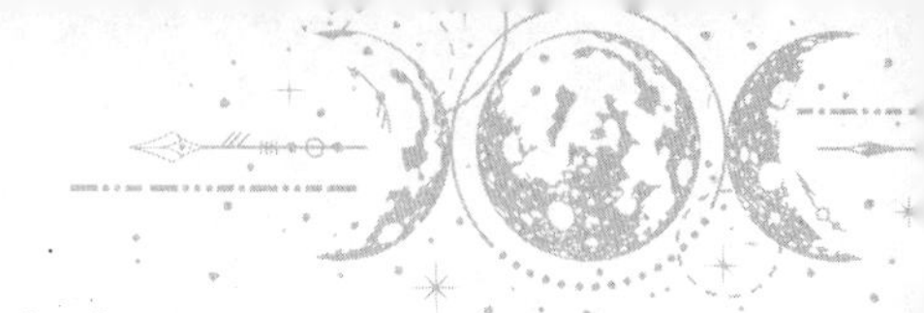

진실

문을 넘어온 란이 기지개를 켰다.

"후아, 그나저나 벌써 세 번째 스테이지인가."

"벌써라니, 이제 세 번째 스테이지인걸."

우드득.

태양이 탈골된 오른팔을 끼워 맞추며 대답했다.

아무렇지도 않게 탈구된 팔의 뼈를 맞추는 태양의 모습은 숙련된 전사처럼 보임과 동시에 어딘지 그로테스크한 감성이 있었다.

-태양아. 마지막 전투 말인데, 그렇게까지 무리할 필요는 없었잖아. 왜 그랬어.

"안 할 이유도 없었지. 이전이라면 모르지만, 지금은 시간이 목숨이잖아."

태양의 말과 동시에 반투명한 증강 현실이 나타났다.

[푸른 악마의 가호가 플레이어의 신체를 보조합니다.]

신체 스펙을 보조해 주는 푸른빛의 문을 선택했을 때 나타나는 시스템 창이었다.

태양은 20층에 와서야 처음으로 푸른색 문의 버프를 받았다.

"크, 이 좋은 걸."

이제껏 선택하던 금화의 문이 아닌 강화의 문을 선택한 이유는 자명했다.

시간이 촉박해졌기 때문이다.

"게다가 금화의 문으로 이득을 볼 일이 생각보다 없었고 말이지."

본래 현혜의 계획은 금화를 잔뜩 모아 통합 쉼터의 경매장을 통해서 '쓸 만한' 카드를 하나라도 제대로 건져 보려는 속셈이었다.

하지만 상황이 그녀의 예상과는 완전히 달라졌다.

좋은 쪽으로.

아직 통합 쉼터의 경매장을 이용해 유의미한 매물을 구하지는 못했지만, 금화가 너무 많아졌다.

각인, 클랜전 등의 일 덕분에 태양의 주가가 현혜의 예상 이

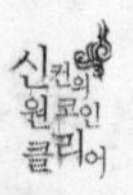

상으로 치솟는 바람에 금화를 너무 쉽게 얻었기 때문이다.

게다가 이번 캡슐에 한계 가동 시간이 있다는 사실이 드러나면서 불꽃 클랜이 제 주머니를 털어 태양의 물건을 구해 주는 사태까지 일어났다.

—좋긴 한데 마냥 좋아할 수가 없네.

—ㄹㅇ… 상황이 파국이 되는 바람에.

—게임 안에 갇힌 사람들은 ㄹㅇ 윤태양이 구세주네.

—ㅋㅋ 윤태양이 메시아네.

—지금 말장난할 분위기냐? 눈치 좀 챙겨라. 좀.

란이 슬쩍 물어왔다.

"태양, 네 차원. 그러니까 지구라고 했었나? 지구 출신의 플레이어들에게 무슨 일이 일어난 거야?"

"그런 거지."

"어떤 상황인데."

"그건……."

태양은 말을 얼버무렸다.

메시아 역시 침묵을 지켰다.

설명하자면 할 수 있다.

목에 시한폭탄 목걸이가 걸려 버린 상황이라고.

하지만 란과 살로몬에게 굳이 이 상황을 알려 줄 필요는 없었다.

'동료로서 웬만한 일은 터놓고 싶지만.'

끝까지 같이 가지 못할지도 모른다고 이야기하는 건 동료 간의 팀워크를 해칠 뿐이다.

믿을만한 B등급 NPC 플레이어 동료를 구하는 일은 어렵다.

시간이 곧 생명줄이 되어 버린 이상 게임 속 캐릭터에게 솔직하겠답시고 잃을 것밖에 없는 도박을 벌일 수는 없는 노릇이었다.

태양이 괜히 화제를 돌렸다.

"솔직히 전부터 느꼈던 문제이긴 해. 너무 느긋하게 올라왔잖아?"

"느긋하게라……."

살로몬은 하고 싶은 말이 있는 눈치였지만, 이내 꺼내 놓지 않았다.

결과가 좋았기 때문이다.

결과가 좋으면 과정이 마음에 들지 않아도 어느 정도 불만을 사그라뜨릴 수 있는 법이다.

물론, 그렇게 사그라뜨린 불만은 결과가 흔들리기 시작하면 다시 불씨를 피우기 때문에 완벽하게 진압됐다고 볼 수는 없다.

'지금부터는 정말 칼날을 걷는 거랑 똑같아.'

두 달 동안 차원 미궁의 4분의 1을 올랐다.

태양에게 주어진 시간은 세 달이고, 그 세 달 동안 태양은 차원 미궁을 클리어해야 했다.

산술적으로 계산했을 때, 남은 세 달 동안 페이스를 두 배로

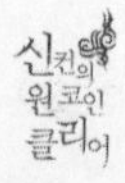

올려야 한다는 뜻이었다.

심지어 이것 역시 단순한 수학적 계산이다.

탑을 오를수록 올라가는 난도를 생각하면 실제 체감은 그 배 이상이 될 가능성이 컸다.

메시아가 스테이지를 이리저리 둘러보며 중얼거렸다.

"그나저나 무슨 스테이지인지 모르겠군."

"어? 모르겠어?"

"그래. 우리 쪽 방송에서도 아는 사람이 없다. 태양. 네 쪽은 어떻지?"

-나도 모르겠는데.

현혜의 말에 태양이 시야 한구석에서 주르륵 내려가던 채팅 창을 바라봤다.

-?? 님들이 모르는 걸 제가 어떻게 알아요?

-아, 이거 또 가르쳐 줘야 해? 나 참...(단탈리안 최고 기록 3층 데헷.)

-데헷 ㅇㅈㄹ.

-친구는 그... 없나?

-어허.

척 보기에도 도움이 될 것 같지 않은 내용들.

이런 상황에서 간간히 도움을 주던 후원 창도 올라오지 않았다.

"흠. 다들 잘 시간인가?"

KK나 제수스 등, 랭커 시청자 목록을 확인한 현혜가 말을 흐렸다.

-다들 있는데…….

접속은 분명히 했지만, 아무도 대답이 없다.

아무도 모른다는 이야기였다.

란이 주변을 두리번거렸다.

"그러고 보니 이상한 점이 한 가지 있어."

"이상한 점?"

"왜 다른 플레이어들이 안 보이지?"

"어라, 그러고 보니……."

정말로 그랬다.

추가로 들어오는 플레이어들이 없었다.

-뭐지?

물론 적은 수의 플레이어만 데리고 진행되는 스테이지가 아주 없는 것은 아니었다.

최근에 겪었던 스테이지 드래고닉 랩(Dragonic Lab)도 그렇고, 심지어 대련 스테이지에서는 태양 혼자서 스테이지를 치르기도 했었으니까.

하지만 이는 통계적으로 봤을 때 극히 예외적인 케이스였다. 그리고 이런 예외적인 케이스에 경우에는 충분한 명분이 마련되어 있었다.

드래고닉 랩 스테이지는 발락이 신 무기를 '실험'하는 스테이

지라는 설정이 붙어 있었고, 대련 스테이지 역시 태양이 혼자 들어와야 할 충분한 백그라운드 스토리가 마련되어 있었던 것처럼.

–흠. 그레모리의 층은 스테이지 종류가 많지는 않았던 거로 아는데. 내가 놓친 스테이지가 있었나.

21층이다.

상위 1%들의 영역.

수집되는 정보의 절대량이 적은 만큼 충분히 있을 법한 상황이었다. 어떻게 보면 19, 20층에 모두 아는 스테이지가 나온 게 오히려 행운이라고 보는 게 타당하기도 했다.

그때 네 명의 플레이어 앞에 한 여성이 나타났다.

광대가 도드라져 보일 정도로 바싹 마른 체형.

허리춤까지 내려오는 타오르는 듯한 붉은 머리칼.

창백한 피부와 짙은 다크서클이 그녀의 수척함을 조명하지만, 그녀의 꼿꼿한 자세와 우아한 아우라가 수척함을 병약미(病弱美)로 승화시키는 듯하다.

제56계위 마왕, 그레모리가 네 플레이어 앞에서 가볍게 고개를 숙였다.

"반갑습니다 플레이어 윤태양, 란, 살로몬. 그리고 메시아. 저는 19층부터 21층의 스테이지를 맡은 마왕 그레모리입니다."

태양은 별다른 반응을 보이지 않았다.

란을 비롯한 다른 플레이어들 역시.

마왕이 나와서 스테이지를 설명하는 경우는 종종 있었으니 놀랄 것도 없지 않은가.

하지만 현혜와 메시아, 그리고 시청자들은 달랐다.

-와, 뭐야.

-첫 등장!

-그레모리가 이렇게 생긴 마왕이구나.

-뭔가 퇴폐미…

-걍 해골 같은데.

-와. 또 새로운 거 나왔네.

-이제는 빨리 깨는데 방해 되지 않을지 걱정이다 진짜.

-ㄹㅇ. 첨엔 신기하고 마냥 좋았는데…

현혜가 심각한 목소리로 중얼거렸다.

-그레모리가 직접 나타나다니.

"왜?"

-왜긴 왜야. 이제껏 없었던 일이니까 그렇지.

항상 모든 스테이지에서 마왕이 등장하진 않았다.

하지만 마왕이 꼭 등장하는 스테이지는 분명 존재했다.

예를 들면 1층에서 만나는 첫 마왕 단탈리안과 두 번째 쉼터에서 만나는 마왕 벨리알이 그랬다.

이 둘은 상수처럼 모든 플레이어가 만나는 마왕이었다.

반면, 만날 수 없는 마왕 역시 있었다.

태양이 겪었던 층에서는 10~12층을 담당하는 마왕 키메리에스가 그러했다.

–그레모리 역시 그런 마왕 중에 하나야.

"하지만 난 키메리에스도 만났잖아."

–그래. 만났지. 생각해 보자고. 그때 상황이 평범했어?

"음."

평범하지는 않았다.

스테이지 하나가 아예 전복될 지경이 되는 바람에 나타난 거니까.

–우리도 모르는 사이에 어떤 조건을 달성한 거야.

"그래서?"

–상황이 좋지 않다는 거지. 어떤 스테이지인지 모르니까 업적을 얻기도 어렵고, 빠르게 클리어하기도 어려울 테니까.

그레모리가 태양과 메시아를 번갈아 바라보며 입을 열었다.

"제가 직접 스테이지 설명을 위해 나온 이유는 간단해요. 이 스테이지가 당신 둘을 위해 만들어졌기 때문이죠."

메시아가 삐딱하게 고개를 꺾었다.

"우리 둘?"

"네. 당신들은 지구 출신의 플레이어로서 제가 세운 기준을 넘었어요. 진실을 알 자격이 있죠."

영문을 알 수 없는 소리에 태양이 되물었다.

"진실?"

"이번 스테이지를 클리어하시면 알게 될 겁니다. 모든 걸 알

수는 없을 거예요. 그건 차원 미궁의 규칙을 위반하는 일이거든요. 제가 알려 드릴 수 있는 건, 단편적인 내용들뿐이에요."

태양이 인상을 찌푸렸다.

뱉는 텍스트가 많아질수록 더 알아듣기가 어렵다.

마치 영어 듣기 평가를 하는 기분이었다.

"무슨 말인지 모르겠는데. 메시아, 넌 알겠어?"

"나도 잘 모르겠군."

그레모리가 특유의 수척한 얼굴로 미소를 베어 물었다.

"설명보다는 직접 겪는 게 빠르겠죠."

따악.

그레모리의 손가락이 마찰함과 동시에 네 플레이어의 시야가 뒤집혔다.

태양은 발바닥에 딱딱한 바닥의 질감이 느껴짐과 동시에 주변을 살폈다.

그들은 높은 빌딩의 고층에 있었다.

'빌딩의 내부. 사장실인가?'

커다란 의자와 책상.

삼각형으로 붙어 있는 명패.

책상 뒤는 통 유리로 되어 있어서 도시의 전경을 비쳤다.

태양을 비롯한 네 유저도 어느새 장비가 아닌 양복을 입고 있었다.

-일단 보이는 정도로 보면 문명이 최소 지구랑 비슷한 것 같은

데?

태양이 고개를 끄덕였다.

물론 그동안 현대와 비슷한 배경을 가진 스테이지가 아예 없지는 않았다. '살인의 거리' 스테이지도 그랬고, 비교적 최근으로 따지면 '현상금' 스테이지도 그랬다.

하지만 지구 출신 플레이어인 태양과 메시아를 위해 만들었다고 한 말 때문일까.

왠지 그런 감상을 떨쳐 내기 어려웠다.

그때 네 명의 플레이어 앞에 시스템 창이 나타났다.

[7-3 진실: 악마에 감염된 '회사 소속 인간'을 찾아 죽여라.]

[제한 1. CCTV를 비롯한 모든 시선에 살인 장면 목격 당할 시 실패.]

[제한 2. 시간제한 24시간. 남은 시간 - 23:59:59]

[제한 3. 악마에 감염된 인간이 언론과 접촉할 시 실패.]

달칵.

방 안으로 커다란 키에 수척한 인상을 한 남자가 들어왔다.

당연하다는 듯이 커다란 의자에 걸터앉은 남자가 태양을 보며 중얼거렸다.

"상황은 알지?"

"예?"

"드디어 시작이야. 이 빌어먹을 회사의 종말이 다가왔다고."

회사? 종말?

태양은 맥락을 알아듣지 못했지만 일단 맞장구쳤다.

"그러게요. 휴. 기다리느라 죽는 줄 알았습니다."

"기다리느라 죽는 줄 알았다고? 사이코패스 같은 자식."

"예?"

"뭐야? 갑자기 웬 존댓말? 하아, 됐다. 네놈들을 이해하는 일은 진작 포기했어."

작게 한숨을 내쉰 남성이 태양 앞에 사진 다발을 내던졌다.

"알지? 살인 장면이 목격당하는 일은 없어야 해. 사람은 물론이고 CCTV에도 걸리면 안 돼. 네놈들의 그…… 마법이든 뭐든 제한 없이 써."

"마법이요?"

"그래. 표정이 왜 그래? 맨날 왜 못 쓰게 하냐고 징징거리더니. 제한 시간은 하루다. 빠릿빠릿하게 움직여!"

당연한 이야기지만, 상황을 따라가지 못한 태양은 벙찐 표정으로 사진을 바라보고 있었다.

그에 남자가 버럭 화를 냈다.

"뭐 해? 움직이라고! 이 친구들이 다른 언론이랑 접촉하는 순간 끝장인 거 몰라?"

"아, 예."

태양이 떨리는 손으로 사진들을 움켜쥐고 방을 나섰다.

"음, 요인 암살인가? 스테이지 이름은 왜 진실이지?"

"주어진 시간은 하루. 죽여야 할 인물은 수십 명. 시간이 없겠군."

란과 살로몬이 태연한 얼굴로 스테이지의 목표를 유추했다.

그레모리의 스테이지는 원래 이런 식으로 정보를 에둘러 주는 경우가 많았다.

하지만 태양은 그들의 이야기에 끼지 못했다.

낄 수 없었다.

"이건…… 말이 안 되는데. 아니, 이러면 안 되는데."

"응? 뭐?"

"태양?"

란과 살로몬이 태양을 바라봤다.

태양의 얼굴이 사색이 되어 있었다.

그 옆에서 사진을 보는 메시아의 얼굴 역시.

"이건……."

남성이 던진 사진 뭉치.

태양의 기억이 맞다면, 그중에서 가장 위에 있는 사진의 피사체는 실종된 단탈리안 제작사의 회장이었다.

카드 뭉치 속 피사체는 비단 태양에게만 충격적인 것이 아니었다.

–미친.

–그 사이에 업데이트 있었음?

–개에반데.

—단탈리안 제작진 다 죽은 거 아니었냐?

—실종된 사람들도 있음.

—미쳤는데.

—이거 기자들한테 제보해야 하는 거 아니냐?

['수습기자이찬호' 님이 10,000원을 후원하셨습니다!]

[첫 기삿거리가 이렇게… 수줍네요.]

['WaitingPark' 님이 10,000원을 후원하셨습니다!]

…….

채팅 창과 후원 창이 미친 듯이 내려간다.

메시아는 특유의 백발을 연신 거칠게 쓸어 올려 댔다.

순간 머리가 핑 돈다.

이마에 손을 짚은 태양이 생각에 잠겼다.

누구의 짓이지?

단탈리안의 제작자 중 살아있는 사람이 건드렸나?

아니면 마왕이 플레이어의 데이터를 읽어서 구현했나?

아니면…….

아니면 뭐지?

감정으로 격해진 사고가 자꾸만 불가능한 영역으로 흐르려 했다.

—태양아, 일단 진정해. 정신 차려야…….

"씨발!"

태양이 주먹으로 건물 벽면을 때렸다.

콰앙!

대리석 재질의 벽면이 그대로 박살 나며 흉물스러운 콘크리트 속살이 드러났다.

"후우."

태양이 깊게 숨을 내뱉고, 들이쉬었다.

한 번.

두 번.

세 번.

한참을 심호흡하던 태양이 사진 뭉치를 들어올렸다.

사진은 여전했다.

실종된 단탈리안의 회장이 금니를 드러내며 활기차게 웃고 있다.

다음 장.

단탈리안의 대표 이사다.

창밖을 보며 커피를 마시는 사진이었는데, 장소를 보아하니 그의 집이었다.

신문 기사로 봤던 방 구조와 똑같았다.

그다음 장에는 꽃무늬 셔츠를 입고 일광욕을 즐기는 남자의 사진이 있었다.

"빌어먹을."

모든 감탄사가 비속어로 대체된 듯하다.

태양은 단탈리안 사태가 일어난 직후를 떠올렸다.

정확히는 그때 미친 듯이 뒤졌던 당시의 신문 기사들을.

회장은 실종, 대표 이사는 유서도 없이 자택에서 목을 맸다.

하와이에서 휴가를 즐기던 팀장급 인사는 강도에게 총을 맞고, 브라질에 출장을 간 또 다른 인사는 마피아에게 린치당해서 죽었다.

그래. 그랬다고 했었지.

"씨바아아아아알!"

결국 참지 못한 태양이 다시 소리를 내질렀다.

―태양아, 진정하고…….

"이건 말이 안 되잖아!"

단탈리안의 핵심 기술을 알고 있는 모든 제작진이 죽거나 실종됐다.

단탈리안의 시스템을 건드릴 사람은 없다는 이야기였다.

하지만 지금 이 스테이지는 외부에서 누군가 손을 대지 않았다면 성립할 수 없는 스테이지다.

메시아가 낄낄 웃어 대기 시작했다.

"제한 시간이 24시간이라. 이렇게 적절할 수도 없군."

"뭐?"

"현실을 완벽하게 고증했다는 뜻이다."

우드득.

메시아가 특유의 미친 눈을 번뜩이며 고개를 꺾었다.

"단탈리안 사태 직후 단탈리안 제작사의 고위급, 기술직 임

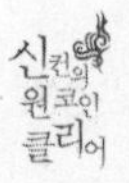

원들이 실종됐지. 그들에게서 연락이 왔던 마지막 시간이 정확히 24시간이다.”

“그 말은…….”

“그래. 이 빌어먹을 게임이 현실에서 일어났던 일을 존나게 정확히 구현하고 있다는 거지.”

그때였다.

-윤태야아아앙!

현혜의 찢어지는 듯한 고음이 태양의 고막을 날카롭게 찔렀다.

-정신 차리라고! 당장 중요한 게 뭔지 감이 안 와? 스테이지 제한 시간이 24시간이라고!

“24시간인 게 뭐?”

-병신아! 단탈리안 하루 이틀 해? 시간제한 스테이지잖아. 못 깨면 죽는다고. 지금 여기서 흥분하면서 시간 날릴 때야?

그녀의 말에 태양이 흐린 눈으로 주변을 바라봤다.

영문을 모르는 란과 살로몬이 멀뚱한 표정으로 그를 바라보고 있었다.

태양이 눈을 질끈 감았다.

“현혜 네 말이 맞아. 스테이지부터 진행해야지. 이건…… 게임이니까.”

-그래. 일단 정신부터 단단히 붙들어 매. 스테이지 진행하고, 클리어하고 나서 다시 생각해도 늦지 않아.

말을 마친 현혜가 가볍게 숨을 내쉬었다.

내쉬는 숨이 불안정하게 떨린다.

사진의 내용은 그녀에게도 충분히 충격적이었다.

그녀라고 머릿속에 오만 가지 생각이 스쳐 지나가지 않았을 리가 없었다. 그나마 다행이었던 건, 그녀는 모니터 너머로 그 장면을 맞이했다는 것.

제3자, 관찰자의 입장이었던 덕분에 그녀는 태양보다 냉정할 수 있었다.

-일단 상황 정리부터 하자. 스테이지의 내용은 충격적이야. 우리 예상이 맞다면 지금 이 스테이지는 단탈리안 사태 직후 24시간을 무대로 한다는 거니까.

심지어 현실의 단탈리안 사태에 대한 고증이 잘되어 있을 가능성이 컸다.

-그런데 이걸 다 잘라 놓고 스테이지 진행의 측면에서 보면 또 마냥 나쁜 건 아니야. 현실 고증이 정확하다는 가정하에, 알려진 기록들로 힌트를 얻을 수 있다는 뜻이기도 하거든.

이 와중에 다행이라고 해야 할까.

태양의 집에는 별림이 때문에 미친 듯이 찾아 모았던 단탈리안 관련 신문 뭉치가 있었다.

한국에서 보도된 신문은 물론, 브라질, 미국, 영국, 러시아 등 세계 각지에 보도된 신문까지 죄다.

어지간한 책 한 권 분량이 될 정도였는데, 심지어 태양이 모

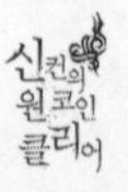

은 건 종이 신문만이 아니었다.

—태양아, 인터넷 기사는 어디 있지? 컴퓨터에 저장했어?

"……USB에 넣어 뒀던 것 같은데."

—어디?

"모르겠어. 잘 기억이 안 나. 노트북에 꽂혀 있나?"

—아, 맞네. 찾았어.

현혜가 거실 구석에 처박혀 있던 신문 뭉치를 책상에 폈다.

동시에 태양의 USB가 꽂혀 있는 노트북도 그 옆에 폈다.

—이걸 기반으로 사진 속의 인물들을 대조해 보면서 찾아보자고. 일단 태양아, 너는 란이랑 메시아한테 지구에 대해 설명부터 하고 있어 봐. CCTV에 걸리면 그대로 끝인 거 알지? 부채는 물론이고 대낮 대로변에서 마법 쓰면 그냥 그대로 끝장이야.

물론 현실과 100% 대칭되지 않을 수도 있었지만, 단탈리안의 완성도가 그런 걱정을 접어 두게 만들었다.

단탈리안의 인과율은 변태적일 정도로 완벽하다.

수백, 수천, 수만 명의 캐릭터는 모두가 입체적이고 자신만의 히스토리를 지녔다.

그런데 굳이 업데이트를 통해 게임에 흠집을 낸다?

단탈리안의 개발자가 제 손으로 직접?

있을 수 없는 일이다.

—와 ㅋㅋ 여기서 달님이 캐리하네.

—ㄹㅇ 뇌 정지 올 만도 한데.

—윤태양이랑 메시아가 헤매는데 달님이 중심을 잡아 주네.

—든든하다 달님!

—이스 더 문라이트.

—뭔 뇌 정지가 와. 달님이 정상이고 윤태양이랑 메시아가 멍청한 거 아니냐? 중요한 게 뭔지 파악 못 하고 염병하고 있는데. 답답해 뒤지는 줄. 당연히 스테이지부터 진행해야지. 자칫하다간 자기 목숨 날아가는데 사진보고 벽치면서 씨발씨발거리네. 윤태양 때문에 나도 씨발씨발거리면서 방송 봄.

—일기는 일기장에 써라.

—너 사이코패스냐?

—ㅋㅋㅋㅋ 본인 목숨 걸고 게임에 들어왔는데 저 상황이면 멘탈 나가는 게 정상 아닌가?

—보는 나도 얼탱이가 없어서 턱이 빠지려고 하는데 본인은 어떻겠음.

—확실한 건 달님이 해설자 봐주고 있지 않았으면 패닉 상태에 빠져서 시간 ㅈㄴ 날릴 뻔했는데, 달님이 시간 벌었네.

—ㅇㅇ 정리도 기깔 나게 했고.

태양 일행은 사장실 옆의 빈방으로 들어왔다.

당장 움직이기에는 아는 사실이 거의 없었기 때문이다.

태양이 두 NPC 플레이어에게 지구에 관해 설명하는 동안 현혜는 태양이 모아 둔 자료를 확인했다.

자료 대부분은 태양이 모았지만, 현혜 역시 그를 도왔었기

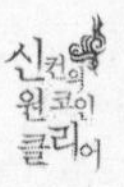

때문에 한 번씩은 읽어 본 것들이었다.

"……알아들었지? 여기서는 디폴트 복장이 양복이야. 세계 어디에서 입어도 안 어색한 건 양복밖에 없어. 양복이 뭔지 알지? 몰라? 아까 설명했잖아. 우리가 지금 입고 있는 거. 란. 그 부채는 바깥에서 들고 다니면 끝장이라니까? 시선이 너한테만 간다고. CCTV고 뭐고 널 기억하지 못하는 게 더 이상하겠다!"

"그럼 난 풍술을 어떻게 쓰라고?"

"초소형 선풍기라도 사 가지고 다니든가."

"선풍기가 뭔데?"

"태양, 담배도 피우면 안 되나?"

"담배는 원래 일정한 구역에서만 피울 수 있는데……. 아, 몰라. 그냥 피우고 다녀. 대신 경찰한테만 안 걸리게. 잠깐, 경찰한테 걸리면 어떻게 되는 거지? 그대로 끝장나는 건가?"

"담배를 피우는 게 불법이라고? 미친 세상이군."

"피우는 건 불법이 아닌데, 길거리를 걸어 다니면서 피우는 건 불법이야. 아, 이걸 어떻게 설명해야 하지?"

태양이 설명을 하다 말고 머리를 부여잡는 사이 자료를 모두 확인한 현혜가 말을 걸어왔다.

—태양.

"어?"

—사진들 보여 줘 봐. 확인 끝났어.

"알았어. 메시아! 네가 설명 좀 더 보충하고 있어 봐."

태양이 사진 뭉치를 탁자에 올려놨다.

사진은 대략 20장 가까이 되어 보였다.

24시간 안에 모두 처리하기에는 충분히 많은 숫자다.

—24시간도 아니야. 너랑 메시아가 꽥꽥거리고, 또 자료 확인하는 사이에 30분 지났거든.

"알았어, 미안해. 빨리 설명이나 해 봐."

—처리해야 할 대상은 크게 분류하면 네 종류로 나눌 수 있어.

"네 종류?"

—어. 지역에 따라서.

단탈리안 제작사 본사가 있는 미국 뉴욕.

회사 직원들이 단체로 휴가를 간 하와이.

가상현실 캡슐 관련 기술 혁신 세미나가 열린 중국 상하이.

그리고 캡슐 생산 공장이 있는 브라질 리우데자네이루.

—단탈리안 사태가 일어난 당일 기준이야.

"창밖을 보면, 여기가 뉴욕인 것 같긴 한데 말이지. 빌딩도 많고."

—응. 아까 창밖으로 보인 게 뉴욕이라고 하더라. 구도로 봤을 때 여기가 단탈리안 본사는 아니래.

뉴욕에 사는 수많은 시청자가 동시다발적으로 제보해 줬던 사실이었기에 사실일 확률이 높았다.

—이번 스테이지. 각자 움직여야 할 것 같아. 미덥지 못하긴 한데 란이랑 살로몬도 다.

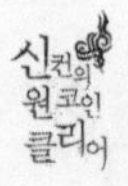

현혜의 말에 태양이 고개를 끄덕였다.

뉴욕, 하와이, 상하이와 리우데자네이루.

목표지가 세계 곳곳인 만큼 물리적으로 시간이 부족하다.

―내 생각에 가장 빡센 건 뉴욕이야. 실종된 회장이랑 자살한 대표 이사를 비롯해서 직급이 높은 목표 대부분이 뉴욕에 몰려 있거든.

"하긴. 발달된 만큼 CCTV도 엄청나게 많을 거고."

―응. 여긴 무조건 메시아랑 너인데, 내 생각엔 태양이 네가 나을 것 같아.

"내가? 뉴욕이 고층 건물이 가장 많은 도시 아니야? 흡혈귀 특성을 생각하면 메시아가 하는 게 낫지 않을까?"

―메시아는 상하이. 은신이 필요한 일이 너무 많아. 그리고 메시아 특성상 너보다 스테이지 클리어가 수월할 텐데, 상하이가 더 머니까 상대적으로 여유 시간이 적어.

현혜는 이어서 살로몬과 란의 행선지도 정했다.

비교적으로 치안이 불안한 리우데자네이루는 살로몬.

하와이가 란이다.

―일단 하와이랑 리우데자네이루 먼저 종합했거든?

"어. 란이랑 살로몬 먼저 보내야 하니까."

―일단 저 사진 펼쳐 놓은 곳 좀 보자. 열 번째 사진부터 열세 번째 사진까지 있잖아. 거기 안경 쓴 여자부터. 어. 따로 빼 봐. 애들이 하와이 팸이거든? 팀장은 아홉 번째 사진이고. 시간대별로 위

치가 계속 바뀔 건데, 저기 세 명은 계속 같이 움직일 거야…….

"알았어. 살로몬! 란! 이리로!"

현혜는 하와이랑 리우데자네이루 브리핑하는 데 꼬박 1시간을 소요했다.

지구에 익숙하지 않은 둘이다 보니 설명할 부분이 많았기 때문이다.

—어렵네.

—제한 1이 ㄹㅇ 넘사임.

—뉴욕에서 CCTV에 안 걸리는 게 가능한가? 영화에서 보니까 도시로 들어오는 범죄자들 그대로 안면 인식당하던데.

—ㄹㅇㅋㅋ.

—란이랑 살로몬이 지구 적응하는 게 제일 빡셀 것 같은데.

—근데 CCTV 안 걸리는 건 의외로 쉬울지도? 둘 다 마법사 캐릭터고, 일단 기본 스펙이 보통 사람이랑은 차원이 다르잖음.

—근데 난 왜 제한 1보다 3이 더 빡세 보이지.

—그니까. 이게 은근 함정인 것 같은데. 제한 시간 다 안 지나도 그대로 게임 오버잖아.

제한 3. 악마에 감염된 인간이 언론과 접촉할 시 실패.

현혜가 계획을 짜는 와중에 골머리를 썩게 한, 굳이 따지자면 브리핑이 1시간이나 될 정도로 길어지게 만든 주효한 원인은 바

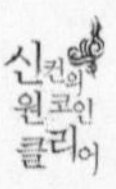

로 제한 3이었다.

–그나저나 윤태양 녹음기 된 거 나만 웃기냐? ㅋㅋ.

–상황 심각해서 못 웃고 있었는데 웃기긴 함. ㅋㅋ.

두 번째로 당면한 문제는 이동이었다.

비자가 있어야 비행기를 타고 다른 나라로 갈 수 있기 때문이다.

하지만 이 문제는 의외로 쉽게 해결됐다.

회사 차원에서 전용기를 지원해 줬던 것이다.

"그래도 양심은 있네. 24시간 만에 사람 20명을 죽이라고 해 놓고 말이야."

태양의 말에 메시아가 이죽였다.

"모르지. 실제로 이런 일이 있었을지도."

"웃기는 농담이네. 지구에 마왕이 들어오기라도 했었다는 이야기야?"

말을 뱉은 태양이 입을 다물었다.

다음 권으로 이어집니다